Diogenes Taschenbuch 23979

JOSEPH ROTH wurde 1894 als Sohn jüdischer Eltern in der Nähe von Lemberg (Ostgalizien) geboren, damals noch Teil von Österreich-Ungarn. Nach Studienjahren in Wien und Lemberg war er im Ersten Weltkrieg Soldat. Danach lebte er, zunächst als Journalist und später auch als Schriftsteller, in Wien und Berlin. 1933 emigrierte Joseph Roth nach Paris, wo er 1939, verarmt und alkoholkrank, starb.

Joseph Roth

# *Der Leviathan*

*und andere Meistererzählungen*
*Ausgewählt von Daniel Keel*
*Mit einem Nachwort*
*von Stefan Zweig*

Diogenes

Die hier versammelten Erzählungen
sind eine Auswahl aus:
Joseph Roth, Werke in vier Bänden,
herausgegeben von Hermann Kesten,
Kiepenheuer & Witsch, Köln 1975/76
›Joseph Roth‹ von Stefan Zweig
Aus: Stefan Zweig, ›Zeiten und Schicksale.
Aufsätze und Vorträge aus den Jahren 1902–1942‹,
herausgegeben von Knut Beck

Covermotiv: Foto von André Kertész,
›Le retour du bateau, Central Park,
New York‹, 1944 (Ausschnitt)


Veröffentlicht als Diogenes Taschenbuch, 2010

www.diogenes.ch
3/17/62/2
ISBN 978 3 257 23979 9

# *Inhalt*

# *Stationschef Fallmerayer*

## I

Das merkwürdige Schicksal des österreichischen Stationschefs Adam Fallmerayer verdient, ohne Zweifel, aufgezeichnet und festgehalten zu werden. Er verlor sein Leben, das, nebenbei gesagt, niemals ein glänzendes – und vielleicht nicht einmal ein dauernd zufriedenes – geworden wäre, auf eine verblüffende Weise. Nach allem, was Menschen voneinander wissen können, wäre es unmöglich gewesen, Fallmerayer ein ungewöhnliches Geschick vorauszusagen. Dennoch erreichte es ihn, es ergriff ihn – und er selbst schien sich ihm sogar mit einer gewissen Wollust auszuliefern.

Seit 1908 war er Stationschef. Er heiratete, kurz nachdem er seinen Posten auf der Station L. an der Südbahn, kaum zwei Stunden von Wien entfernt, angetreten hatte, die brave und ein wenig beschränkte, nicht mehr ganz junge Tochter eines Kanzleirats aus Brünn. Es war eine »Liebesehe« – wie man es zu jener Zeit nannte, in der die sogenannten »Vernunftehen« noch Sitte und Herkommen waren. Seine Eltern waren tot. Fallmerayer folgte, als er heiratete, immerhin einem sehr maßvollen Zuge seines maßvollen Herzens, keineswegs dem Diktat seiner Vernunft. Er zeugte zwei Kinder – Mädchen und Zwillinge. Er hatte einen Sohn erwartet. Es lag in seiner Natur begründet, einen Sohn zu erwarten und die gleichzeitige Ankunft zweier Mädchen als eine peinliche Überraschung, wenn nicht als eine Bosheit Gottes anzusehen. Da er aber materiell gesichert und pensionsberechtigt war, gewöhnte er sich, kaum waren drei Monate seit der Geburt verflossen, an die Freigebigkeit der Natur, und er begann, seine Kinder zu lieben. Zu lieben: das heißt: sie mit der überlieferten bürgerlichen Gewissenhaftigkeit eines Vaters und braven Beamten zu versorgen.

An einem Märztag des Jahres 1914 saß Adam Fallmerayer, wie gewöhnlich, in seinem Amtszimmer. Der Telegraphenapparat tickte unaufhörlich. Und draußen regnete es. Es war ein verfrühter Regen. Eine Woche vorher hatte man noch den Schnee von den Schienen schaufeln müssen, und die Züge waren mit erschrecklicher Verspätung angekommen und abgefahren. Eines Nachts auf einmal hatte der Regen angefangen. Der Schnee verschwand. Und gegenüber der kleinen Station, wo die unerreichbare, blendende Herrlichkeit des Alpenschnees die ewige Herrschaft des Winters versprochen zu haben schien, schwebte seit einigen Tagen ein unnennbarer, ein namenloser graublauer Dunst: Wolke, Himmel, Regen und Berge in einem.

Es regnete, und die Luft war lau. Niemals hatte der Stationschef Fallmerayer einen so frühen Frühling erlebt. An seiner winzigen Station pflegten die Expresszüge, die nach dem Süden fuhren, nach Meran, nach Triest, nach Italien, niemals zu halten. An Fallmerayer, der zweimal täglich, mit leuchtend roter Kappe grüßend, auf den Perron trat, rasten die Expresszüge hemmungslos vorbei; sie degradierten beinahe den Stationschef zu einem Bahnwärter. Die Gesichter der Passagiere an den großen Fenstern verschwammen zu einem grauweißen Brei. Der Stationschef Fallmerayer hatte selten das Angesicht eines Passagiers sehen können, der nach dem Süden fuhr. Und der »Süden« war für den Stationschef mehr als lediglich eine geographische Bezeichnung. Der »Süden« war das Meer, ein Meer aus Sonne, Freiheit und Glück.

Eine Freikarte für die ganze Familie in der Ferienzeit gehörte gewisslich zu den Rechten eines höheren Beamten der Südbahn. Als die Zwillinge drei Jahre alt gewesen waren, hatte man mit ihnen eine Reise nach Bozen gemacht. Man fuhr mit dem Personenzug eine Stunde bis zu der Station, in der die hochmütigen Expresszüge hielten, stieg ein, stieg aus – und war noch lange nicht im Süden. Vier Wochen dauerte der Urlaub. Man sah die reichen Menschen der ganzen Welt – und es war, als seien diejenigen, die man gerade sah, zufällig auch die reichsten. Einen Urlaub hatten sie nicht. Ihr ganzes Leben war ein einziger Urlaub. So weit man sah – weit und breit –, hatten die reichsten Leute der Welt auch keine Zwillinge; besonders nicht Mädchen. Und überhaupt: Die reichen Leute waren es erst, die den Süden nach dem Süden brachten. Ein Beamter der Südbahn lebte ständig mitten im Norden.

Man fuhr also zurück und begann seinen Dienst von neuem. Der Morseapparat tickte unaufhörlich. Und der Regen regnete.

Fallmerayer sah von seinem Schreibtisch auf. Es war fünf Uhr nachmittags. Obwohl die Sonne noch nicht untergegangen war, dämmerte es bereits, vom Regen kam es. Auf den gläsernen Vorsprung des Perrondachs trommelte der Regen ebenso unaufhörlich, wie der Telegraphenapparat zu ticken pflegte – und es war eine gemütliche, unaufhörliche Zwiesprache der Technik mit der Natur. Die großen, bläulichen Quadersteine unter dem Glasdach des Perrons waren trocken. Die Schienen aber – und zwischen den Schienenpaaren die winzigen Kieselsteine – funkelten trotz der Dunkelheit im nassen Zauber des Regens.

Obwohl der Stationschef Fallmerayer keine phantasiebegabte Natur war, schien es ihm dennoch, dass dieser Tag ein ganz besonderer Schicksalstag sei, und er begann, wie er so zum Fenster hinausblickte, wahrhaftig zu zittern. In sechsunddreißig Minuten erwartete er den Schnellzug nach Meran. In sechsunddreißig Minuten – so schien es Fallmerayer – würde die Nacht vollkommen sein – eine fürchterliche Nacht. Über seiner Kanzlei, im ersten Stock, tobten die Zwillinge wie gewöhnlich; er hörte ihre trippelnden, kindlichen und dennoch ein wenig brutalen Schritte. Er machte das Fenster auf. Es war nicht mehr kalt. Der Frühling kam über die Berge gezogen. Man hörte die Pfiffe rangierender Lokomotiven wie jeden Tag und die Rufe der Eisenbahnarbeiter und den dumpf scheppernden Anschlag der verkoppelten Waggons. Dennoch hatten heute die Lokomotiven einen besonderen Pfiff – so war es Fallmerayer. Er war ein ganz gewöhnlicher Mensch. Und nichts schien ihm sonderbarer, als dass er an diesem Tage in all den gewohnten, keineswegs überraschenden Geräuschen die unheimliche Stimme eines ungewöhnlichen Schicksals zu vernehmen glaubte. In der Tat aber ereignete sich an diesem

Tage die unheimliche Katastrophe, deren Folgen das Leben Adam Fallmerayers vollständig verändern sollten.

## II

Der Expresszug hatte schon von B. aus eine geringe Verspätung angekündigt. Zwei Minuten bevor er auf der Station L. einlaufen sollte, stieß er infolge einer falsch gestellten Weiche auf einen wartenden Lastzug. Die Katastrophe war da.

Mit eilig ergriffener und völlig zweckloser Laterne, die irgendwo auf dem Bahnsteig gestanden hatte, lief der Stationschef Fallmerayer die Schienen entlang dem Schauplatz des Unglücks entgegen. Er hatte das Bedürfnis gefühlt, irgendeinen Gegenstand zu ergreifen. Es schien ihm unmöglich, mit leeren, gewissermaßen unbewaffneten Händen dem Unheil entgegenzurennen. Er rannte zehn Minuten, ohne Mantel, die ständigen Peitschenhiebe des Regens auf Nacken und Schultern.

Als er an der Unglücksstelle ankam, hatte man die Bergung der Toten, der Verwundeten, der Eingeklemmten bereits begonnen. Es fing an, heftiger noch zu dunkeln, so, als beeilte sich die Nacht selber, zum ersten Schrecken zurechtzukommen und ihn zu vergrößern. Die Feuerwehr aus dem Städtchen kam mit Fackeln, die mit Geprassel und Geknister dem Regen mühsam standhielten. Dreizehn Waggons lagen zertrümmert auf den Schienen. Den Lokomotivführer wie den Heizer – sie waren beide tot – hatte man bereits fortgeschafft. Eisenbahner und Feuerwehrmänner und Passagiere arbeiteten mit wahllos aufgelesenen Werkzeugen an den Trümmern. Die Verwundeten schrien jämmerlich, der Regen rauschte, die Fackelfeuer knisterten. Den Stationschef fröstelte im Regen. Seine Zähne klapperten. Er hatte die Empfindung, dass er etwas tun müsse wie die andern, und gleichzeitig Angst, man würde es ihm verwehren, zu helfen, weil er selbst das Unheil verschuldet haben könnte. Dem und jenem unter den Eisenbahnern, die ihn erkannten und im Eifer der Arbeit flüchtig grüßten, versuchte Fallmerayer mit tonloser Stimme irgendetwas zu sagen, was ebenso gut ein Befehl wie eine Bitte um Verzeihung hätte sein können. Aber niemand hörte ihn. So überflüssig in der Welt war er sich noch niemals vorgekommen. Und schon begann er zu beklagen, dass er sich nicht selbst unter den Opfern befinde, als sein ziellos umherirrender Blick auf eine Frau fiel, die man soeben auf eine Tragbahre gelegt hatte. Da lag sie nun, von den Helfern verlassen, von denen sie gerettet worden war, die großen, dunklen Augen auf die Fackeln in ihrer nächsten Nähe gerichtet, mit einem silbergrauen Pelz bis zu den Hüften zugedeckt und offenbar nicht imstande, sich zu rühren. Auf ihr großes, blasses und breites Angesicht fiel der unermüdliche Regen, und das schwankende Feuer der Fackeln zuckte darüber hin. Das Angesicht selbst leuchtete, ein nasses, silbernes Angesicht, im zauberhaften Wechsel von Flamme und Schatten. Die langen, weißen Hände lagen über dem Pelz, regungslos auch sie, zwei wunderbare Leichen. Es schien dem Stationsvorsteher, dass diese Frau auf der Bahre auf einer großen, weißen Insel aus Stille ruhe, mitten in einem betäubenden Meer von Lärm und Geräusch, und dass sie sogar Stille verbreite. In der Tat war es, als ob all die hurtigen und geschäftigen Menschen einen Bogen um die Bahre machen wollten, auf der die Frau ruhte. War sie schon gestorben? Brauchte man sich nicht mehr um sie zu kümmern? Der Stationschef Fallmerayer näherte sich langsam der Bahre.

Die Frau lebte noch. Unverletzt war sie geblieben. Als Fallmerayer sich zu ihr niederbeugte, sagte sie, ohne seine Frage abzuwarten – ja sogar wie in einer gewissen Angst vor seinen Fragen –, ihr fehle nichts, sie glaube, sie könne aufstehn. Sie habe höchstens lediglich den Verlust ihres Gepäcks zu beklagen. Sie könne sich bestimmt erheben. Und sie machte sofort Anstalten aufzustehn. Fallmerayer half ihr. Er nahm den Pelz mit der Linken, umfasste die Schulter der Frau mit der Rechten, wartete, bis sie sich erhob, legte den Pelz um ihre Schultern, hierauf den Arm um den Pelz, und so gingen sie beide, ohne ein Wort, ein paar Schritte über Schienen und Geröll in das nahe Häuschen eines Weichenwärters, die wenigen Stufen hinauf, in die trockene, lichtvolle Wärme.

»Hier bleiben Sie ein paar Minuten ruhig sitzen«, sagte Fallmerayer. »Ich habe draußen zu tun. Ich komme gleich wieder.«

Im selben Augenblick wusste er, dass er log, und er log wahrscheinlich zum ersten Mal in seinem Leben. Dennoch war ihm die Lüge selbstverständlich. Und obwohl er in dieser Stunde nichts sehnlicher gewünscht hätte, als bei der Frau zu bleiben, wäre es ihm doch fürchterlich gewesen, in ihren Augen als ein Nutzloser zu erscheinen, der nichts anderes zu tun hatte, während draußen tausend Hände halfen und retteten. Er begab sich also eilig hinaus – und fand, zu seinem eigenen Erstaunen, jetzt den Mut und die Kraft, zu helfen, zu retten, hier einen Befehl zu erteilen und dort einen Rat, und obwohl er die ganze Zeit, während er half, rettete und schaffte, an die Frau im Häuschen denken musste und obwohl die Vorstellung, er könnte sie später nicht wiedersehn, grausam war und grauenhaft, blieb er dennoch tätig auf dem Schauplatz der Katastrophe, aus Angst, er könnte viel zu früh zurückkehren und also seine Nutzlosigkeit vor der Fremden beweisen. Und als verfolgten ihn ihre Blicke und feuerten ihn an, gewann er sehr schnell Vertrauen zu seinem Wort und zu seiner Vernunft, und er erwies sich als flinker, kluger und mutiger Helfer.

Also arbeitete er zwei Stunden etwa, ständig denkend an die wartende Fremde. Nachdem Arzt und Sanitäter den Verletzten die notwendige Hilfe geleistet hatten, machte sich Fallmerayer daran, in das Häuschen des Weichenstellers zurückzukehren. Dem Doktor, den er kannte, sagte er hastig, drüben sei noch ein Opfer der Katastrophe. Nicht ganz ohne Selbstbewusstsein betrachtete er seine zerschürften Hände und seine beschmutzte Uniform. Er führte den Arzt in die Stube des Weichenwärters und begrüßte die Fremde, die sich nicht von ihrem Platz gerührt zu haben schien, mit dem fröhlich-selbstverständlichen Lächeln, mit dem man längst Vertrauten wiederzubegegnen pflegt.

»Untersuchen Sie die Dame!«, sagte er zum Arzt. Und er selbst wandte sich zur Tür.

Er wartete ein paar Minuten draußen. Der Arzt kam und sagte: »Ein kleiner Schock, nichts weiter. Am besten, sie bleibt hier. Haben Sie Platz in Ihrer Wohnung?«

»Gewiss, gewiss!«, antwortete Fallmerayer. Und gemeinsam führten sie die Fremde in die Station, die Treppe hinauf, in die Wohnung des Stationschefs.

»In drei, vier Tagen ist sie völlig gesund«, sagte der Arzt.

In diesem Augenblick wünschte Fallmerayer, es möchten viel mehr Tage vergehen.

## III

Der Fremden überließ Fallmerayer sein Zimmer und sein Bett. Die Frau des Stationsvorstehers handelte geschäftig zwischen der Kranken und den Kindern. Zweimal täglich kam Fallmerayer selbst. Die Zwillinge wurden zu strenger Ruhe angehalten.

Einen Tag später waren die Spuren des Unglücks beseitigt, die übliche Untersuchung eingeleitet, Fallmerayer vernommen, der schuldige Weichensteller vom Dienst entfernt. Zweimal täglich rasten die Expresszüge wie bisher am grüßenden Stationschef vorbei.

Am Abend nach der Katastrophe erfuhr Fallmerayer den Namen der Fremden: Es war eine Gräfin Walewska, Russin, aus der Umgebung von Kiew, auf der Fahrt von Wien nach Meran begriffen. Ein Teil ihres Gepäcks fand sich und wurde ihr zugestellt: braune und schwarze lederne Koffer. Sie rochen nach Juchten und unbekanntem Parfüm. So roch es nun in der ganzen Wohnung Fallmerayers.

Er schlief jetzt – da man sein Bett der Fremden gegeben hatte – nicht in seinem Schlafzimmer, neben Frau Fallmerayer, sondern unten, in seinem Dienstzimmer. Das heißt: Er schlief überhaupt nicht. Er lag wach. Am Morgen gegen neun Uhr betrat er das Zimmer, in dem die fremde Frau lag. Er fragte, ob sie gut geschlafen und gefrühstückt habe, ob sie sich wohl fühle. Ging mit frischen Veilchen zu der Vase auf der Konsole, wo die alten gestern gestanden hatten, entfernte die alten Blumen, setzte die neuen in frisches Wasser und blieb dann am Fußende des Bettes stehen. Vor ihm lag die fremde Frau, auf seinem Kissen, unter seiner Decke. Er murmelte etwas Undeutliches. Mit großen, dunklen Augen, einem weißen, starken Angesicht, das weit war wie eine fremde und süße Landschaft, auf dem Kissen, unter der Decke des Stationsvorstehers, lag die fremde Frau. »Setzen Sie sich doch«, sagte sie, jeden Tag zweimal. Sie sprach das harte und fremde Deutsch einer Russin, eine tiefe, fremde Stimme. Alle Pracht der Weite und des Unbekannten war in ihrer Kehle.

Fallmerayer setzte sich nicht. »Entschuldigen schon, ich hab' viel zu tun«, sagte er, machte kehrt und entfernte sich.

Sechs Tage ging es so. Am siebenten riet der Doktor der Fremden weiterzufahren. Ihr Mann erwartete sie in Meran. Sie fuhr also und hinterließ in allen Zimmern und besonders im Bett Fallmerayers einen unauslöschbaren Duft von Juchten und einem namenlosen Parfüm.

## IV

Dieser merkwürdige Duft blieb im Hause, im Gedächtnis, ja, man könnte sagen, im Herzen Fallmerayers viel länger haften als die Katastrophe. Und während der folgenden Wochen, in denen die langwierigen Untersuchungen über genauere Ursachen und detaillierteren Hergang des Unglücks ihren vorschriftsmäßigen Verlauf nahmen und Fallmerayer ein paarmal einvernommen wurde, hörte er nicht auf, an die fremde Frau zu denken, und wie betäubt von dem Geruch, den sie rings um ihn und in ihm hinterlassen hatte, gab er beinahe verworrene Auskünfte auf präzise Fragen. Wäre sein Dienst nicht verhältnismäßig einfach gewesen und er seit Jahren nicht bereits selbst zu einem fast mechanischen Bestandteil des Dienstes geworden, er hätte ihn nicht mehr guten Gewissens versehen können. Im Stillen hoffte er von einer Post zur andern auf eine Nachricht der Fremden. Er zweifelte nicht daran, dass sie noch einmal schreiben würde, wie es sich schickte, um für die Gastfreundschaft zu danken. Und eines Tages traf wirklich ein großer, dunkelblauer Brief aus Italien ein. Die Walewska schrieb, dass sie mit ihrem Mann weiter südwärts gefahren sei. Augenblicklich befände sie sich in Rom. Nach Sizilien wollten sie und ihr Mann fahren. Für die Zwillinge Fallmerayers kam einen Tag später ein niedlicher Korb mit Früchten und vom Mann der Gräfin Walewska für die Frau des Stationschefs ein Paket sehr zarter und duftender blasser Rosen. Es hätte lange gedauert, schrieb die Gräfin, ehe sie Zeit gefunden habe, ihren gütigen Wirten zu danken, aber sie sei auch eine längere Zeit nach ihrer Ankunft in Meran erschüttert und der Erholung bedürftig gewesen. Die Früchte und die Blumen brachte Fallmerayer sofort in seine Wohnung. Den Brief aber, obwohl er einen Tag früher gekommen war, behielt der Stationschef noch etwas länger. Sehr stark dufteten Früchte und Rosen aus dem Süden, aber Fallmerayer war es, als röche der Brief der Gräfin noch kräftiger. Es war ein kurzer Brief. Fallmerayer kannte ihn auswendig. Er wusste genau, welche Stelle jedes Wort einnahm. Mit lila Tinte, in großen, fliegenden Zügen geschrieben, nahmen sich die Buchstaben aus wie eine schöne Schar fremder, seltsam gefiederter, schlanker Vögel, dahinschwebend auf tiefblauem Himmelsgrund. »Anja Walewska« lautete die Unterschrift. Auf den Vornamen der Fremden, nach dem er sie zu fragen niemals gewagt hatte, war er längst begierig gewesen, als wäre ihr Vorname einer ihrer verborgenen körperlichen Reize. Nun, da er ihn kannte, war es ihm eine Weile, als hätte sie ihm ein süßes Geheimnis geschenkt. Und aus Eifersucht, um es für sich allein zu bewahren, entschloss er sich, erst zwei Tage später den Brief seiner Frau zu zeigen. Seitdem er den Vornamen der Walewska wusste, kam es ihm zum Bewusstsein, dass der seiner Frau – sie hieß Klara – nicht schön war. Als er nun sah, mit welch gleichgültigen Händen Frau Klara den Brief der Fremden entfaltete, kamen ihm auch die fremden Hände der Schreiberin in Erinnerung – so, wie er sie zum ersten Mal erblickt hatte, über dem Pelz, regungslose Hände, zwei schimmernde, silberne Hände. Damals hätte ich sie küssen sollen – dachte er einen Augenblick. »Ein sehr netter Brief«, sagte seine Frau und legte den Brief weg. Ihre Augen waren stahlblau und pflichtbewusst, nicht einmal bekümmert. Frau Klara Fallmerayer besaß die Fähigkeit, sogar Sorgen als Pflichten zu werten und im Kummer eine Genugtuung zu finden. Das glaubte Fallmerayer – dem derlei Überlegungen oder Einfälle immer fremd gewesen waren – auf einmal zu erkennen. Und er schützte heute Nacht eine dringende dienstliche Obliegenheit vor, mied das gemeinsame Zimmer und legte sich unten im Dienstraum schlafen und versuchte sich einzureden, oben, über ihm, in seinem Bett, schliefe noch immer die Fremde.

Die Tage vergingen, die Monate. Aus Sizilien flogen noch zwei bunte Ansichtskarten heran, mit flüchtigen Grüßen. Der Sommer kam, ein heißer Sommer. Als die Zeit des Urlaubs herannahte, beschloss Fallmerayer, nirgends hinzufahren. Frau und Kinder schickte er in eine Sommerfrische nach Österreich. Er blieb und versah seinen Dienst weiter. Zum ersten Mal seit seiner Verheiratung war er von seiner Frau getrennt. Im Stillen hatte er sich zu viel von dieser Einsamkeit versprochen. Erst als er allein geblieben war, begann er zu merken, dass er keineswegs allein hatte sein wollen. Er kramte in allen Fächern; er suchte nach dem Brief der fremden Frau. Aber er fand ihn nicht mehr. Frau Fallmerayer hatte ihn vielleicht längst vernichtet.

Frau und Kinder kamen zurück, der Juli ging zu Ende.

Da war die allgemeine Mobilisierung da.

## V

Fallmerayer war Fähnrich in der Reserve im Einundzwanzigsten Jägerbataillon. Da er einen verhältnismäßig wichtigen Posten versah, wäre es ihm, wie mehreren seiner Kollegen, möglich gewesen, noch eine Weile im Hinterland zu bleiben. Allein Fallmerayer legte seine Uniform an, packte seinen Koffer, umarmte seine Kinder, küsste seine Frau und fuhr zu seinem Kader. Dem Bahnassistenten übergab er den Dienst. Frau Fallmerayer weinte, die Zwillinge jubelten, weil sie ihren Vater in einer ungewohnten Kleidung sahen. Frau Fallmerayer verfehlte nicht, stolz auf ihren Mann zu sein – aber erst in der Stunde der Abfahrt. Sie unterdrückte die Tränen. Ihre blauen Augen waren erfüllt von bitterem Pflichtbewusstsein.

Was den Stationschef selbst betraf, so empfand er erst, als er mit einigen Kameraden in einem Abteil geblieben war, die grausame Entschiedenheit dieser Stunden. Dennoch glaubte er zu fühlen, dass er sich durch eine ganz unbestimmte Heiterkeit von all den in seinem Abteil anwesenden Offizieren unterschied. Es waren Reserveoffiziere. Jeder von ihnen hatte ein geliebtes Haus verlassen. Und jeder von ihnen war in dieser Stunde begeisterter Soldat. Jeder zugleich auch ein trostloser Vater, ein trostloser Sohn. Fallmerayer allein schien es, dass ihn der Krieg aus einer aussichtslosen Lage befreit hatte. Seine Zwillinge kamen ihm gewiss bedauernswert vor. Auch seine Frau. Gewiss, auch seine Frau. Während aber die Kameraden, begannen sie von der Heimat zu sprechen, alle zärtliche Herzlichkeit, deren sie fähig sein mochten, in Mienen und Gebärden offenbarten, war es Fallmerayer, als müsste er, um es ihnen gleichzutun, sobald er von den Seinen zu erzählen begann, wenn auch keine lügnerische, so doch eine übertriebene Bangigkeit in Blick und Stimme legen. Und eigentlich hatte er eher Lust, mit den Kameraden von der Gräfin Walewska zu sprechen als von seinem Haus. Er zwang sich zu schweigen. Und es kam ihm vor, dass er doppelt log: einmal, weil er verschwieg, was ihn im Innersten bewegte, und zweitens, weil er hie und da von seiner Frau und seinen Kindern erzählte – von denen er in dieser Stunde viel weiter entfernt war als von der Gräfin Walewska, der Frau eines feindlichen Landes. Er begann, sich ein wenig zu verachten.

## VI

Er rückte ein. Er ging ins Feld. Er kämpfte. Er war ein tapferer Soldat. Er schrieb die üblichen herzlichen Feldpostbriefe nach Haus. Er wurde ausgezeichnet, zum Leutnant ernannt. Er wurde verwundet. Er kam ins Lazarett. Er hatte Anspruch auf Urlaub. Er verzichtete und ging wieder ins Feld. Er kämpfte im Osten. In freien Stunden, zwischen Gefecht, Inspizierung, Sturmangriff, begann er, aus zufällig gefundenen Büchern Russisch zu lernen. Beinahe mit Wollust. Mitten im Gestank des Gases, im Geruch des Bluts, im Regen, im Sumpf, im Schlamm, im Schweiß der Lebendigen, im Dunst der faulenden Kadaver verfolgte Fallmerayer der fremde Duft von Juchten und das namenlose Parfüm der Frau, die einmal in seinem Bett, auf seinem Kissen, unter seiner Decke gelegen hatte. Er lernte die Muttersprache dieser Frau und stellte sich vor, er spräche mit ihr, in ihrer Sprache. Zärtlichkeiten lernte er, Verschwiegenheiten, kostbare russische Zärtlichkeiten. Er sprach mit ihr. Durch einen ganzen großen Weltkrieg war er von ihr getrennt, und er sprach mit ihr. Mit kriegsgefangenen Russen unterhielt er sich. Mit hundertfach geschärftem Ohr vernahm er die zartesten Tönungen, und mit geläufiger Zunge sprach er sie nach. Mit jedem neuen Klang der fremden Sprache, den er lernte, kam er der fremden Frau näher. Nichts mehr wusste er von ihr, als was er zuletzt von ihr gesehn hatte: flüchtigen Gruß und flüchtige Unterschrift auf einer banalen Ansichtskarte. Aber für ihn lebte sie; auf ihn wartete sie; bald sollte er mit ihr sprechen.

Er kam, weil er Russisch konnte, als sein Bataillon an die Südfront abkommandiert wurde, zu einem der Regimenter, die eine kurze Zeit später in die sogenannte Okkupationsarmee eingereiht wurden. Fallmerayer wurde zuerst als Dolmetsch zum Divisionskommando versetzt, hierauf zur »Kundschafter- und Nachrichtenstelle«. Er gelangte schließlich in die Nähe von Kiew.

## VII

Den Namen Solowienki hatte er wohl behalten. Mehr als behalten: Vertraut und heimisch war ihm dieser Name geworden.

Ein Leichtes war es, den Namen des Gutes herauszufinden, das der Familie Walewski gehörte. Solowki hieß es und lag drei Werst südlich von Kiew. Fallmerayer geriet in süße, beklemmende und schmerzliche Erregung. Er hatte das Gefühl einer unendlichen Dankbarkeit gegen das Schicksal, das ihn in den Krieg und hierher geführt hatte, und zugleich eine namenlose Angst vor allem, was es ihm jetzt erst zu bereiten begann. Krieg, Sturmangriff, Verwundung, Todesnähe: Es waren ganz blasse Ereignisse, verglichen mit jenem, das ihm nun bevorstand. Lediglich eine – wer weiß: vielleicht unzulängliche – Vorbereitung für die Begegnung mit der Frau war alles gewesen. War er wirklich für alle Fälle gerüstet? War sie überhaupt in ihrem Hause? Hatte sie nicht der Einmarsch der feindlichen Armee in gesichertere Gegenden getrieben? Und wenn sie zu Hause lebte, war ihr Mann mit ihr? Man musste auf alle Fälle hingehn und sehn.

Fallmerayer ließ einspannen und fuhr los.

Es war ein ziemlich früher Morgen im Mai. Man fuhr im leichten, zweirädrigen Wägelchen an blühenden Wiesen vorbei, auf gewundener, sandiger Landstraße, durch eine fast unbewohnte Gegend. Soldaten marschierten klappernd und rasselnd dahin, zu den üblichen Exerzierübungen. Im lichten und hohen blauen Gewölbe des Himmels verborgen trillerten die Lerchen. Dichte, dunkle Flecken kleiner Tannenwäldchen wechselten ab mit dem hellen, fröhlichen Silber der Birken. Und der Morgenwind brachte aus weiter Ferne abgebrochenen Gesang der Soldaten aus entlegenen Baracken. Fallmerayer dachte an seine Kindheit, an die Natur seiner Heimat. Nicht weit von der Station, an der er bis zum Kriege Dienst getan hatte, war er geboren worden und aufgewachsen. Auch sein Vater war Bahnbeamter gewesen, niederer Bahnbeamter, Magazineur. Die ganze Kindheit Fallmerayers war, wie sein späteres Leben, erfüllt gewesen von den Geräuschen und Gerüchen der Eisenbahn wie von denen der Natur. Die Lokomotiven pfiffen und hielten Zwiesprache mit dem Jubel der Vögel. Der schwere Dunst der Steinkohle lagerte über dem Duft der blühenden Felder. Der graue Rauch der Bahnen verschwamm mit dem blauen Gewölk über den Bergen zu einem einzigen Nebel aus süßer Wehmut und Sehnsucht. Wie anders war diese Welt hier, heiter und traurig in einem, keine heimliche Güte mehr auf mildem, sanftem Abhang, spärlicher Flieder hier, keine vollen Dolden mehr hinter sauber gestrichenen Zäunen. Niedere Hütten mit breiten, tiefen Dächern aus Stroh, wie Kapuzen, winzige Dörfer, verloren in der Weite und sogar in dieser übersichtlichen Fläche noch gleichsam verborgen. Wie verschieden waren die Länder! Waren es auch die menschlichen Herzen? Wird sie mich auch begreifen? – fragte sich Fallmerayer. Wird sie mich auch begreifen? – Und je näher er dem Gute der Walewskis kam, desto heftiger loderte die Frage in seinem Herzen. Je näher er kam, desto sicherer schien es ihm auch, dass die Frau zu Hause war. Bald zweifelte er gar nicht mehr daran, dass ihn noch Minuten nur von ihr trennten. Ja, sie war zu Hause.

Gleich am Anfang der schütteren Birkenallee, die den sachten Aufstieg zum Herrenhaus ankündigte, sprang Fallmerayer aus dem Wagen. Zu Fuß legte er den Weg zurück, damit es noch ein wenig länger dauere. Ein alter Gärtner fragte nach seinen Wünschen. Er möchte die Gräfin sehen, sagte Fallmerayer. Er wolle es ausrichten, meinte der Mann, entfernte sich langsam und kam bald wieder. Ja, die Frau Gräfin war da und erwartete den Besuch.

Die Walewska erkannte Fallmerayer selbstverständlich nicht. Sie hielt ihn für einen der vielen militärischen Besucher, die sie in der letzten Zeit hatte empfangen müssen. Sie bat ihn, sich zu setzen. Ihre Stimme, tief, dunkel, fremd, erschreckte ihn und war ihm wohlvertraut zugleich, ein heimischer Schauder, ein wohlbekannter, liebevoll begrüßter, seit undenklichen Jahren sehnsüchtig erwarteter Schrecken. »Ich heiße Fallmerayer!«, sagte der Offizier. – Sie hatte natürlich den Namen vergessen. »Sie erinnern sich«, begann er wieder, »ich bin der Stationschef von L.« Sie trat näher zu ihm, fasste seine Hände, er roch ihn wieder, den

Duft, der ihn undenkliche Jahre verfolgt, umgeben, gehegt, geschmerzt und getröstet hatte. Ihre Hände lagen einen Augenblick auf den seinen. »Oh, erzählen Sie, erzählen Sie!«, rief die Walewska. Er erzählte kurz, wie es ihm ging. »Und Ihre Frau, Ihre Kinder?«, fragte die Gräfin. »Ich habe sie nicht mehr gesehen!«, sagte Fallmerayer. »Ich habe nie Urlaub genommen.«

Hierauf entstand eine kleine Stille. Sie sahen sich an. In dem breiten und niederen, weißgetünchten und fast kahlen Zimmer lag die Sonne des jungen Vormittags golden und satt. Fliegen summten an den Fenstern. Fallmerayer sah still auf das breite, weiße Angesicht der Gräfin. Vielleicht verstand sie ihn. Sie erhob sich, um eine Gardine vor das mittlere der drei Fenster zu ziehen. »Zu hell?«, fragte sie. »Lieber dunkel!«, antwortete Fallmerayer. Sie kam an das Tischchen zurück, rührte ein Glöckchen, der alte Diener kam; sie bestellte Tee. Die Stille zwischen ihnen wich nicht: Sie wuchs im Gegenteil, bis man den Tee brachte. Fallmerayer rauchte. Während sie ihm den Tee einschenkte, fragte er plötzlich: »Und wo ist Ihr Mann?«

Sie wartete, bis sie die Tasse gefüllt hatte, als müsste sie erst eine sehr vorsorgliche Antwort überlegen. »An der Front natürlich!«, sagte sie dann. »Ich höre seit drei Monaten nichts mehr von ihm. Wir können ja jetzt nicht korrespondieren!« »Sind Sie sehr in Sorge?«, fragte Fallmerayer. »Gewiss«, erwiderte sie, »nicht weniger als Ihre Frau um Sie wahrscheinlich.« »Verzeihen Sie, Sie haben recht, ich war recht dumm«, sagte Fallmerayer. Er blickte auf die Teetasse.

Sie hätte sich geweigert, erzählte die Gräfin weiter, das

Haus zu verlassen. Andere seien geflohen. Sie fliehe nicht, vor ihren Bauern nicht und auch nicht vor dem Feind. Sie lebe hier mit vier Dienstboten, zwei Reitpferden und einem Hund. Geld und Schmuck habe sie vergraben. Sie suchte lange nach einem Wort, sie wusste nicht, wie man »vergraben« auf Deutsch sage, und zeigte auf die Erde. Fallmerayer sagte das russische Wort. »Sie können Russisch?«, fragte sie. »Ja«, sagte er, »ich habe es gelernt, im Felde gelernt.« Und auf Russisch fügte er hinzu: »Ihretwegen, für Sie, um einmal mit Ihnen sprechen zu können, habe ich Russisch gelernt.«

Sie bestätigte ihm, dass er vorzüglich spreche, so, als hätte er seinen inhaltsschweren Satz nur gesprochen, um seine sprachlichen Fähigkeiten zu beweisen. Auf diese Weise verwandelte sie sein Geständnis in eine bedeutungslose Stilübung. Aber gerade diese ihre Antwort bewies ihm, dass sie ihn gut verstanden habe.

Nun will ich gehen, dachte er. Er stand auch sofort auf. Und ohne ihre Einladung abzuwarten und wohl wissend, dass sie seine Unhöflichkeit richtig deuten würde, sagte er: »Ich komme in der nächsten Zeit wieder!« – Sie antwortete nicht. Er küsste ihre Hand und ging.

## VIII

Er ging – und zweifelte nicht mehr daran, dass sein Geschick anfing, sich zu erfüllen. Es ist ein Gesetz, sagte er sich. Es ist unmöglich, dass ein Mensch einem andern so unwiderstehlich entgegengetrieben wird und dass der andere zugeschlossen bleibt. Sie fühlt, was ich fühle. Wenn sie mich noch nicht liebt, so wird sie mich bald lieben.

Mit der gewohnten sicheren Solidität des Beamten und Offiziers erledigte Fallmerayer seine Obliegenheiten. Er beschloss, vorläufig zwei Wochen Urlaub zu nehmen, zum ersten Mal, seitdem er eingerückt war. Seine Ernennung zum Oberleutnant musste in einigen Tagen erfolgen. Diese wollte er noch abwarten.

Zwei Tage später fuhr er noch einmal nach Solowki. Man sagte ihm, die Gräfin Walewska sei nicht zu Hause und würde vor Mittag nicht erwartet. »Nun«, sagte er, »so werde ich im Garten so lange bleiben.« Und da man nicht wagte, ihn hinauszuweisen, ließ man ihn in den Garten hinter dem Hause.

Er sah zu den zwei Reihen der Fenster hinauf. Er vermutete, dass die Gräfin zu Hause war und sich verleugnen ließ. In der Tat glaubte er, bald hinter diesem, bald hinter jenem Fenster den Schimmer eines hellen Kleides zu sehen. Er wartete geduldig und geradezu gelassen.

Als es zwölf Uhr vom nahen Kirchturm schlug, ging er wieder ins Haus. Frau Walewska war da. Sie kam gerade die Treppe herunter, in einem schwarzen, engen und hochgeschlossenen Kleid, eine dünne Schnur kleiner Perlen um den Kragen und ein silbernes Armband um die enge linke Manschette. Es schien Fallmerayer, dass sie sich seinetwegen gepanzert hatte – und es war, als ob das Feuer, das ewig in seinem Herzen für sie brannte, noch ein neues, ein besonderes, kleines Feuerchen geboren habe. Neue Lichter zündete die Liebe an. Fallmerayer lächelte. »Ich habe lange warten müssen«, sagte er, »aber ich habe gern gewartet, wie Sie wissen. Ich habe hinten im Garten zu den Fenstern hinaufgeschaut und habe mir eingebildet, dass ich das Glück habe, Sie zu sehn. So ist mir die Zeit vergangen.«

Ob er essen wolle, fragte die Gräfin, da es gerade Zeit sei. Gewiss, sagte er, er habe Hunger. Aber von den drei Gängen, die man dann servierte, nahm er nur die lächerlichsten Brocken.

Die Gräfin erzählte vom Ausbruch des Krieges. Wie sie in höchster Eile aus Kairo nach Hause heimgekehrt seien. Vom Garderegiment ihres Mannes. Von dessen Kameraden. Von ihrer Jugend hierauf. Von Vater und Mutter. Von der Kindheit dann. Es war, als suchte sie sehr krampfhaft nach Geschichten und als wäre sie sogar bereit, etwelche zu erfinden – alles nur, um den ohnehin schweigsamen Fallmerayer nicht sprechen zu lassen. Er strich seinen kleinen, blonden Schnurrbart und schien genau zuzuhören. Er aber hörte viel stärker auf den Duft, den die Frau ausströmte, als auf die Reden, die sie führte. Seine Poren lauschten. Und, im Übrigen: Auch ihre Worte dufteten, ihre Sprache. Alles, was sie erzählen konnte, erriet er ohnedies. Nichts von ihr konnte ihm verborgen bleiben. Was konnte sie ihm verbergen? Ihr strenges Kleid schützte ihren Körper keineswegs vor seinem wissenden Blick. Er fühlte die Sehnsucht seiner Hände nach ihr, das Heimweh seiner Hände nach der Frau. Als sie aufstanden, sagte er, dass er noch zu bleiben gedenke, Urlaub habe er heute, einen viel längeren Urlaub nehme er in einigen Tagen, sobald er Oberleutnant geworden sei. Wohin er fahren wolle?, fragte die Gräfin. »Nirgendwohin!«, sagte Fallmerayer. »Bei Ihnen will ich bleiben!« Sie lud ihn ein, zu bleiben, solange er wolle – heute und später. Jetzt müsse sie ihn allein lassen und sich im Hause ein wenig umsehen. Wolle er kommen – es gäbe Zimmer genug im Hause – und so viele, dass sie es nicht nötig hätten, einander zu stören.

Er verabschiedete sich. Da sie nicht mit ihm bleiben könne, sagte er, zöge er es vor, in die Stadt zurückzukehren.

Als er in den Wagen stieg, wartete sie auf der Schwelle, im strengen, schwarzen Kleid, mit ihrem weiten, hellen Antlitz darüber – und während er die Peitsche ergriff, hob sie sachte die Hand zu einem halben, gleichsam angestrengt gezügelten Gruß.

## IX

Ungefähr eine Woche nach diesem Besuch erhielt der neuernannte Oberleutnant Adam Fallmerayer seinen Urlaub. Allen Kameraden sagte er, er wolle nach Hause fahren. Indessen begab er sich in das Herrenhaus der Walewski, bezog ein Zimmer im Parterre, das man für ihn vorbereitet hatte, aß jeden Tag mit der Frau des Hauses, sprach mit ihr über dies und jenes, Gleichgültiges und Fernes, erzählte von der Front und gab nie acht auf den Inhalt seiner Rede, ließ sich erzählen und hörte nicht zu. In der Nacht schlief er nicht, schlief er ebenso wenig wie vor Jahren daheim im Stationsgebäude, während der sechs Tage, an denen die Gräfin über ihm, in seinem Zimmer, genächtigt hatte. Auch heute ahnte er sie in den Nächten über sich, über seinem Haupt, über seinem Herzen.

Eines Nachts, es war schwül, ein linder, guter Regen fiel, erhob sich Fallmerayer, kleidete sich an und trat vor das

Haus. Im geräumigen Treppenhaus brannte eine gelbe Petroleumlaterne. Still war das Haus, still war die Nacht, still war der Regen, er fiel wie auf zarten Sand, und sein eintöniges Singen war der Gesang der nächtlichen Stille selbst. Auf einmal knarrte die Treppe. Fallmerayer hörte es, obwohl er sich vor dem Tor befand. Er sah sich um. Er hatte das schwere Tor offen gelassen. Und er sah die Gräfin Walewska die Treppen hinuntersteigen. Sie war vollkommen angezogen, wie bei Tag. Er verneigte sich, ohne ein Wort zu sagen. Sie kam nahe zu ihm heran. So blieben sie, stumm, ein paar Sekunden. Fallmerayer hörte sein Herz klopfen. Auch war ihm, als klopfte das Herz der Frau so laut wie das seine – und im gleichen Takt mit diesem. Schwül schien auf einmal die Luft geworden zu sein, kein Zug kam durch das offene Tor. Fallmerayer sagte: »Gehen wir durch den Regen, ich hole Ihnen den Mantel!« Und ohne eine Zustimmung abzuwarten, stürzte er in sein Zimmer, kam mit dem Mantel zurück, legte ihn der Frau um die Schultern, wie er ihr einmal den Pelz umgelegt hatte, damals, an dem unvergesslichen Abend der Katastrophe, und hierauf den Arm um den Mantel. Und so gingen sie in die Nacht und in den Regen.

Sie gingen die Allee entlang, trotz der nassen Finsternis leuchteten silbern die dünnen, schütteren Stämme, wie von einem im Innern entzündeten Licht. Und als erweckte dieser silberne Glanz der zärtlichsten Bäume der Welt Zärtlichkeit im Herzen Fallmerayers, drückte er seinen Arm fester um die Schulter der Frau, spürte durch den harten, durchnässten Stoff des Mantels die nachgiebige Güte des Körpers, für eine Weile schien es ihm, dass sich ihm die

Frau zuneige, ja, dass sie sich an ihn schmiege, und doch war einen hurtigen Augenblick später wieder geraumer Abstand zwischen ihren Körpern. Seine Hand verließ ihre Schultern, tastete sich empor zu ihrem nassen Haar, strich über ihr nasses Ohr, berührte ihr nasses Angesicht. Und im nächsten Augenblick blieben sie beide gleichzeitig stehn, wandten sich einander zu, umfingen sich, der Mantel sank von ihren Schultern nieder und fiel taub und schwer auf die Erde – und so, mitten in Regen und Nacht, legten sie Gesicht an Gesicht, Mund an Mund und küssten sich lange.

## X

Einmal sollte Oberleutnant Fallmerayer nach Shmerinka versetzt werden, aber es gelang ihm, mit vieler Anstrengung, zu bleiben. Fest entschlossen war er zu bleiben. Jeden Morgen, jeden Abend segnete er den Krieg und die Okkupation. Nichts fürchtete er mehr als einen plötzlichen Frieden. Für ihn war der Graf Walewski seit langem tot, an der Front gefallen oder von meuternden kommunistischen Soldaten umgebracht. Ewig hatte der Krieg zu währen, ewig der Dienst Fallmerayers an diesem Ort, in dieser Stellung.

Nie mehr Frieden auf Erden.

Dem Übermut war Fallmerayer eben anheimgefallen, wie es manchen Menschen geschieht, denen das Übermaß ihrer Leidenschaft die Sinne blendet, die Einsicht raubt, den Verstand betört. Allein, schien es ihm, sei er auf der Erde, er und der Gegenstand seiner Liebe. Selbstverständlich aber ging, unbekümmert um ihn, das große und verworrene

Schicksal der Welt weiter. Die Revolution kam. Der Oberleutnant und Liebhaber Fallmerayer hatte sie keineswegs erwartet.

Doch schärfte, wie es in höchster Gefahr zu geschehen pflegt, der heftige Schlag der außergewöhnlichen Schicksalsstunde auch seine eingeschläferte Vernunft, und mit verdoppelter Wachsamkeit erkannte er schnell, dass es galt, das Leben der geliebten Frau, sein eigenes und vor allem ihrer beider Gemeinsamkeit zu retten. Und da ihm, mitten in der Verwirrung, welche die plötzlichen Ereignisse angerichtet hatten, dank seiner militärischen Grade und der besonderen Dienste, die er versah, immer noch einige, fürs Erste genügende Hilfs- und sogar Machtmittel verblieben waren, bemühte er sich, diese schnell zu nutzen; und also gelang es ihm, innerhalb der ersten paar Tage, in denen die österreichische Armee zerfiel, die deutsche sich aus der Ukraine zurückzog, die russischen Roten ihren Einmarsch begannen und die neuerlich revoltierenden Bauern gegen die Gutshöfe ihrer bisherigen Herren mit Brand und Plünderung anrückten, zwei gutgeschützte Autos der Gräfin Walewska zur Verfügung zu stellen, ein halbes Dutzend ergebener Mannschaften mit Gewehren und Munition und einem Mundvorrat für ungefähr eine Woche.

Eines Abends – die Gräfin weigerte sich immer noch, ihren Hof zu verlassen – erschien Fallmerayer mit den Wagen und seinen Soldaten und zwang seine Geliebte mit heftigen Worten und beinahe mit körperlicher Gewalt, den Schmuck, den sie im Garten vergraben hatte, zu holen und sich zur Abreise fertig zu machen. Das dauerte eine ganze Nacht. Als der trübe und feuchte Spätherbstmorgen zu grauen begann, waren sie fertig, und die Flucht konnte beginnen. In dem geräumigeren, von Zeltleinwand überdachten Auto befanden sich die Soldaten. Ein Militärchauffeur lenkte das Personen-Automobil, das dem ersten folgte und in dem die Gräfin und Fallmerayer saßen. Sie hatten beschlossen, nicht westwärts zu fahren, wie damals alle Welt tat, sondern südlich. Man konnte mit Sicherheit annehmen, dass alle Straßen des Landes, die nach dem Westen führten, von rückflutenden Truppen verstopft sein würden. Und wer weiß, was man noch an den Grenzen der neu entstandenen westlichen Staaten zu erwarten hatte! Möglich war immerhin – und wie es sich später zeigte, war es sogar Tatsache –, dass man an den westlichen Grenzen des russischen Reiches neue Kriege angefangen hatte. In der Krim und im Kaukasus hatte die Gräfin Walewska außerdem reiche und mächtige Anverwandte. Hilfe war von ihnen selbst unter diesen veränderten Verhältnissen immerhin noch zu erwarten, sollte man ihrer bedürftig werden. Und was das Wichtigste war: Ein kluger Instinkt sagte den beiden Liebenden, dass in einer Zeit, in der das wahrhaftige Chaos auf der ganzen Erde herrschte, das ewige Meer die einzige Freiheit bedeuten müsse. An das Meer wollten sie zuallererst gelangen. Sie versprachen den Männern, die sie bis zum Kaukasus begleiten sollten, jedem eine ansehnliche Summe in purem Gold. Und wohlgemut, wenn auch in natürlicher Aufregung, fuhren sie dahin.

Da Fallmerayer alles sehr wohl vorbereitet und auch jeden möglichen und unwahrscheinlichen Zufall im Voraus berechnet hatte, gelang es ihnen, innerhalb einer sehr kurzen Frist – vier Tage waren es im Ganzen – nach Tiflis zu kommen. Hier entließen sie die Begleiter, zahlten ihnen den ausgemachten Lohn und behielten lediglich den Chauffeur bis Baku. Auch nach dem Süden und nach der Krim hatten sich viele Russen aus den adligen und gutbürgerlichen Schichten geflüchtet. Man vermied, obwohl man es sich vorgenommen hatte, Verwandte zu treffen, von Bekannten gesehen zu werden. Vielmehr bemühte sich Fallmerayer, ein Schiff zu finden, das ihn und seine Geliebte unmittelbar von Baku nach dem nächsten Hafen eines weniger gefährdeten Landes bringen konnte. Dabei ließ es sich nicht vermeiden, dass man andre, mit den Walewskis mehr oder weniger bekannte Familien traf, die ebenfalls, wie Fallmerayer, nach einem rettenden Schiff Ausschau hielten – und dass die Gräfin über die Person Fallmerayers wie über ihre Beziehungen zu ihm lügenhafte Auskünfte geben musste. Schließlich sah man ein, dass man nur in Gemeinschaft mit den andern die geplante Art der Flucht bewerkstelligen konnte. Man einigte sich also mit acht andern, die Russland auf dem Seewege verlassen wollten, fand schließlich einen zuverlässigen Kapitän eines etwas gebrechlich aussehenden Dampfers und fuhr zuerst nach Konstantinopel, von wo aus regelmäßige Schiffe nach Italien und Frankreich immer noch abgingen.

Drei Wochen später gelangte Fallmerayer mit seiner geliebten Frau nach Monte Carlo, wo die Walewskis vor dem Kriege eine kleine Villa gekauft hatten. Und nun glaubte sich Fallmerayer auf dem Höhepunkt seines Glücks und seines Lebens. Von der schönsten Frau der Welt wurde er geliebt. Mehr noch: Er liebte die schönste Frau der Welt. Neben ihm war sie jetzt ständig, wie ihr starkes Abbild jahrelang in ihm gelebt hatte. In ihr lebte er jetzt selbst. In ihren Augen sah er stündlich sein eigenes Spiegelbild, wenn er ihr nahe kam – und kaum gab es eine Stunde im Tag, in der sie beide einander nicht ganz nahe waren. Diese Frau, die kurze Zeit vorher noch zu hochmütig gewesen wäre, um dem Wunsch ihres Herzens oder ihrer Sinne zu gehorchen: Diese Frau war nun ohne Ziel und ohne Willen ausgeliefert der Leidenschaft Fallmerayers, eines Stationschefs der österreichischen Südbahn, sein Kind war sie, seine Geliebte, seine Welt. Wunschlos wie Fallmerayer war die Gräfin Walewska. Der Sturm der Liebe, der seit der Schicksalsnacht, in der sich die Katastrophe auf der Station L. zugetragen hatte, im Herzen Fallmerayers zu wachsen angefangen hatte, nahm die Frau mit, trug sie davon, entfernte sie tausend Meilen weit von ihrer Herkunft, von ihren Sitten, von der Wirklichkeit, in der sie gelebt hatte. In ein wildfremdes Land der Gefühle und Gedanken wurde sie entführt. Und dieses Land war ihre Heimat geworden. Was alles in der großen, ruhelosen Welt vorging, bekümmerte die beiden nicht. Das Gut, das sie mitgenommen hatte, sicherte ihnen auf mehrere Jahre hinaus ein arbeitsloses Leben. Auch machten sie sich keine Sorgen um die Zukunft. Wenn sie den Spielsaal besuchten, geschah es aus Übermut. Sie konnten es sich leisten, Geld zu verlieren – und sie verloren in der Tat, wie um dem Sprichwort gerecht zu werden, das sagt, wer Glück in der Liebe habe, verliere im Spiel. Über jeden Verlust waren beide beglückt; als bedürften sie noch des Aberglaubens, um ihrer Liebe sicher zu sein. Aber wie alle Glücklichen waren sie geneigt, ihr Glück auf eine Probe zu stellen, um es, bewährte es sich, womöglich zu vergrößern.

## XI

Hatte die Gräfin Walewska auch ihren Fallmerayer ganz für sich, so war sie doch – wie es sonst nur wenige Frauen können – keineswegs imstande, längere Zeit zu lieben, ohne den Verlust des Geliebten zu fürchten (denn es ist oft die Furcht der Frauen, sie könnten den geliebten Mann verlieren, die ihre Leidenschaft steigert und ihre Liebe). So begann sie denn eines Tages, obwohl Fallmerayer keinen Anlass dazu gegeben hatte, von ihm zu fordern, er möge sich von seiner Frau scheiden lassen und auf Kinder und Amt verzichten. Sofort schrieb Adam Fallmerayer seinem Vetter Heinrich, der ein höheres Amt im Wiener Unterrichtsministerium bekleidete, dass er seine frühere Existenz endgültig aufgegeben habe. Da er aber nach Wien nicht kommen wolle, möge, wenn dies überhaupt möglich, ein geschickter Advokat die Scheidung veranlassen.

Ein merkwürdiger Zufall – so erwiderte ein paar Tage später der Vetter Heinrich – habe es gefügt, dass Fallmerayer schon vor mehr als zwei Jahren in der Liste der Vermissten gestanden habe. Da er auch niemals habe von sich hören lassen, sei er von seiner Frau und von seinen wenigen Blutsverwandten bereits zu den Toten gezählt worden. Längst verwaltete ein neuer Stationschef die Station L. Längst habe Frau Fallmerayer mit den Zwillingen Wohnung bei ihren Eltern in Brünn genommen. Am besten sei es, man schweige weiter, vorausgesetzt, dass Fallmerayer bei den ausländischen Vertretungen Österreichs keine Schwierigkeiten habe, was den Pass und dergleichen betreffe.

Fallmerayer dankte seinem Vetter, versprach, ihm allein

fernerhin zu schreiben, bat um Verschwiegenheit und zeigte den Briefwechsel der Geliebten. Sie war beruhigt. Sie zitterte nicht mehr um Fallmerayer. Allein einmal von der rätselhaften Angst befallen, welche die Natur in die Seelen der so stark liebenden Frauen gesät hat (vielleicht, wer weiß, um den Bestand der Welt zu sichern), forderte die Gräfin Walewska von ihrem Geliebten ein Kind – und seit der Minute, in der dieser Wunsch in ihr aufgetaucht war, begann sie, sich den Vorstellungen von der vorzüglichen Beschaffenheit dieses Kindes zu ergeben; gewissermaßen sich der unerschütterlichen Hingabe an dieses Kind zu weihen. Unbedacht, leichtsinnig, beschwingt, wie sie war, erblickte sie in ihrem Geliebten, dessen maßlose Liebe ja erst ihre schöne, natürliche Unbesonnenheit geweckt hatte, dennoch das Muster der vernünftigen, maßvollen Überlegenheit. Und nichts erschien ihr wichtiger, als ein Kind in die Welt zu setzen, das ihre eigenen Vorzüge mit den unübertrefflichen ihres geliebten Mannes vereinigen sollte.

Sie wurde schwanger. Fallmerayer, wie alle verliebten Männer dem Schicksal dankbar wie der Frau, die es erfüllen half, konnte sich vor Freude nicht lassen. Keine Grenzen mehr hatte seine Zärtlichkeit. Unwiderleglich bestätigt sah er seine eigene Persönlichkeit und seine Liebe. Erfüllung wurde ihm jetzt erst. Das Leben hatte noch gar nicht begonnen. In sechs Monaten erwartete man das Kind. Erst in sechs Monaten sollte das Leben beginnen.

Indessen war Fallmerayer fünfundvierzig Jahre alt geworden.

## XII

Da erschien eines Tages in der Villa der Walewskis ein Fremder, ein Kaukasier namens Kirdza-Schwili, und teilte der Gräfin mit, dass der Graf Walewski dank einem glücklichen Geschick und wahrscheinlich gerettet durch ein besonders geweihtes, im Kloster von Pokroschni geweihtes Bildnis des heiligen Prokop der Unbill des Krieges wie den Bolschewiken entronnen und auf dem Wege nach Monte Carlo begriffen sei. In ungefähr vierzehn Tagen sei er zu erwarten. Er, der Bote, früherer Ataman Kirdza-Schwili, sei auf dem Wege nach Belgrad, im Auftrag der zaristischen Gegenrevolution. Seines Auftrages habe er sich nunmehr entledigt. Er wolle gehn.

Dem Fremden stellte die Gräfin Walewska Fallmerayer als den getreuen Verwalter des Hauses vor. Während der Anwesenheit des Kaukasiers schwieg Fallmerayer. Er begleitete den Gast ein Stück Weges. Als er zurückkam, fühlte er zum ersten Mal in seinem Leben einen scharfen, jähen Stich in der Brust. Seine Geliebte saß am Fenster und las.

»Du kannst ihn nicht empfangen!«, sagte Fallmerayer. »Fliehen wir!«

»Ich werde ihm die ganze Wahrheit sagen«, erwiderte sie. »Wir warten!«

»Du hast ein Kind von mir!«, sagte Fallmerayer. »Eine unmögliche Situation.«

»Du bleibst hier, bis er kommt! Ich kenne ihn! Er wird alles verstehn!«, antwortete die Frau.

Sie sprachen seit dieser Stunde nicht mehr über den Grafen Walewski. Sie warteten.

Sie warteten, bis eines Tages eine Depesche von ihm eintraf. An einem Abend kam er. Sie holten ihn beide von der Bahn ab.

Zwei Schaffner hoben ihn aus dem Waggon, und ein Gepäckträger brachte einen Rollstuhl herbei. Man setzte ihn in den Rollstuhl. Er hielt sein gelbes, knochiges, gestrecktes Angesicht seiner Frau entgegen, sie beugte sich über ihn und küsste ihn. Mit langen, blaugefrorenen, knöchernen Händen versuchte er, immer wieder umsonst, zwei braune Decken über seine Beine zu ziehen. Fallmerayer half ihm.

Fallmerayer sah das Angesicht des Grafen, ein längliches, gelbes, knöchernes Angesicht, mit scharfer Nase, hellen Augen, schmalem Mund, darüber einen herabhängenden, schwarzen Schnurrbart. Man rollte den Grafen wie eines der vielen Gepäckstücke den Perron entlang. Seine Frau ging hinter dem Wagen her, Fallmerayer voran.

Man musste ihn – Fallmerayer und der Chauffeur – ins Auto heben. Der Rollwagen wurde auf das Dach des Autos verladen.

Man musste ihn in die Villa hineintragen. Fallmerayer hielt den Kopf und die Schultern, der Diener die Füße.

»Ich bin hungrig«, sagte der Graf Walewski.

Als man den Tisch richtete, erwies es sich, dass Walewski nicht allein essen konnte. Seine Frau musste ihn füttern. Und als, nach einem grausam schweigenden Mahl, die Stunde des Schlafs nahte, sagte der Graf: »Ich bin schläfrig. Legt mich ins Bett.«

Die Gräfin Walewska, der Diener und Fallmerayer trugen den Grafen in sein Zimmer im ersten Stock, wo man ein Bett bereitet hatte.

»Gute Nacht!«, sagte Fallmerayer. Er sah noch, wie seine Geliebte die Kissen zurechtrückte und sich an den Rand des Bettes setzte.

## XIII

Hierauf reiste Fallmerayer ab; man hat nie mehr etwas von ihm gehört.

## *Triumph der Schönheit*

I

Ich halte viel von der Menschenkenntnis meines alten Freundes Doktor Skowronnek. Seit mehr als fünfundzwanzig Jahren ist er Arzt in einem berühmten Kurort für Frauen, wo die wundertätigen Quellen Gebärmutterleiden, Unfruchtbarkeit und Hysterie heilen sollen. Mein Freund, der Doktor Skowronnek, versichert es jedenfalls. Immerhin spricht er fast mit der gleichen Überzeugung von der wunderbaren, wenn auch leichter zu erklärenden Wirkung, die eine erhebliche Anzahl junger, kräftiger und liebesdurstiger Männer auf die trostbedürftigen Patientinnen des Kurorts in jeder Saison auszuüben pflegen. Pünktlich wie gewisse Zugvögel treffen nämlich bei »Eröffnung der Saison« die jungen Männer in jenem Kurort ein und wetteifern mit der Heilkraft der berühmten Quellen.

Mein Freund, Doktor Skowronnek, hat jedenfalls innerhalb eines Vierteljahrhunderts Gelegenheit gehabt, die körperlichen und seelischen Krankheiten der Frauen kennenzulernen. Nehmen wir an, er hätte nur dreißig Damen in der Saison zu behandeln, so hätte er, nach fünfundzwanzig Jahren, nicht weniger als siebenhundertundfünfzig Frauen gründlich kennengelernt. Ich glaube also, recht zu haben, wenn ich viel von der Weltkenntnis meines Freundes halte.

Infolgedessen pflege ich auch alle Ehemänner, die mir von Krankheiten (echten oder eingebildeten) ihrer Frauen erzählen, zu Doktor Skowronnek zu schicken. Er behandelt die Männer, die an ihren Frauen gewöhnlich mehr zu leiden haben als die Frauen an ihren Krankheiten, ebenfalls als Patienten – und dies mit Recht. Ja, ich betrachte meinen Freund, den Doktor, eher als einen Ehemänner-Arzt denn als einen Frauenarzt – obwohl er selbst nichts davon wissen will und behauptet, es schade seinem Ruf. Ich aber kenne ihn. Und ich weiß, dass er hinter einer Art beichtväterlicher Güte, mit der er die kranken Damen auf Herz und Nieren prüft, die Sorge um die den Patientinnen hörigen Herren verbirgt. Wer so viel Frauen untersucht hat, muss schließlich eine leidenschaftliche Solidarität mit den Männern empfinden.

So geschah es denn eines Tages, dass ich einem meiner Bekannten, dem Ingenieur M., den Rat gab, den Doktor Skowronnek aufzusuchen; allein zuerst, ohne die kranke Frau, von der mir der Ingenieur ein Langes und Breites erzählt hatte. Der Ingenieur war ein junger Mann, erst seit zwei Jahren verheiratet, ohne Kinder. Nach einem Jahr glücklicher Ehe – oder was man so nennt – hatte die Frau angefangen, über Schmerzen im Kopf, im Rücken, im Bauch, im Hals, in der Nase, in den Augen, in den Füßen zu klagen. Man soll nicht verallgemeinern: Aber ich habe die Erfahrung gemacht, dass Ingenieure – und besonders Brückenbau-Ingenieure, solch einer war mein Bekannter – von der Konstitution der Frauen keine Ahnung haben. Es mag Ausnahmen geben. Der Brückenbau-Ingenieur aber, von dem ich hier erzähle, war ganz und gar von der Panik ergriffen, die jeden braven Mann erfasst, wenn er eine Frau leiden oder auch nur weinen sieht. (Es ist die Panik des Gesunden vor dem Kranken, des Starken vor der Ohnmacht. Es gibt nichts Schlimmeres als die Mischung aus Liebe, Mitleid und Bangnis um das Geliebte und Bemitleidete. Eine gesunde Xanthippe ist besser und erträglicher als eine kränkliche Julia.) Und also riet ich dem Ingenieur, den Doktor Skowronnek aufzusuchen.

Bei seiner Zusammenkunft mit dem Doktor war ich auch anwesend – auf des Ingenieurs ausdrücklichen Wunsch und gegen meinen eigenen. Ich befand mich ungefähr in der Lage eines Menschen, der hinter der dünnen Wand eines Hotelzimmers seinen Nachbarn peinliche private Dinge sagen hört – und außerstande ist, etwas dagegen zu tun. Ich bemühte mich, an anderes zu denken. Ich ließ mir Zeitungen kommen. Allein, die berufliche Neugier des Schriftstellers siegte über private Bemühungen um private Diskretion, und ich hörte, ohne hören zu wollen, sozusagen mit einem beruflichen Ohr, alle Dinge, die im Augenblick und in diesem Zusammenhang nicht erzählt werden können.

Doktor Skowronnek verhielt sich schweigsam. Er hörte nur zu. Schließlich entließ er den Ingenieur mit der Aufforderung, er möchte seine Frau in die Sprechstunde schicken.

Der Ingenieur verließ uns. Und da ich die Schweigsamkeit meines Freundes nicht begriff, fing ich an, selber um die Frau des Ingenieurs besorgt zu sein, und fragte:

»Sagen Sie, ist das so schlimm, was er von der Frau erzählt hat? Warum haben Sie geschwiegen?« »Nicht schlimm und nicht gut!«, erwiderte der Doktor. »Es ist nur gewöhnlich. Und wenn ich nicht vor einiger Zeit eine besondere Geschichte erlebt hätte, ich wäre auch nicht so schweigsam geblieben. Aber seitdem ich diese besondere Geschichte kenne, habe ich aufgehört, die Männer der kranken Frauen zu bemitleiden. Unheilbare sind nicht mehr zu behandeln. Wer sich selbst töten will, den kann man nicht retten. Unheilbare Selbstmörder sind die Männer ganz bestimmter kranker Frauen. Und damit Sie mir glauben, will ich Ihnen diese Geschichte erzählen. Schreiben Sie sie eines Tages auf.« Und Doktor Skowronnek begann zu erzählen:

## II

»Vor vielen Jahren, ich war damals noch ein unbekannter praktischer Arzt in einer mittelgroßen Stadt, kam eines Tages in meine Sprechstunde ein junger Mann. Nun, ich hatte damals nicht viele Patienten. An manchen Tagen zeigte sich überhaupt keiner. Ich saß da, wartete und las Kriminalromane. Ich hätte vielleicht medizinische Bücher lesen sollen, aber mein Respekt vor den Naturwissenschaften und den Erkenntnissen meiner berühmten Kollegen war eben immer geringer als mein Interesse für Verbrecher und Polizei. Sie begreifen, dass ein Arzt, der wenig zu tun hat, von einem seltenen Patienten geradezu fasziniert wird. Dennoch ließ ich ihn im Vorzimmer warten, wie es wohl jeder nichtbeschäftigte Arzt tut. Ich ließ den jungen Mann erst nach einigen Minuten eintreten – (und Sie können mir glauben, ich litt in diesen paar Minuten mehr Ungeduld als er).

Ungeduld ist, wie Sie wissen, eine gefährliche Krankheit, sie führt manchmal sogar zum Tode durch Selbstmord. Nun, ich bezwang mich. Mit umso intensiverer Freude weidete ich mich an dem Anblick des Mannes, als er endlich eintrat. Natürlich suchte ich mechanisch ebenso nach Anzeichen einer äußerlich erkennbaren Krankheit in seiner Gestalt und in seinem Gesicht wie nach Anzeichen etwaiger Wohlhabenheit an seiner Kleidung. Ich sah sofort, es war ein beruhigender Patient. Er gehörte offenbar nicht nur den guten, sondern sogar den höheren Ständen an – und eine gefährliche Krankheit, die mich wahrscheinlich genötigt hätte, ihn einer medizinischen Kapazität abzutreten, hatte er auch nicht. Er war gesund, groß, sehnig, hübsch, von braunem Teint, er hatte ein schmales, sympathisches Gesicht, helle Augen, einen edlen Nacken, eine gutgewölbte Stirn, kräftige, lange Hände, er war sicher und schüchtern zugleich, also, was man gute Rasse nennt. Ich vermutete in ihm einen Ministerialbeamten von guten Eltern und mittlerer Begabung und wahrscheinlich mit einem jener Leiden behaftet, die man in der Gesellschaft ›galante‹ nennt.

Ich hatte mich nicht sehr getäuscht. Es war ein junger Diplomat, unserer Botschaft in England zugeteilt, Sohn eines bekannten Munitionsfabrikanten, also reicher, als ich gedacht hätte, und seine Krankheit war tatsächlich eine ›galante‹. Er war aufs Geratewohl zu mir gekommen. Mit dem Hausarzt seiner Eltern wollte er sich nicht beraten. Er schlug also das Adressbuch der Ärzte auf, tippte mit dem Bleistift auf einen Namen – es war der meine – und suchte mich unverzüglich auf. Ich behandelte ihn munter und sorgsam. Er gefiel mir. Ich erzählte ihm Anekdoten. Als er geheilt war, gestand er mir, dass er es fast bedauere, nicht noch eine andere, harmlose Krankheit zu haben, solange sein Urlaub dauere. Ich untersuchte ihn, er war leider kerngesund. Ich fragte ihn, ob er wenigstens eine Leidenschaft habe. ›Nein‹, sagte er, ›außer der Musik gar keine.‹ Musik ist, wie Sie wissen, auch meine Leidenschaft. Und kurz und gut: Die Musik machte uns erst zu Verbündeten, später zu Freunden.«

Hier ließ Doktor Skowronnek eine Pause eintreten. Dann sagte er: »Bis zu seinem Tode waren wir gute Freunde.«

»Er ist also jung gestorben? Und wohl plötzlich?«

»Jung und langsam und an der gefährlichsten und gewöhnlichsten aller Krankheiten: Er starb nämlich an einer Frau, und zwar an seiner eigenen …«

III

»Unsere Freundschaft hörte nicht auf, auch nachdem er seinen Urlaub beendet hatte und wieder nach London abgereist war. Im Gegenteil: Die Entfernung verstärkte unsere Freundschaft. Wir wechselten fast jede Woche Briefe. Meine Praxis war miserabel; ich wartete oft stundenlang auf einen Patienten und las meine Kriminalromane. Eines Tages schrieb er mir, ich solle für ein paar Wochen nach England kommen, als sein Gast.

Ich fuhr nach London. Ich verstand kein Wort Englisch, war also gezwungen, bei jedem Schritt die Hilfe meines Freundes in Anspruch zu nehmen. Sie erkennen einen Menschen der sogenannten ›guten Rasse‹ immer daran, dass es

Ihnen unmöglich ist, Dankbarkeit für seine kleinen und größeren Hilfeleistungen zu empfinden, geschweige denn, sie auszudrücken. Sie kommen niemals oder fast niemals in die Lage, einem wirklichen Herrn Danke schön! zu sagen. Ja, er weiß es so einzurichten, dass man immer glaubt, seine kleinen Dienste und Gefälligkeiten kämen ihm selbst zugute, und die eigene Hilflosigkeit wäre eigentlich sein Nutzen. So war es auch mit meinem Freunde. Niemals habe ich einen vornehmeren Gastgeber gesehen. Sein diskretes Verhalten ward mit der Zeit derart, dass es mir zeitweilig fast vorkam, er hätte eine Art Schuldbewusstsein mir gegenüber. Ja, er beschämte mich. Ich dachte daran, dass ich ihn aus törichter beruflicher Eitelkeit im Wartezimmer hatte sitzen lassen, als er zum ersten Mal zu mir gekommen war, und ich gestand ihm eines Tages, dass ich ihn ohne Grund hatte warten lassen. Er verstand mich gar nicht, oder er tat so, als ob er mich nicht verstünde. ›Wahrscheinlich‹, so sagte er, ich erinnere mich genau, ›hatten Sie doch etwas zu tun, Sie wissen es selbst nicht mehr. Übrigens auch mir passiert es, dass ich Menschen warten lasse, obwohl ich ganz unbeschäftigt bin. Ich muss mich sammeln, bevor ich einen Fremden empfange. Das ist ganz selbstverständlich.‹

Hatte ich vorher an seine mittelmäßige Begabung gedacht, so gewann ich im Laufe der Zeit die Überzeugung, dass seine geradezu unterstrichene Mittelmäßigkeit lediglich eine vornehme Bescheidenheit war, wie es oft bei Menschen guter Rasse der Fall ist. Er hatte nicht den geringsten Ehrgeiz. Er gab mir oft Gelegenheit, Einblick in seine berufliche Tätigkeit zu nehmen. Und immer wieder sah ich, dass es sein höchstes, aber auch selbstverständliches Bemühen war, sich *nicht* vor den anderen, seinen Kollegen, hervorzutun. Er war das Gegenteil von einem ehrgeizigen Diplomaten. Er kannte wohl alle Dummheiten seiner Kollegen, aber er bemühte sich, nicht viel klüger zu erscheinen, als sie waren. Ehrgeizig ist der Plebejer. Der wirklich noble Mensch ist anonym. Es gibt eine Kraft in der angeborenen Noblesse, die größer ist als das Licht des Ruhms, der Glanz des Erfolges, die Macht des Siegers. Ehrgeiz ist, wie gesagt, eine Eigenschaft des Plebejers. Er hat keine Zeit. Er kann es nicht erwarten, zu Ehre, Macht, Ansehn, Ruhm zu gelangen. Der noble Mensch aber hat Zeit zu warten, ja, sogar zurückzustehn.

So also war mein Freund. Obwohl älter als er, begann ich, eine Art Ehrfurcht vor ihm zu empfinden. Ich liebte ihn und verehrte ihn.

Eine Woche vor meiner Abreise gestand er mir, dass er verliebt sei. Nun, es ist selbstverständlich, dass sich ein junger Mann verliebt. Ich selbst, der ich damals noch nicht der ›ausgekochte‹ Frauenarzt war, der ich heute bin, wie Sie wissen, hatte mich schon ein paarmal verliebt. Aber da es sich um meinen Freund handelte, erschrak ich. Denn ich fühlte, dass dieser vornehme Mensch einem tiefen Gefühl ohnmächtig ausgeliefert sein musste und dass es in seiner Natur gelegen war, den Gegenstand, den er zu lieben glaubte, mit den edelsten Eigenschaften auszustatten, die er selbst besaß. Wenn die Liebe, wie das Sprichwort sagt, schon alle gewöhnlichen Menschen blind macht, wie erst die auserwählten und vornehmen!

Ich erschrak also. Und ich sagte meinem Freunde, dass ich wünsche, seine Geliebte zu sehen.

›Auch Sie werden sich verlieben‹, antwortete er – mit der Naivität der Liebenden, die glauben, der Gegenstand ihrer Liebe sei unwiderstehlich.

Gut! – Wir trafen uns also alle drei eines Abends.

Es war eine junge Dame aus der sogenannten guten Gesellschaft. Hübsch, gewiss! Eine blonde Jungfrau, mit himmelblauen Augen, starken Zähnen, einem etwas zu langen und langweiligen Kinn und ausgesprochen guter Figur. Gewiss hatte sie ›Manieren‹ – was man so nennt. Sie war eben aus guter Familie. Gewiss war sie auch in meinen Freund verliebt — warum denn nicht? So verliebt, wie es nur Mädchen aus guter Familie sein können, für die Liebe zu einem jungen Mann von Stand und Rang so etwas ist wie Sünde ohne Gefahr, Laster ohne fluchwürdige oder sträfliche Folgen.

Die jungen Mädchen dieser Art sind nicht hungrig; sie sind nur genäschig. Der Hunger, den man befriedigen muss, bringt, unter Umständen, fürchterliche Strafe. Die Genäschigkeit aber, der man Genüge tut, bringt keinen Schaden, nur Lust und die Genugtuung: Man wäre ein bisschen gefährdet gewesen. Es ist der Unterschied wie zwischen dem Besuch, den man etwa einer Menagerie abstattet, und dem Versuch, in den Käfig der Löwen zu steigen. Dies alles wusste mein Freund natürlich nicht. Ihm schien die Tatsache, dass eine Tochter aus bester englischer Familie ihn heimlich küsste, Beweis genug für ihre tiefe Liebe zu ihm. Ihm war's, als hätte sie tausend Meilen durch die Gefahren irgendeiner Wüste zurückgelegt, nur, um ihm einen Kuss zu gewähren. Er fand sie tapfer, tollkühn, opfermutig und obendrein sehr gescheit.

Nun, sie war sehr dumm! Sie ist es noch heute. Sie hat ihn ins Grab gebracht. Sie ist alt und ziemlich hässlich geworden, aber sie ist immer noch dumm! So ungerecht die Natur auch ist, in ihrer Bosheit, die Männer blind zu machen, wenn sie lieben: Sie gleicht diese Ungerechtigkeit aus, indem sie den Glanz der Frauen, der die Männer einst geblendet hat, ziemlich früh erlöschen lässt und indem sie die alten Damen zwingt, mit den Jahren die zweifelhafte Hilfe der Friseure, Masseure und Chirurgen in Anspruch zu nehmen, damit die verfallenen Brüste, Bäuche, Wangen und Schenkel wieder eine halbwegs annehmbare Form bekommen. Als eine Art von aufgebesserten Gipsfiguren sinken die einstmals schönen Frauen ins Grab. Die Männer aber, die weise genug waren, nicht an ihnen zu sterben, werden von der Natur belohnt: Bekleidet mit der Würde des Silbers und der nicht minderen Würde der Gebrechlichkeiten gehen sie in den Schoß Gottes ein.

## IV

In den besseren Kreisen folgt gewöhnlich die Heirat der Verlobung wie dem Blitz der Donner. Mein Freund heiratete, kurze Zeit nachdem ich ihn verlassen hatte, ging auf die Hochzeitsreise, passierte bei der Rückkehr unsere Stadt und besuchte mich mit seiner Frau. Sie waren beide hübsch, sie boten einen gefälligen Anblick, sie schienen füreinander geschaffen zu sein. Am Abend begleitete ich sie in ein Lokal, wo Offiziere, höhere Beamte, Adelige und ein paar Gutsbesitzer verkehrten. In einer mittleren Stadt, in sogenannten besseren Lokalen, sieht man sich nach jedem Gast um, geschweige denn nach Fremden, die man nicht kennt. Das Aufsehen aber, das mein Freund erregte, als er mit seiner Frau ankam, war kein gewöhnliches, sondern etwa mit der Überraschung zu vergleichen, die ein außerordentliches Naturphänomen bei ahnungslosen Menschen hervorzurufen pflegt. Es war wie ein Märchen. Alle Gespräche verstummten. Die Kellner hielten ein in ihren beflissenen Dienstgängen. Der Chef vergaß, sich zu verneigen. Es war ein warmer Spätsommerabend, die Fenster standen offen, und der sachte Wind bewegte die rötlichen Gardinen. Aber ich hatte den Eindruck, dass auch diese Gardinen aufgehört hatten, sich zu bewegen. Wie Götter wirkten meine Freunde. Mein Freund fühlte es und beeilte sich, in die nächste freie Loge zu kommen. Seine Frau aber schien das betroffene, ja fast betretene Schweigen der Menschen gar nicht zu merken. Sie trug ein Lorgnon, es war damals bei manchen Leuten Mode, ob sie nun schwache oder normale Augen hatten. Das Lorgnon hob sie nun an die Augen, einen Augenblick nur natürlich, für den Bruchteil einer Sekunde. Sie ließ es sofort wieder fallen. Aber mein Freund hatte es bemerkt, und es muss ihn getroffen haben, ebenso wie mich. Denn er berührte unwillkürlich den Arm seiner Frau – es war eine zärtliche und sanfte Mahnung.

Als wir in der Loge saßen, hob die Frau meines Freundes noch ein paarmal das Lorgnon an die Augen. Ich bin überzeugt, dass sie nicht das geringste Interesse an all dem hatte, was im Saal vorging. Wahrscheinlich betrachtete sie den Kronleuchter durch das Glas. Aber meinen Freund und mich reizte diese Art, das Glas an die Augen zu führen. Es ist eine hochmütige Bewegung, ein Lorgnon ist ein ziemlich hochmütiger Gegenstand, und die bescheidenste Frau, die sich seiner bedient, kann unter Umständen sehr arrogant erscheinen. Ich habe wirklich vornehme und in der Tat kurzsichtige Damen gekannt, die eine ganz besondere, nahezu verschämte Art hatten, das Lorgnon zu gebrauchen, so etwa, wie es ihre ganz besondere Art war, die Röcke zu heben. Nun, es fehlte der Frau meines Freundes gewiss nicht an guten Manieren! Aber es fehlte ihr die wirkliche Noblesse. Diese besteht nicht so sehr darin, was man tut, als darin, was man unterlässt. Sie besteht aber in der Hauptsache darin, dass man fühlt, was den andern ›schockieren‹ könnte; dass man es rechtzeitig fühlt, noch ehe etwas geschehen ist.

Die Frau meines Freundes tat das Gegenteil. Als wäre sie eine durchaus kleine Bürgerin aus London, mokierte sie sich über die mittelmäßige Eleganz unserer Stadt, über die lässige Haltung der Offiziere, über die eilfertige Dienstbarkeit des Personals, über die unmodischen Hüte der Damen. Mein Freund lächelte, verliebt und bekümmert und beschämt zu gleicher Zeit. Hie und da versuchte er, uns in Schutz zu nehmen. Einmal, ich erinnere mich, wurde er sogar deutlich und sagte etwa: ›Aber Gwendolin! Du hast eine kleine, scharfe Zunge. Schwätzt sie so weiter, musst du sie dem Doktor zeigen! Nicht wahr, Doktor?‹ Und weil er fühlte, dass sein Scherz keineswegs sehr gelungen war, fuhr er ernsthaft fort: ›Der Aufenthalt hier behagt meiner Frau nicht. Wir werden morgen Abend aufbrechen.‹

Um meinen Freund nicht merken zu lassen, dass ich die Mittelmäßigkeit seines Scherzes erkannt hatte, versuchte ich, sozusagen seinen Intentionen zu folgen, und sagte: ›Zeigen Sie schnell die Zunge dem Onkel Doktor!‹ – Sie streckte mir sofort ihr schmales, beinahe karmoisinrotes Zünglein entgegen, und, Sie können mir glauben, es ist mein Beruf, ich habe leider vieltausendmal Frauenzungen anschaun müssen: Hier, beim Anblick dieses Züngleins, hatte ich den vielleicht allzu primitiven, aber sehr überzeugenden Eindruck: eine Schlange.

Am nächsten Vormittag kam mein Freund zu mir. ›Wir fahren heute Abend‹, sagte er. ›Ich will mich verabschieden.‹ ›Werde ich Ihre schöne Frau nicht wiedersehn?‹ ›Bitte, kommen Sie zur Bahn, am Abend. Ich bin hierhergekommen, damit wir sozusagen einen Separatabschied nehmen.‹

Ich sah, dass er nicht sehr glücklich war. Ich schlug ihm einen Spaziergang vor. Ich weiß, dass man verschwiegene Dinge leichter im Gehen sagt als im Sitzen. Man sagt's eben nicht Aug' in Aug'. Der Sprechende wie der Zuhörer, sie blicken beide zu Boden. Eine laute Straße befreit manchmal die menschliche Brust genauso wie Alkohol oder auch, wenn Sie wollen, wie jener stille Kirchenwinkel, in dem gewöhnlich der Beichtstuhl wartet. Wir gingen also spazieren. Und da erzählte er mir, dass es schon während der Hochzeitsreise ein paar Unstimmigkeiten zwischen Gwendolin und ihm gegeben hätte. Es begann bei der Musik. Sie liebte Wagner. Er beschimpfte ihn. Nichts konnte einen Musiker seiner Art – und auch meiner Art – so sehr reizen wie ein Wohlgefallen an Wagner. Gewiss, die Liebhaber Wagners sind ebenfalls musikalische Menschen. Aber die musikalischen Menschen könnte man in zwei feindliche Gruppen teilen: in Mozart-Liebhaber und Wagner-Anhänger. Merken Sie, dass ich nicht einmal Wagner-Liebhaber mehr sagen kann? Ich sage: ›Anhänger‹. Menschen mit Ohren für Posaunen und Kesselpauken – und Menschen mit Ohren für Cello, Geige und Flöte. Eher werden sich zwei Taubstumme verständigen als zwei musikalische Menschen, von denen einer Mozart liebt und der andere Wagner. Beides zusammen kann man meiner Meinung nach nicht. Ich glaube, es sind im Grunde taube Menschen, die beides lieben; oder wenn sie hören, sind's Kapellmeister.

Nun, ich brauche Ihnen nichts mehr zu sagen: Sie vertrugen sich wie Mozart und Wagner. Ich wusste sofort, dass diese Ehe zerbrochen war. Aber ich sagte: ›Spielen Sie zu Hause Mozart, lieben Sie viel, schlafen Sie mit Ihrer Frau, ein Kind sollte sie bald bekommen. Schwangerschaft ändert manchmal den musikalischen Geschmack. Fahren Sie mit Gott.‹

Wir umarmten uns, jetzt schon. Ich begriff, dass er mich vor seiner Frau am Bahnhof niemals hätte umarmen können.

Ich kam zum Zug. Gwendolin gab mir die Hand zum Kuss und stieg rasch ein, ein Lächeln für zehn Kreuzer um den holden Mund. (Die Damen lächeln merkwürdigerweise genauso wie die armen Straßenmädchen; das heißt, wenn sie konventionellen Abschied nehmen; so lächeln die Mädchen, wenn sie eine Bekanntschaft machen.)

Mein Freund wäre gerne noch zu mir auf den Perron heruntergestiegen. Aber er fürchtete sich, es war, als hielte ihn seine Frau hinten am Rock fest. Er beugte sich nur zum Fenster heraus, gab mir noch einmal die Hand – und ich ging – lange noch vor der Abfahrt des Zuges.

## V

Ich kenne nicht die internationalen Gesetze oder Sitten der Diplomatie. Ich glaube aber, dass es nicht üblich ist, dass ein Diplomat eine Frau aus dem Lande heiratet, in dem er als der Vertreter seines eigenen fungiert. Ausnahmen gibt es, ich habe schon von einigen gehört. Mein Freund gehörte allerdings nicht zu diesen. Unser damaliger Botschafter dürfte ein strenger Formalist gewesen sein. Mein Freund musste, weil er eine Engländerin geheiratet hatte, London verlassen. Sein neuer Posten war kein anderer als Belgrad.

Ich habe nicht erwähnt, dass die Frau meines Freundes die einzige Tochter ihrer Eltern war. Sie wissen: Engländer reisen zwar viel in der Welt herum, sie kennen sogar die verschiedenen Länder besser als andere Westeuropäer; aber sie schicken ihre Töchter nicht gerne in unwirtliche Gegenden. Einen kürzeren oder längeren Besuch verdient jedes Land; auch das unwirtlichste. Aber seinen ständigen Wohnsitz behält man in England, zumindest in einer der besseren englischen Kolonien. Wahrscheinlich hätten die Schwiegereltern meines Freundes nichts dagegen gehabt, wenn er zum Beispiel nach Indien gegangen wäre. Serbien aber flößte ihnen einen wahren Horror ein. Auch Frau Gwendolin hatte unsagbare Angst vor Belgrad und weigerte sich hinzufahren, indes mein Freund darauf bestand, dass die Frau ihn begleite. Von den bibelkundigen, gläubigen Protestanten, die seine Schwiegereltern waren, führte er das bekannte Wort an, dass die Frau dem Manne überallhin zu folgen habe: vergebens. Es kam zum ersten ernstlichen Konflikt. Mein Freund fuhr nach Wien. Im Ministerium des Äußeren versuchte er alles Unmögliche, um seine Versetzung nach Paris oder wenigstens nach Madrid zu erreichen. Vergebens. Es gab andere, es gab, wie Sie wissen, im alten Österreich viele Protektionskinder. Paris, Madrid, Lissabon waren besetzt. Man brauchte übrigens tatsächlich einen tüchtigen Legationsrat in Belgrad. Man konnte sich dort auszeichnen. Der Sektionschef Baron S. im Ministerium wusste die Qualitäten meines Freundes zu schätzen, war auch ein wenig um dessen Karriere besorgt. Kurz, es war unmöglich. Man musste nach Belgrad.

Zufällig – oder besser: nicht zufällig, denn ich glaube nicht an Zufälle – sollte ich im April jenes Jahres zum ersten Mal meine Stellung als Kurarzt antreten. Ich gab meine Praxis auf, wir hielten im Februar. Unter zwanzig praktischen Ärzten, wahrscheinlich lauter armen Teufeln wie ich selbst, hatte die Kurverwaltung gerade mich ausgesucht. Ich wusste dieses Glück zu schätzen. Ich gab davon aller Welt sofort Kunde und natürlich auch meinem Freund in London. Er schrieb mir, es träfe sich herrlich. Da er ungefähr im März nach Belgrad müsse, könnte seine Frau bis zum April in London bleiben, dann zu mir kommen, die ganze Saison in meiner Obhut bleiben und erst im August nach Belgrad fahren. Sein Glück sei mein Posten, nicht das meinige.

Der Arme! Er hatte keine Ahnung davon, wie Frauenbäder auf gewisse jüngere Frauen wirken!

Er sollte es erst später erfahren.

## VI

Die Frau war mit dem Plan einverstanden. Im März sollte mein Freund nach Belgrad fahren, im April seine Frau zu mir in den Kurort kommen. Von mir behandelt und durch die wundertätigen Quellen unseres Bades gestärkt, vielleicht gar in ihrem Sinne gewandelt, würde sie dann – so hoffte mein Freund – ohne Heimweh und Kummer ihrem Manne nach Belgrad folgen können.

Nun, sehen Sie: Es gibt wenig Frauen, mit denen man etwas Festes abmachen kann. Nicht, dass sie nicht Wort hielten oder mit Absicht täuschen wollten: nein! Ihre Konstitution verträgt keine feste Abmachung. Wenn sie entschlossen sind, ein Übereinkommen einzuhalten, wehrt sich, ohne dass sie es selbst wollen, ihr Körper. Sie werden einfach krank.

Zu den wenigen Frauen, mit denen man etwas Festes abmachen kann, gehörte nun die Frau meines Freundes keineswegs. Sie gehörte vielmehr zu jenen, die krank werden, das heißt: zu jenen, deren Körper sich gegen ihre redlichen Vorsätze wehrt – und sie erkrankte tatsächlich, genau einen Tag vor der Abreise meines Freundes nach Belgrad. Nicht sie selbst, begreifen Sie mich recht! – ihre Konstitution wollte sich nicht in das Unvermeidliche fügen. – Was ihr eigentlich fehlte? – Gott allein kann es wissen, Er, der die Eva schuf. Ein Frauenarzt weiß nur selten, was einer Frau fehlt.

Es begann mit dem Magen und der ihm benachbarten Gebärmutter. Die hastigen Ärzte in London einigten sich, wie gewöhnlich in solchen Fällen, auf eine Blinddarmentzündung. Mein Freund erbat und erhielt einen Aufschub von zwei Tagen. Man operierte die Frau. Der Blinddarm war, wie jeder zweite Blinddarm, den man herausnimmt, natürlich vereitert. (Der Ihrige, der meinige, sie sind auch vereitert.) Die Ärzte und mein Freund bildeten sich ein, die Frau sei aus großer Lebensgefahr errettet. Beglückt, wie jeder Liebende, über die Rettung des geliebten Wesens, fuhr mein Freund auf seinen neuen Posten nach Belgrad.

Es blieb dennoch bei der Abmachung. Etwa Mitte April kam Frau Gwendolin zu mir, in meinen Kurort. Natürlich holte ich sie bei der Bahn ab. Sie sah aus wie eine Göttin, eine Göttin ohne Blinddarm, eine Göttin in Rekonvaleszenz. Sie litt und triumphierte zugleich und bezog aus ihrer Rekonvaleszenz allerhand Kräfte für ihren Triumph. Selbstverständlich hatte ich etwa eine halbe Stunde zu tun, bevor alle Koffer abgeholt und verstaut waren. Es waren etwa zwölf Stück. Kleider und Wäsche genug, um zwanzig Frauen für zwei bis drei Jahre auszustatten. Ich brachte Frau Gwendolin im Hotel Imperial unter und bat sie, morgen in meine Sprechstunde zu kommen.

Sie kam, ich untersuchte sie. Ich erinnere mich genau an diese Untersuchung, nicht nur, weil Gwendolin die Frau meines Freundes, sondern auch, weil sie eine meiner ersten Patientinnen war. Der Blinddarm war weg. Man sah den Schnitt, aber die Frau behauptete, man hätte ›etwas drin vergessen‹. Sie hatte Hunger, Übelkeiten, Herzweh, Herzklopfen, Magenschmerzen, Krämpfe und immer wieder Hunger. Schwangerschaftserscheinungen, wie Sie wissen. Aber nein, sie war nicht schwanger! Es ist so ziemlich das Einzige, was ein Frauenarzt feststellen kann, mit einiger Sicherheit. Sie war nicht schwanger! Nach einiger Überlegung kam ich auf die banalste aller Krankheiten. Diese schöne, elegante Dame – nichts Menschliches ist einem Menschen fremd – hatte leider einen Bandwurm.

Aber wie sollte ich ihr das mitteilen, ohne sie zu kränken? – Ich begann zuerst, von Parasiten zu sprechen, von harmlosen, dann von gefährlichen und schilderte den Bandwurm als einen der gefährlichsten Feinde der weiblichen Schönheit. Als ich sie endlich so weit hatte, dass sie selbst ihren Wurm für äußerst interessant halten musste, begann ich mit Vorschriften, Diät und Rezepten. Und noch niemals, seitdem Bandwürmer bestehen, ward einer so ernst genommen. Er war für Frau Gwendolin eine besondere Persönlichkeit. Alle ihre Gelüste und Schwächen schob sie seinem Einfluss zu. So kam sie zum Beispiel zu mir am Morgen und sagte: ›Denken Sie, heute Nacht hat er mich geweckt, er wollte absolut Champagner!‹ – Er – das war der Bandwurm natürlich. Oder ein anderes Mal: ›Ich wollte zu Hause bleiben, wie Sie es mir geraten haben, Doktor, aber er wollte nicht, er machte mir Übelkeiten, ich musste ausgehn, tanzen.‹ Und so fort. Sie schätzte ihren Wurm weit höher als ihren Mann. Er war ihr Verführer, ihr Ablassgeber, ihr Held. Er gab ihr alles, was eine Frau ihresgleichen brauchte: Leiden, Schwäche, Lust, Gelüste. Er ließ sie tanzen, trinken, essen, alles Verbotene entschuldigte dieser Wurm. Er nahm sozusagen alle ihre Sünden auf sein Gewissen. Eine Woche später sogar eine wirkliche Sünde.

Geben Sie zu, dass ich der einzige Arzt der Welt sein dürfte, der einen solchen, geradezu schlangenartigen Bandwurm behandelt hat?

## VII

Etwa eine Woche später schrieb mir mein Freund aus Belgrad, ich möchte ja nicht den Geburtstag seiner Frau vergessen. Er fand statt am 1. Mai, ein Datum, das man leicht behält. Am frühen Nachmittag, bevor meine Sprechstunde begann, ging ich mit einem gewaltigen Strauß roter Rosen ins Hotel Imperial zu meiner Schutzbefohlenen. Eigentlich hatte ich die Blumen unten beim Portier zurücklassen wollen. Ich weiß nicht, ob es Ihnen auch so geht, manchen Männern geht es jedenfalls ähnlich wie mir: Ich komme mir sehr lächerlich vor, mit Blumen in der Hand. Ein Mann, der etwas auf sich hält, sollte keine Blumen tragen. Aber es war die Frau meines Freundes, meine Schutzbefohlene, meine Patientin und ein ›Geburtstagskind‹. Ich entschloss mich also, den Rosenstrauß unter den Arm zu nehmen und in den Lift zu steigen. Ich ließ mich im ersten Stock anmelden. Ich sah, wie der livrierte Kellner an die Tür der Frau Gwendolin klopfte, einmal, zweimal, dreimal. Keine Antwort. ›Die Dame schläft vielleicht – oder sie badet‹, sagte ich. ›Nein‹, erwiderte der Etagenkellner, ›ich habe ihr soeben Champagner gebracht, mit zwei Gläsern.‹ ›Hat sie Besuch?‹ ›Gewiss‹, sagte der Kellner, ›der Herr Doktor von Nummer 32.‹ ›Wer ist das?‹ ›Das ist der junge Rechtsanwalt aus Budapest, Herr Doktor Jenö Lakatos.‹

Nun, ich wusste genug. Zwar war es meine erste Saison in diesem Badeort. Aber ich war ja kein ›heuriger Has'‹, wie man bei uns sagt; und ich wusste, was die jungen Advokaten aus Budapest in Frauenbädern zu suchen hatten. Im Allgemeinen, im Prinzip sozusagen, hatte ich ja nichts dagegen. Hier aber handelte es sich um die Frau meines Freundes, für die ich ihm einigermaßen verantwortlich war. Ja, ich selbst fühlte mich schon betrogen, an seiner statt. Ich bin Junggeselle geblieben. Aber ich habe die Erfahrung gemacht, dass wir gar nicht selbst zu heiraten brauchen, wenn wir verheiratete Freunde haben. Es ist, als heiratete man gewissermaßen die Frauen aller seiner guten Freunde mit, ließe sich mit den Freunden von den Frauen scheiden und würde mit den Freunden von den Frauen betrogen – wenn man nicht zufällig selbst der Betrüger seines Freundes ist.

Ich stand also ratlos da, in dem noblen, blendend weiß getünchten Korridor des Hotels, auf einem dunkelroten Läufer und blickte ratlos auf den blaubefrackten Zimmerkellner, den Blumenstrauß unter dem Arm, sehr lächerlich – nicht wahr?! Mir war, als fühlte ich an meiner Hüfte die schönen Rosen welken, Rosenleichen hielt ich schon. Ich beschloss, wieder hinunterzugehn. Da öffnete sich auf einmal die Tür. Heraus kam, aber mit dem Rücken zuerst, der Lakatos von Nummer 32. Ich sah ihn also zuerst von hinten. Aber es genügte vollkommen. Ein kleines, rundes Köpfchen mit glänzenden, schwarzen, geölten Haaren: als ob die Natur selbst Perücken herstellte. Ein großer, quadratischer Rumpf, eine Art bekleideter Kommode. Darunter der Körperteil, den man nicht nennt, mindestens sechsmal umfangreicher als der Kopf, hellgraue Hose, knallgelbe Schuhe. Dies war Lakatos. Er warf durch die halboffene Tür Kusshändchen ins Zimmer, kicherte, verneigte sich, schloss endlich die Tür, wandte sich um – und sah sich dem Kellner und mir gegenüber. Sein Angesicht, das lediglich aus schwarzen Knopfäugelchen, einem Näschen und einem pechschwarzen Schnurrbärtchen bestand, war wie aus Wachs, gerötetem Wachs. Er hatte keine Hautfarbe, sondern eine Art Schminke. Im Übrigen: Er wurde gar nicht verlegen. Er lächelte uns zu. Er steckte die Hände in die Hosentaschen und ging zu seinem Zimmer, zur Nummer 32. Wie gerne hätte ich ihm mit meinem mächtigen Rosenstrauß ins Gesicht geschlagen. Ich hätte so gewusst, warum ich eigentlich zum ersten und einzigen Male in meinem Leben Blumen schleppe. Aber ich musste zur Frau Gwendolin und ihr zum Geburtstag gratulieren.

In einem Anfall törichter Ratlosigkeit sagte ich zum Kellner: ›Die gnädige Frau ist sehr krank! Sie hat nämlich einen Bandwurm.‹

›Jawohl, Herr Doktor‹, sagte der Schlingel. ›Er ist soeben weggegangen.‹«

## VIII

Doktor Skowronnek machte eine Pause, sah auf die Uhr, bestellte einen Cognac und sagte: »Ich sehe eben, dass ich Sie schon lange aufhalte. Gedulden Sie sich bitte, meine eigentliche Geschichte kommt erst.«

Er trank den Cognac und fuhr fort:

»Die Begebenheiten, von denen ich zuletzt gesprochen habe, fallen in das Jahr 1910. Sie erinnern sich an jene Zeit, es gab Stürme auf dem Balkan, mein Freund in Belgrad hatte keinen leichten Posten. Seine Briefe wurden immer seltener, zwei-, dreimal im Jahr besuchte er seine Eltern, ich sah ihn nur außerhalb meiner Saison, das heißt, wenn er zufällig im Winter kam – denn ich wohnte immer noch in jener mittelgroßen Stadt, in der ich meine Praxis angefangen hatte, und zog nur im Frühling in meinen Kurort.

Die Besuche meines Freundes waren so kurz, dass wir kaum Zeit fanden, ein Konzert zu besuchen, geschweige denn, gemeinsam zu musizieren. Die seltenen Abende, an denen wir uns trafen, wollten wir mit Gesprächen verbringen. Aber es kam im Laufe dieser Jahre zwischen uns zu keinem richtigen Gespräch mehr. Die Musik hatte uns zu Freunden gemacht. Ohne Musik – so empfand ich es damals deutlich – erstarrte das von Natur diskrete Herz meines Freundes. Wir saßen hart nebeneinander, aber wie getrennt durch eine Wand aus Eis. Unsere Blicke mieden sich gegenseitig. Trafen sie sich manchmal für eine Sekunde, so war's eine fast körperliche, zärtliche, aber flüchtige Berührung. Wenn du nur alles wüsstest, schienen seine Augen zu sagen. Und meine Augen fragten: Also, was ist denn geschehen? Es war nichts zu machen. Die Musik fehlte uns. Sie allein war das fruchtbare Feuer unserer Freundschaft gewesen. Mein Freund schämte sich – das wusste ich. Einen vornehmen Menschen hindert nichts so sehr am Sprechen und Erzählen wie die Scham. Wenn ein vornehmer Mensch sich schämt, schweigt er, verschweigt er sogar Wichtiges – und die Scham kann ihn sogar bis zur vulgärsten aller menschlichen Schwächen führen: nämlich bis zur Lüge. Ja, ich hatte ein paarmal die Empfindung, dass mein Freund lüge. Aber Sie kennen mich: Ich bin kein Moralist. Das will heißen: Ich beurteile die Menschen nicht nach ihren Handlungen und Reden, sondern nach den Gründen ihrer Handlungen und Reden. Und ich tat also, als nähme ich seine Lügen für pure

Wahrheiten. Er aber fühlte, dass ich genauso log wie er selbst. Es waren peinliche Gespräche.

Sein Gesicht war verändert. Er hatte, trotz seiner Jugend, leicht angegraute Schläfen, statt einer gesunden, gebräunten Hautfarbe eine bleiche und gelbliche. Über dem ursprünglichen Glanz seiner schönen, hellen Augen lag ein grauer Schleier, der graue Schleier der Lüge eben. Nach jedem neuen Besuch, den er mir im Laufe dieser Jahre abstattete, fand ich, dass seine Schultern schmaler und abfallend geworden waren, sein Rücken runder, seine Arme schlaffer. Immer fragte ich ihn nach seiner Frau. Dann begann er, von ihr zu erzählen; so viel zu erzählen, dass ich mit Recht glauben konnte, er verschwiege noch viel mehr, als er erzählte. Es war, als ob ein Mensch mit sehr viel Kleidern, mit viel zu viel Kleidern und Mänteln Blößen zudecken wollte. Frau Gwendolin war – wollte ich meinem Freund glauben – brav, heiter, treu, ernst und ausgelassen zugleich, ein Sprühteufel und eine gütige Fee, eine Hausfrau und eine flotte Tänzerin, verführerisch und außerordentlich bescheiden, eine Dame und ein süßes Mädchen, kurz: eine Gattin, wie sie ein Diplomat brauchen konnte.

›Und was macht der Bandwurm?‹, fragte ich hie und da, in Erinnerung an die freche Antwort des Zimmerkellners aus dem Hotel Imperial.

›Meine Frau ist ganz gesund‹, sagte mein Freund.

Ich zweifelte nicht daran. An ihrer Gesundheit hätte ich am wenigsten und zuallerletzt gezweifelt.

## IX

Dann kam der Krieg.

Mein Freund (er war Oberleutnant der Reserve bei den Neuner-Dragonern) rückte am ersten Tage der Mobilisierung ein. Sein Regiment stand an der russischen Grenze. Frau Gwendolin kam in unsere Stadt, zu den Eltern meines Freundes, mit einem Empfehlungsbrief an mich ausgerüstet. In diesem Brief wünschte mein Freund, ich möchte in der Saison seine Frau mit mir nehmen und – so hieß es wörtlich – ›auf sie achtgeben‹.

Man rechnete damals, wie Sie wissen, mit einem Feldzug von einigen Monaten. Ich selbst ahnte, dass es Jahre dauern würde. Auch wusste ich, dass es mir nicht möglich sein werde, auf die Frau ›achtzugeben‹. Aber ich tat, wie mir geheißen ward. In der Saison nahm ich die Frau mit mir, in den Kurort.

Nun, ich bekam leider sofort, das heißt: kurz nachdem die Saison begonnen hatte, den Befehl, als Landsturmarzt einzurücken. Und ich überließ Frau Gwendolin der Obhut eines meiner Kollegen, der durch einen körperlichen Fehler – er hatte einen Buckel – vom Militärdienst befreit war.

Erst zwei Jahre später – ich hatte in einem Typhus-Spital gearbeitet und war selbst erkrankt – durfte ich ins Hinterland zurück. Am Vormittag war ich Landsturmarzt in Uniform und untersuchte kranke Soldaten. Am Nachmittag behandelte ich die weniger kranken Frauen, deren Männer meist im Felde standen und die ich mit ruhigem Gewissen eigentlich der weniger dezenten Behandlung durch meine rekonvaleszenten Soldaten hätte überlassen dürfen. Es war damals eine günstige Zeit für die Damen. Ein Lakatos, von der Art, wie ich ihn einst aus dem Zimmer der Frau meines Freundes hatte kommen sehn, war ein Waisenknabe gegen die robusten Bauern aus Bosnien, Herzegowina, Kroatien, Slowenien. Niemals hatten die wunderbaren Quellen unseres Frauenbads so herrliche Heilerfolge gehabt wie in der Zeit des Krieges, in der in unserem Kursalon die braven Krieger ihre Heilung abwarteten.

Frau Gwendolin war natürlich da ... Sie schien ihr Vaterland, das feindliche England, ihre Abstammung vergessen zu haben. Die äußerst bunte Männlichkeit der österreichisch-ungarischen Armee hatte wahrscheinlich jedes Gefühl für England in ihrem schönen Busen ausgelöscht. Sie war eine österreichische Patriotin geworden, kein Wunder! – Liebe allein bestimmt die Haltung der Frauen.

Als der Krieg zu Ende war, kam mein Freund zurück, immer noch verliebt und wie jeder verliebte Mann überzeugt, dass ihm seine Frau die Treue gehalten habe. Nun, ich brauche Ihnen nicht zu sagen, dass Frau Gwendolin ziemlich erbittert war über das Ende des Krieges, vielleicht auch über die Rückkehr ihres Mannes. Sie fiel ihrem Mann um den Hals, mit der Gewandtheit, die sie im Lauf der Kriegsjahre angenommen hatte und die mein Freund selbstverständlich mit der Leidenschaft für ihn verwechselte.

Es gab keine österreichisch-ungarische Monarchie mehr. Mein Freund, der noch im verkleinerten und veränderten Österreich seine Karriere hätte fortsetzen können (denn er war im Grunde ein leidenschaftlicher Diplomat), gab seinen Beruf auf. Er hatte Geld genug. Reich genug waren auch die

Eltern seiner Frau. Und er beschloss, sein Leben der Frau Gwendolin zu widmen.

## X

Sie reisten durch die neutral gebliebenen Länder. Mein Freund wollte, wie er sagte, den ›guten alten Frieden‹ wiederfinden. Er fand ihn nirgends. Er kehrte heim. Die Fabrik seines Vaters hatte keine Möglichkeit mehr, Waffen und Munition herzustellen. Alle vorhandenen Waffen mussten vernichtet oder den siegreichen Mächten ausgeliefert werden. Eines Tages erkrankte auch noch der Vater meines Freundes. Man durfte immerhin die Fabrik nicht ohne weiteres zugrunde gehen lassen. Anderen Munitionsfabrikanten war es gelungen, ihre Werke umzuwandeln: Statt der Granaten und Gewehrläufe erzeugte man Fahrräder, Maschinenteile, Wagen, Räder, Automobile. Auch mein Freund wollte es versuchen. Mit der Gewissenhaftigkeit, die ihm eigen war, begann er, die Industriefächer von Grund auf zu studieren. Er besichtigte Fabriken in England, Deutschland, in der Schweiz. Als er genügend Erfahrung zu haben glaubte, kehrte er zurück: allein – er hatte seine Frau in London bei ihren Eltern gelassen. Er war unternehmungslustig, voller Hoffnung. Fast schien es, als begrüßte er das Schicksal, das ihn aus seiner noblen Laufbahn geworfen hatte. Er hatte in der Tat auch kaufmännische Fähigkeiten, einen Instinkt für Menschen und Dinge. Wir kamen oft zusammen. Natürlich musizierten wir und besuchten Konzerte.

Einmal kam er zu mir, zu einer außergewöhnlichen

Stunde. Er wusste, dass ich spät zu Bett zu gehen pflegte. Es war eine Stunde nach Mitternacht. Er legte eine Aktenmappe auf den Tisch, blieb vor mir stehen und fragte:

›Sagen Sie mir die Wahrheit, Sie wissen es, ist meine Frau treu? – Hat sie mich betrogen? Wie oft? Mit wem?‹

Eine schwierige Situation, Sie begreifen. Es gehört zu den Gesetzen der Ritterlichkeit, eine Frau nicht zu verraten. Außerdem hatte ich ein paarmal gesehen, dass sich der Zorn verliebter Männer nicht gegen die betrügerischen Frauen kehrt, sondern gegen die warnenden und mahnenden Freunde. Ich weiß heute noch nicht, welche Pflicht die dringlichere ist: die Frau zu schonen oder dem Freund die Wahrheit zu sagen. Im Lauf meiner langen Praxis als Frauenarzt bin ich zwar sozusagen immer ritterlicher geworden, das heißt, ich habe Übung bekommen in der rücksichtsvollen Behandlung der Frauen; aber auch immer rücksichtsloser in der Beurteilung dieses schwachen Geschlechts, dessen Kräften wir niemals gewachsen sein werden. Es war mein bester, mein einziger Freund. Ich sah ihn an, ich erhob mich auch nicht und sagte ruhig:

›Ihre Frau hat Sie oft betrogen.‹

Er setzte sich, kehrte die Aktentasche um und leerte auf meinem Tisch ihren Inhalt aus: Militärschleifen, Kokarden, Edelweiß, Metallknöpfe, Spiegelchen, lauter Zeug, wie es die Soldaten den Mädchen während des Krieges zu schenken pflegten.

Schließlich gab's auch Liebesbriefe, kleine, große, einfache, bunte Kärtchen und blaue Feldpostkarten. Mein Freund stand da und starrte auf den bunten Haufen. Dann sah er mich lange an und fragte:

›Warum haben Sie mir nichts gesagt?‹

›Das war nicht meine Aufgabe‹, erwiderte ich.

›So!‹, schrie er plötzlich. ›Nicht Ihre Aufgabe! Ich pfeife auf Ihre Freundschaft, hören Sie, ich pfeife auf Sie!‹

Er raffte den ganzen Kram in die Aktentasche, schloss sie, sah mich nicht mehr an und verließ das Haus.

›Nun hab' ich einen Freund verloren!‹, sagte ich mir. – Schlimmer, viel schlimmer, als wenn man eine Frau verliert.

Ich hätte noch zwei Wochen Zeit gehabt. Aber ich fuhr schon am nächsten Morgen in meinen Kurort.

Dorthin wurde mir ein aufgeregtes Telegramm der Frau Gwendolin nachgeschickt. Auch ihr sollte ich umgehend die Wahrheit sagen: ob ihr Mann erkrankt sei, sie wüsste nicht, warum sie plötzlich zu ihm kommen müsse.

Ich schickte das Telegramm ohne ein begleitendes Wort meinem Freunde zu.

## XI

Vier Wochen später kamen beide plötzlich zu mir. Das heißt: Zuerst stürzte mein Freund in mein Zimmer. Es hatte sich etwas Furchtbares ereignet. In hastigen Sätzen erzählte er: Es hatte eine der üblichen Szenen gegeben. Die Frau versuchte zu leugnen. Er nannte und zeigte die sogenannten ›erdrückenden Beweise‹. Die Frau entschloss sich, unter Tränen natürlich, nach London für immer zurückzufahren. Die Koffer waren gepackt, das Billett gekauft. Eine Stunde vor der Abfahrt des Zuges kam sie in seine Fabrik. Das bekannte ›letzte Lebewohl‹. Selbstverständlich brachte sie

Blumen. Sie glauben gar nicht, welch ein elender Abklatsch schlechter Romane das Leben ist. Oder: wie Sie gleich sehen werden: medizinischer Lehrbücher. Sie benahm sich merkwürdig. Sie sank auf die Knie und küsste meinem Freund die Schuhspitzen. Er konnte sich ihrer nicht erwehren. Sie schlug ihn auch ins Gesicht. Hierauf fiel sie, steif wie eine Kleiderpuppe, auf den Boden. Man konnte sie nicht aufheben. Sie haftete am Teppich wie angelötet. Hierauf verfiel sie in Zuckungen. Man brachte sie nach Hause, man berief Ärzte, man fuhr mit ihr nach Wien, zu den Koryphäen. Ihr Zustand ist beinahe unverändert schlecht, aber innerhalb der Krankheit gibt es muntere Abwechslungen. Bald ist ein Arm gelähmt, bald ein Bein. Einmal zittert ihr Kopf, ein anderes Mal ein Augenlid. Tagelang kann sie nichts essen, sie erbricht sich beim Anblick von Nahrungsmitteln. Ein paarmal musste man sie auf der Bahre in die Kirche tragen, sie wollte beten. Auf den Mann ist sie böse. Ihrer Meinung nach ist er der Urheber ihrer Leiden.

Mein armer Freund hielt sich tatsächlich für den Schuldigen. ›Ich habe sie vernichtet‹, sagte er. ›Meine Schuld! Alles, was sie getan hat: meine Schuld! Ich war taub und blind. Junge Frauen lässt man nicht allein. Was hätte sie tun sollen, ganze Tage und Nächte, ohne mich? Und wie brutal hab' ich mit ihr abgerechnet! Es tat mir ja gar nicht wirklich weh! Nur mein elender Stolz war beleidigt. Gekränkte, blöde, männliche Eitelkeit. Kein Doktor kann ihr helfen. Nur Sie, mein Freund! Verzeihen Sie mir alles!‹

›Auch ich kann ihr nicht helfen, lieber armer Freund!‹, sagte ich. ›Nur sie selber könnte sich helfen, wenn sie wollte. Aber sie ist ja eben krank, weil sie sich nicht helfen will. Wir nennen das in der Medizin: die Flucht in die Krankheit. Es ist geradezu ein Musterbeispiel für diese pathologische Erscheinung. Es gibt nur eines: Retten Sie sich selbst. Geben Sie Ihre Frau in ein gutes Sanatorium.‹

›Niemals!‹, schrie er. ›Ich verlasse sie niemals.‹

›Gut!‹, sagte ich. ›Wie Sie wollen. Gehn wir zu Ihrer Frau.‹

Sie empfing mich mit einem holden Lächeln, ihren Mann mit einem strengen Blick. Keine geniale Schauspielerin hätte das vermocht. Ihr rechtes Auge leuchtete mir selig entgegen, ihr linkes sandte finstere Blitze gegen meinen Freund. Gestern noch hatten ihre Lider gezuckt. Heute konnte sie mir nur die Linke geben, denn die Rechte war steif. Die Beine? – Ja, die waren heute gut. – ›Stehen Sie auf!‹, befahl ich in dem Ton, in dem ich als Militärarzt zu den Soldaten hatte sprechen müssen. Sie erhob sich. ›Kommen Sie ans Klavier! Wir wollen versuchen zu spielen!‹ Sie trat ans Klavier. Wir setzten uns. Und nun brachte ich meinem Freund ein unerhörtes Opfer. Denken Sie: Ich, ich spielte – nun, was, glauben Sie, spielte ich? – Wagner! – Und was von Wagner? – Den Pilgerchor. – Und ihre rechte Hand bewegte sich. – ›Wagner ist ein großer Meister!‹, sagte sie, als wir fertig waren. ›Ja, gnädige Frau! Als Heilmittel für kranke Damen ist er unübertrefflich‹, erwiderte ich.

›Sie sind der einzige Arzt in der Welt!‹, jubelte mein Freund. Denken Sie, er hatte gar nicht gemerkt, dass ich zum ersten Mal in meinem Leben Wagner gespielt hatte!

So viel vermag eine Frau, und noch mehr! Denn von dieser Stunde an ließ sie mir nun ein paar Pausen im Tag, meinem Freund nicht eine einzige. Wir saßen Tag um Tag,

Nacht um Nacht neben ihr, besser gesagt: um sie herum. In den kurzen Pausen, in denen ich allein sein durfte beziehungsweise meine anderen Patientinnen behandelte, hatte mein Freund kein leichtes Leben. Ich fühlte, mit welcher Inbrunst er mich erwartete. Wenn ich kam, umarmte er mich, blieb mit mir eine lange Weile im Vorzimmer, ich wusste genau, wie er sich danach sehnte, mit mir allein zu sein, zwei Stunden, einen Abend; und ich fühlte sein Herz klopfen, sein armes, furchtsames Herz, das Herz eines Sklaven, den die Herrin drohend erwarten kann. Kamen wir dann ins Zimmer, so fragte die Frau regelmäßig: ›Was habt ihr so lange draußen zu tun? Es ist ja warm! Der Doktor hat ja keinen Mantel! Was habt ihr vor mir für Geheimnisse? Ach Gott! Immer werde ich betrogen!‹

Ich konnte mich nicht enthalten, ihr eines Tages zu antworten: ›An jeden von uns kommt einmal die Reihe …‹

Sie rächte sich an jenem Tage. Ihr linker Fuß erstarrte, erkaltete, und ich musste ihn eine Stunde lang frottieren.

Mein Freund stand ihr zu Häupten und streichelte ihre Haare. Wir sprachen kein Wort.

Als der linke Fuß beinahe wieder warm geworden war, fragte ich meinen Freund: ›Und was ist eigentlich mit Ihrer Fabrik?‹

›Fabrik? – Welche Fabrik?‹, rief die Kranke.

›Beruhige dich‹, sagte der Mann. ›Der Doktor meint meine Fabrik. Ich habe sie längst verkauft, lieber Freund, wir leben vom Konto.‹

Tag für Tag wiederholten sich derartige Szenen. Manchmal gingen wir alle drei aus. Dann führten wir, nein, wir schleppten geradezu die Frau in der Mitte. An unser beider Armen hing sie, die süße Last. Wir aßen, tranken und schwiegen.

Einmal, ich erinnere mich, gingen wir in ein Tanzlokal. Sie wissen, dass ich kein leidenschaftlicher Tänzer bin. Ich hasse jede Art von Exhibitionismus – und das ist – offen gestanden – der Tanz seit dem Ende des Krieges. Da ich aber nun einmal schon, meines Freundes wegen, Wagner mit der Frau gespielt hatte, beschloss ich auch, mit ihr zu tanzen. Was muss ein Frauenarzt nicht alles! Nun, wir tanzten. Mitten im Shimmy flüsterte sie: ›Ich liebe dich, Doktor, ich liebe nur dich.‹ – Ich antwortete natürlich nicht. Als wir zum Tisch zurückkehrten, sagte ich zu meinem Freund: ›Ihre Frau hat mir eben ihre Liebe gestanden. Ich bin der einzige Arzt, den sie liebhat.‹

Ein paar Tage später, die Saison ging schon zu Ende, riet ich meinem Freund, er möchte mit seiner Frau nach England fahren, zu den Schwiegereltern, und – wenn er wolle – im nächsten Jahr wieder zu mir kommen.

›Im nächsten Jahr kommen wir als Gesunde zu Ihnen‹, sagte er. Und sie fuhren nach London.

## XII

Im nächsten Jahr kamen sie wieder, aber keineswegs als Gesunde. Ich spreche in der Mehrzahl: Denn mein Freund war genauso krank wie seine Frau. Typhus ist weniger ansteckend als Hysterie, müssen Sie wissen. Ein Irrsinniger ist nicht deshalb gefährlich, weil er seine normale Umgebung körperlich bedrohen könnte, sondern weil er die Vernunft seiner normalen Umgebung allmählich vernichtet. Der Irrsinn in dieser Welt ist stärker als der gesunde Menschenverstand, die Bosheit ist mächtiger als die Güte.

Ich hatte den Winter über wenig Nachrichten von meinem Freund bekommen. Mein Rat war vielleicht ein schlimmer gewesen. Im Hause ihrer Eltern gewann die Bosheit der Frau neue Kräfte, es war geradezu eine Schmiedeanstalt für ihre Waffen. Ärzte, Hypnotiseure, Gesundbeter, Magnetiseure, Pfarrer, alte Weiber: nichts konnte ihr helfen. Eines Tages behauptete sie, die Beine nicht mehr bewegen zu können. Und kennzeichnenderweise war es kurz nach einem Abend, an dem ihr Mann – mit seinem Schwiegervater übrigens – zum ersten Mal seit dem Ausbruch ihrer Krankheit zu irgendeinem Bankett gegangen war. Nun, die Beine waren tatsächlich steif. Krücken, Holzbeine, Prothesen sind beweglicher. Die unbewegten, unbeweglichen Beine magerten rapide ab, indes der Oberkörper der Frau ständig zunahm. Man musste sie im Rollstuhl fahren. Und da sie keinen fremden Menschen um sich duldete, musste sie natürlich ihr Mann, mein Freund, im Rollstuhl fahren. Als er wieder zu mir kam, war er alt und grau geworden. Aber, schlimmer als dies: Dieser noble Mensch hatte die Haltung und die Allüren eines Dieners – was sag' ich: eines Knechtes angenommen. Wie ein Rekrut beim Anruf seines Feldwebels, so erstarrte er, wenn seine Frau ihn rief. Ihre Stimme war heiser und zugleich schärfer geworden. Wie eine sirrende Säge schnitt sie durch die Luft. Dabei hatte sie blitzende, lachende, heitere Augen, ein angenehmes Lächeln, rosige Wangen, die immer voller wurden, ein Grübchen im Kinn, das immer fetter wurde, sie glich einem gelähmten Weihnachtsengel, ohne Flügel, auf armseligen, stockdünnen, harten, unbeweglichen Beinen. Mein Freund aber, wie gesagt, sah aus wie ein Lakai. Ein alter Herrschaftskutscher hätte sich neben ihm wie ein Fürst ausgenommen. Mein Freund schlich mit schiefen Schultern einher, auf geknickten Beinen, vielleicht kam es davon, dass er ewig den Karren mit seiner süßen Last durch das Leben stoßen musste. Ja, verprügelt – das ist das richtige Wort: verprügelt sah er aus! Vielleicht schlug sie ihn auch dann und wann.

Ich fragte ihn, wie es mit der Liebe sei, ich meine, mit der körperlichen. Nun, denken Sie: Dieser Mann musste Nacht für Nacht seine Frau entkleiden, auf seinen Armen ins Bett tragen und selbstverständlich neben ihr liegen. Er fürchtete, der Arme, diese Frau würde ihn noch einmal betrügen, wenn er sie nicht liebte. Ja, er schwärmte noch von ihrer Schönheit! Mir schwärmte er von ihrer Schönheit vor, der ich ihren fett gewordenen Oberkörper und ihre stabdünnen Beine gesehen hatte!

Am stärksten plagte ihn ihre Eifersucht. Sie konnte keinen Augenblick allein bleiben, sie lehnte Krankenschwestern ab – aus Angst, ihr Mann könnte sich in die Schwester verlieben. Aber sie war auch auf mich eifersüchtig, auf das Zimmermädchen, den Zimmerkellner, den Hotelportier, den Liftboy. Ins Konzert und ins Café und ins Restaurant schleppten wir sie beide gemeinsam, wie Zugesel, angeschnallt an den Griff ihres elenden, knarrenden Karrens, keuchend durch die schwülen Abende, manchmal durch Regen und Wind, einen Schirm haltend über ihren immer modischen Hut, die Decken unaufhörlich glättend über ihren steifen Knien. Modistinnen, Näherinnen, Schneiderinnen flatterten, wie Falter um das Licht, ins Hotel, in dem sie wohnte. Vor jedem dritten Schaufenster blieb man stehen. In Juwelierläden ließ sie sich rollen, stundenlang suchte sie nach passendem Schmuck. Jeden Vormittag kam der Friseur ins Haus. Jeden Morgen musste sie mein Freund ins Bad legen. Und während sie im Wasser mit Gummitieren spielte, las er ihr aus törichten englischen Gesellschaftsromanen und Magazinen vor.

Meine Behandlung nützte gar nichts mehr. Es war, wie wir Ärzte sagen, kein ›Gesundheitswillen‹ mehr in der Frau, die Psychose war schon allzu heimisch in ihr geworden. Sie lachte mich aus. Ich hatte keine Macht mehr über sie.

Niemals gelang es mir, allein mit meinem Freund zu sein. Sie ließ uns nicht eine Viertelstunde allein. Ich suchte nach einem Ausweg. Ich glaubte schließlich, einen gefunden zu haben: Da sie aus Eifersucht eine Schwester ablehnte – wie war es da mit einem Wärter? Ich kannte einen braven jungen Burschen aus unserem Krankenhaus. Ich sprach mit ihm, er war einverstanden. Ich brachte ihn zu Frau Gwendolin, er gefiel ihr. ›Aber nicht jetzt‹, sagte sie, ›wir werden ihn mitnehmen, wenn wir zurückfahren. Hier mag ich euch beide nicht allein lassen.‹ Dabei blieb es. Kurz vor Saisonende fuhren sie mit dem jungen Wärter nach London.

Ich hatte eine kleine Genugtuung: Vielleicht konnte dieser Wärter wenigstens in London meinem armen Freund ein paar Atempausen verschaffen.

Aber es kam anders! Kaum zwei Monate später erhielt ich einen kurzen Brief meines Freundes.

Ich hätte immer recht gehabt, so schrieb er mir, jetzt wisse er es endlich, aber es sei nie zu spät, jetzt würde er seine Frau verlassen. Er hätte sie bei einer innigen Umarmung mit dem jungen Wärter zufällig ertappt. Ich würde bald Näheres hören.

Aber zwei Jahre vergingen, ich schrieb, ohne Antwort zu erhalten, ich hörte nichts mehr von meinem lieben Freund.

## XIII

Eines Tages fuhr ich nach Paris und besuchte mehr aus langer Weile denn aus Interesse eines der vielen nächtlichen Lokale auf dem Montmartre, vor deren Türen falsche Kosaken Wache halten und echte Amerikaner hereinzulocken versuchen. Müde und fast gekränkt über meine eigene Dummheit, saß ich da und sah den tanzenden Paaren zu. Auf einmal erblickte ich Frau Gwendolin. Sie war es, kein Zweifel! Im Arm eines glattgekämmten, ölig-schwarzhaarigen Gigolos tanzte sie einen sogenannten Java. Der Mann konnte kein anderer sein als Lakatos. Das heißt: Lakatos aus Budapest ist ein Typus, keine Persönlichkeit. Es musste nicht unbedingt der alte Lakatos von Zimmer 32 sein.

Plötzlich fiel ihr Blick auf mich. Sie ließ ihren Tänzer stehen, kam an meinen Tisch, gesund, heiter, lächelnd, eine Göttin. Unwillkürlich bückte ich mich, um ihre Beine zu sehn. Gesunde, tadellose Beine in hellgrauen seidenen Strümpfen.

›Sie wundern sich, Doktor, was?‹, sagte sie. ›Ich setze mich ein bisschen.‹

Sie setzte sich.

›Wo ist Ihr Mann?‹, fragte ich. ›Warum schreibt er nicht?‹

Zwei große, glänzende Tränen erschienen auf Kommando, zwei Wachtposten der Trauer, in ihren Augenwinkeln.

›Er ist tot!‹, sagte sie. ›Er hat sich leider umgebracht. Wegen einer Dummheit.‹

Sie zog das Taschentuch und gleichzeitig den Spiegel aus dem Handtäschchen.

›Wann denn?‹, fragte ich.

›Vor zwei Jahren!‹

›Und wie lange sind Sie schon gesund?‹

›Anderthalb Jahre!‹

›Und ist das Ihr neuer Mann, mit dem Sie hier sind?‹

›Mein Bräutigam, Herr Lakatos, ein Ungar, famoser Tänzer, wie Sie vielleicht gesehen haben.‹

Ach, der Bandwurm!, dachte ich und rief: ›Zahlen‹ und bezahlte schnell und ließ die Frau sitzen, und ohne von ihr Abschied zu nehmen, ging ich hinaus.

Viele, viele Frauen gingen an mir vorüber, manche lächelten mir zu.

Lächelt nur, dachte ich, lächelt nur, dreht euch, wiegt euch, kauft euch Hütchen, Strümpfchen, Sächelchen! Rasch naht euch das Alter! Noch ein Jährchen, noch zwei! Kein Chirurg hilft euch, kein Perückenmacher. Entstellt, vergrämt, verbittert sinkt ihr bald ins Grab, und noch tiefer, in die Hölle. Lächelt nur, lächelt nur! …«

# *Die Büste des Kaisers*

## I

Im früheren Ostgalizien, im heutigen Polen, sehr ferne der einzigen Eisenbahnlinie, die Przemysl und Brody verbindet, liegt das Dörfchen Lopatyny, von dem ich im Folgenden eine merkwürdige Geschichte zu erzählen gedenke.

Mögen die Leser freundlicherweise dem Erzähler nachsehen, dass er den Tatsachen, die er mitzuteilen hat, eine historisch-politische Erläuterung vorausschickt. Die unnatürlichen Launen, welche die Weltgeschichte in der letzten Zeit gezeigt hat, zwingen ihn zu dieser Erläuterung.

Denn die Jüngeren unter seinen Lesern bedürften vielleicht der Erklärung, dass ein Teil des Gebietes im Osten, das heute zur polnischen Republik gehört, bis zum Ende des großen Krieges, den man den Weltkrieg nennt, eines der vielen Kronländer der alten österreichisch-ungarischen Monarchie gewesen ist.

In dem Dorfe Lopatyny also lebte der Nachkomme eines alten polnischen Geschlechts, der Graf Franz Xaver Morstin – eines Geschlechtes, das (nebenbei gesagt) aus Italien stammte und im sechzehnten Jahrhundert nach Polen gekommen war. Der Graf Morstin hatte als junger Mann bei den Neuner-Dragonern gedient. Er betrachtete sich weder als einen Polen noch als einen Italiener, weder als einen polnischen Aristokraten noch als einen Aristokraten italienischer Abkunft. Nein: Wie so viele seiner Standesgenossen in den früheren Kronländern der österreichisch-ungarischen Monarchie war er einer der edelsten und reinsten Typen des Österreichers schlechthin, das heißt also: ein übernationaler Mensch und also ein Adeliger echter Art. Hätte man ihn zum Beispiel gefragt – aber wem wäre eine so sinnlose Frage eingefallen? –, welcher »Nation« oder welchem Volke er sich zugehörig fühle: Der Graf wäre ziemlich verständnislos, sogar verblüfft vor dem Frager geblieben und wahrscheinlich auch gelangweilt und etwas indigniert. Nach welchen Anzeichen auch hätte er seine Zugehörigkeit zu dieser oder jener Nation bestimmen sollen? – Er sprach fast alle europäischen Sprachen gleich gut, er war fast in allen europäischen Ländern heimisch, seine Freunde und Verwandten lebten verstreut in der weiten und bunten Welt. Ein kleineres Abbild der bunten Welt war eben die kaiser- und königliche Monarchie, und deshalb war sie die einzige Heimat des Grafen. Einer seiner Schwäger war Bezirkshauptmann in Sarajevo, ein anderer Statthaltereirat in Prag, einer seiner Brüder diente als Oberleutnant der Artillerie in Bosnien, einer seiner Vettern war Botschaftsrat in Paris, ein anderer Grundbesitzer im ungarischen Banat, ein dritter stand in diplomatischen Diensten Italiens, ein vierter lebte aus purer Neigung zum Fernen Osten seit Jahren in Peking. Von Zeit zu Zeit pflegte Franz Xaver seine Verwandten zu besuchen, häufiger natürlich jene, die innerhalb der Monarchie wohnten. Es waren, wie er zu sagen pflegte, seine privaten »Inspektionsreisen«. Sie waren nicht nur den Verwandten, sondern auch den Freunden zugedacht, einigen früheren Mitschülern der Theresianischen Akademie, die in Wien lebten. Hier hielt sich der Graf Morstin zweimal im Jahr, Sommer und Winter, (zwei Wochen und länger) auf. Wenn er so kreuz und quer und durch die Mitte seines vielfältigen Vaterlandes fuhr, so behagten ihm vor allem jene ganz spezifischen Kennzeichen, die sich in ihrer ewig gleichen und dennoch bunten Art an allen Stationen, an allen Kiosken, in allen öffentlichen Gebäuden, Schulen und Kirchen aller Kronländer des Reiches wiederholten. Überall trugen die Gendarmen den gleichen Federhut oder den gleichen lehmfarbenen Helm mit goldenem Knauf und dem blinkenden Doppeladler der Habsburger; überall waren die hölzernen Türen der k. u. k. Tabaktrafiken mit schwarz-gelben Diagonalstreifen bemalt; überall trugen die Finanzer die gleichen grünen (beinahe blühenden) Portepees an den blanken Säbeln; in jeder Garnison gab es die gleichen blauen Uniformblusen und die schwarzen Salonhosen der flanierenden Infanterieoffiziere auf dem Korso, die gleichen roten Hosen der Kavalleristen, die gleichen kaffeebraunen Röcke der Artillerie; überall in diesem großen und bunten Reich wurde jeden Abend gleichzeitig, wenn die Uhren von den Kirchtürmen neun schlugen, der gleiche Zapfenstreich geblasen, bestehend aus heiter tönenden Fragen und wehmütigen Antworten. Überall gab es die gleichen Kaffeehäuser mit den verrauchten Wölbungen, den dunklen Nischen, in denen Schachspieler wie merkwürdige Vögel hockten, mit den Büfetts voll farbiger Flaschen und glitzernder Gläser, die von goldblonden und vollbusigen Kassiererinnen verwaltet wurden. Fast überall, in allen Kaffeehäusern des Reiches, schlich, die Knie schon etwas zittrig, auf aufwärtsgestreckten Füßen, die Serviette im Arm, der backenbärtige Zahlkellner, fernes, demütiges Abbild der alten Diener Seiner Majestät, des hohen backenbärtigen Herrn, dem alle Kronländer, all die Gendarmen, all die Finanzer, all die Tabaktrafiken, all die Schlagbäume, all die Eisenbahnen, all die Völker gehörten. Und man sang in jedem Land andere Lieder; und in jedem Land trugen die Bauern eine andere Kleidung; und in jedem Land sprach man eine andere und einige verschiedene Sprachen. Und was den Grafen so entzückte, war das feierliche und gleichzeitig fröhliche Schwarz-Gelb, das mitten unter den verschiedenen Farben traulich leuchtete; das ebenfalls feierliche und heitere »Gott erhalte«, das heimisch war unter allen Volksliedern, das ganz besondere, nasale, nachlässige, weiche und an die Sprache des Mittelalters erinnernde Deutsch des Österreichers, das immer wieder hörbar wurde unter den verschiedenen Idiomen und Dialekten der Völker. Wie jeder Österreicher jener Zeit liebte Morstin das Bleibende im unaufhörlich Wandelbaren, das Gewohnte im Wechsel und das Vertraute inmitten des Ungewohnten. So wurde ihm das Fremde heimisch, ohne seine Farbe zu verlieren, und so hatte die Heimat den ewigen Zauber der Fremde.

In seinem Dorf Lopatyny war der Graf mehr als jede amtliche Instanz, die die Bauern und die Juden kannten und fürchteten, mehr als der Richter im nächsten Kreisstädtchen, mehr als der Bezirkshauptmann dortselbst, mehr als einer der höheren Offiziere, die jedes Jahr bei den Manövern die Truppen befehligten, Hütten und Häuser zu Quartieren machten und überhaupt jene besondere kriegerische Macht des Manövers repräsentierten, die imposanter ist als die kriegerische Macht im wirklichen Krieg. Es schien den Leuten in Lopatyny, dass ein »Graf« nicht etwa nur ein Adelstitel sei, sondern auch ein ganz hoher Amtstitel. Die Wirklichkeit gab ihnen auch nicht unrecht. Denn der Graf Morstin konnte vermöge seines selbstverständlichen Ansehens Steuern ermäßigen, die kränklichen Söhne mancher Juden vom Militärdienst befreien, Gnadengesuche befördern, unschuldig oder zu hart Verurteilten die Strafe erleichtern, Fahrpreisermäßigungen für Arme auf der Eisenbahn durchsetzen, Gendarmen, Polizisten und Beamte, die ihre Befugnisse überschritten, einer gerechten Strafe zuführen, Lehramtskandidaten, die auf eine Stellung warteten, zu Gymnasial-Supplenten machen, ausgediente Unteroffiziere zu Trafikanten, Geldbriefträgern und Telegraphisten, studierende Söhne armer Bauern und Juden zu »Stipendiaten«. Wie gerne erledigte er dies alles! Er war in der Tat eine vom Staat nicht vorgesehene Instanz, die gewiss mehr beschäftigt war als die meisten staatlichen Ämter, bei denen er vorzusprechen und zu vermitteln hatte.

Um seinen Pflichten zu genügen, beschäftigte er zwei Sekretäre und drei Schreiber. Außerdem, der Tradition seines Hauses getreu, übte er »herrschaftliche Wohltätigkeit« – wie man im Dorfe sagte. Seit mehr als hundert Jahren versammelten sich jeden Freitag vor dem Balkon des Hauses Morstin Landstreicher und Bettler aus der Gegend, um von den Lakaien in Papier gewickelte Kupfermünzen entgegenzunehmen. Gewöhnlich erschien der Graf auf dem Balkon und begrüßte die Armen. Und es war, als dankte er den Bettlern, die ihm dankten; als tauschten Geber und Nehmer Dankbarkeit aus.

Nebenbei gesagt: Es war nicht immer die Güte des Herzens, die all diese Wohltätigkeit gebar, sondern eines jener ungeschriebenen Gesetze so mancher noblen Familien. Ihre Urahnen mochten noch vor Jahrhunderten aus purer Liebe zum Volk Wohltaten, Hilfe und Unterstützung ausgeübt haben. Allmählich aber, im Wandel der Geschlechter, war diese Güte gewissermaßen zu Pflicht und Überlieferung gefroren und erstarrt. Im Übrigen war die heftige Hilfsbereitschaft des Grafen Morstin seine einzige Tätigkeit und seine Zerstreuung. Sie gab seinem ziemlich müßigen Leben eines Grandseigneurs, den, zum Unterschied von seinen Nachbarn und Standesgenossen, nicht einmal die Jagd interessierte, ein Ziel und einen Inhalt und eine ständig wohltuende Bestätigung seiner Macht. Hatte er diesem eine Tabaktrafik, jenem eine Lizenz, dem Dritten einen Posten, dem Vierten eine Audienz verschafft, so fühlte er sein Gewissen, aber auch seinen Stolz befriedigt. Misslang ihm aber eine Vermittlung für den und jenen seiner Schutzbefohlenen, so war sein Gewissen unruhig und sein Stolz verletzt. Und er gab nicht nach, und er appellierte an alle Instanzen, bis er seinen Willen, das heißt: den seiner Protektionskinder, durchgesetzt hatte. Deswegen liebte und verehrte ihn die Bevölkerung. Denn das Volk hat keine richtige Vorstellung von den Beweggründen, die einen mächtigen Mann dazu führen, den Kleinen und Ohnmächtigen zu helfen. Es will einfach einen »guten Herrn« sehn – und es ist oft edelmütiger in seinem kindlichen Vertrauen zum Mächtigen als dieser, in dem es immer gläubig den Edelmütigen sieht. Es ist der tiefste und edelste Wunsch des Volkes, den Mächtigen gerecht und adelig zu wissen. Darum rächt es sich so grausam, wenn die Herren es enttäuschen – einem Kinde gleich, das zum Beispiel seine Spielzeuglokomotive vollends zerbricht, wenn sie einmal versagt hat. Deshalb gebe man dem Volk stabile Spielzeuge wie den Kindern und gerechte Mächtige.

Derlei Erwägungen hatte der Graf Morstin gewiss nicht, wenn er Protektion, Güte und Gerechtigkeit übte. Aber diese Erwägungen, die vielleicht den und jenen seiner Vorfahren zur Ausübung der Güte, Barmherzigkeit und Gerechtigkeit geführt hatten, wirkten lebendig im Blut – oder, wie man heutzutage sagt: im »Unterbewusstsein« des Enkels.

Und ebenso wie er den Schwächeren zu helfen sich verpflichtet fühlte, ebenso empfand er Hochachtung, Respekt und Gehorsam gegenüber denjenigen, die höhergestellt waren als er. Die Person Seiner kaiser- und königlichen Majestät, der er gedient hatte, war für ihn immer eine außerhalb alles Gewöhnlichen bleibende Erscheinung. Es wäre dem Grafen zum Beispiel unmöglich gewesen, den Kaiser als einen Menschen schlechthin zu sehn. Der Glaube an die überlieferte Hierarchie war so sesshaft und stark in der Seele Franz Xavers, dass er den Kaiser nicht etwa wegen seiner menschlichen, sondern wegen seiner kaiserlichen Eigenschaften liebte. Er gab jeden Verkehr mit Freunden, Bekannten und Verwandten auf, wenn sie in seiner Anwesenheit ein seiner Ansicht nach respektloses Wort über den Kaiser fallen ließen. Vielleicht ahnte er damals schon, lange vor dem Untergang der Monarchie, dass leichtfertige Witze tödlicher sein können als die Attentate der Verbrecher und die feierlichen Reden ehrgeiziger und rebellischer Weltverbesserer. Dann hätte allerdings die Weltgeschichte den Ahnungen des Grafen Morstin recht gegeben. Denn die alte österreichisch-ungarische Monarchie starb keineswegs an dem hohlen Pathos der Revolutionäre, sondern an der ironischen Ungläubigkeit derer, die ihre gläubigen Stützen hätten sein sollen.

## II

Eines Tages, es war ein paar Jahre vor dem großen Krieg, den man den Weltkrieg nennt, wurde dem Grafen Morstin »vertraulich« mitgeteilt, dass die nächsten Kaisermanöver in Lopatyny und Umgebung stattfinden würden. Ein paar Tage, eine Woche oder länger, sollte der Kaiser in seinem Hause wohnen. Und Morstin geriet in eine wahre Aufregung, fuhr zum Bezirkshauptmann, verhandelte mit den zivilen politischen Behörden und den Gemeindebehörden des nächsten Städtchens, ließ den Polizisten und Nachtwächtern der ganzen Umgebung neue Uniformen und Säbel anschaffen, unterhielt sich mit den Geistlichen aller drei Konfessionen, dem griechisch-katholischen und dem römisch-katholischen Pfarrer und dem Rabbiner der Juden, schrieb dem ruthenischen Bürgermeister des Städtchens eine Rede auf, die dieser nicht lesen konnte, aber mit Hilfe des Lehrers auswendig lernen musste, kaufte weiße Kleidchen für die kleinen Mädchen des Dorfes, alarmierte die Kommandanten der umliegenden Regimenter und all das »im

Vertrauen« – dermaßen, dass man im Vorfrühling schon, lange noch vor den Manövern, weit und breit in der Gegend wusste, dass der Kaiser selbst zu den Manövern kommen würde. Um jene Zeit war der Graf Morstin nicht mehr jung, früh ergraut und hager, Junggeselle, ein Hagestolz, etwas seltsam in den Augen seiner robusteren Standesgenossen, ein wenig »komisch« und »wie aus einer anderen Welt«. Niemals hatte man in der Gegend eine Frau in seiner Nähe gesehn. Niemals auch hatte er den Versuch gemacht, sich zu verheiraten. Niemals hatte man ihn trinken gesehn, niemals spielen, niemals lieben. Er hatte keine andere sichtbare Leidenschaft als die, die »Nationalitätenfrage« zu bekämpfen. Um jene Zeit begann nämlich in der Monarchie diese sogenannte »Nationalitätenfrage« heftig zu werden. Alle Leute bekannten sich – ob sie wollten oder so tun mussten, als wollten sie – zu irgendeiner der vielen Nationen, die es auf dem Gebiete der alten Monarchie gab. Man hatte im neunzehnten Jahrhundert bekanntlich entdeckt, dass jedes Individuum einer bestimmten Nation oder Rasse angehören müsse, wollte es wirklich als bürgerliches Individuum anerkannt werden. »Von der Humanität durch Nationalität zur Bestialität«, hatte der österreichische Dichter Grillparzer gesagt. Man begann just damals mit der »Nationalität«, der Vorstufe zu jener Bestialität, die wir heute erleben. Nationale Gesinnung: Man sah um jene Zeit deutlich, dass sie der vulgären Gemütsart all jener entsprang und entsprach, die den vulgärsten Stand einer neuzeitlichen Nation ausmachen. Es waren Fotografen gewöhnlich, im Nebenberuf bei der freiwilligen Feuerwehr, sogenannte Kunstmaler, die aus Mangel an Talent in der Akademie der bildenden Künste keine Heimat gefunden hatten und infolgedessen Schildermaler oder Tapezierer geworden waren, unzufriedene Volksschullehrer, die gerne Mittelschullehrer, Apothekergehilfen, die gerne Doktoren geworden wären, Dentisten, die nicht Zahnärzte werden konnten, niedere Post- und Eisenbahnbeamte, Bankdiener, Förster und überhaupt innerhalb jeder der österreichischen Nationen all jene, die einen vergeblichen Anspruch auf ein unbeschränktes Ansehen innerhalb der bürgerlichen Gesellschaft erhoben. Allmählich gaben auch die sogenannten höheren Stände nach. Und all die Menschen, die niemals etwas anderes gewesen waren als Österreicher, in Tarnopol, in Sarajevo, in Wien, in Brünn, in Prag, in Czernowitz, in Oderburg, in Troppau, niemals etwas anderes als Österreicher: sie begannen nun, der »Forderung der Zeit« gehorchend, sich zur polnischen, tschechischen, ukrainischen, deutschen, rumänischen, slowenischen, kroatischen »Nation« zu bekennen – und so weiter.

Um diese Zeit ungefähr wurde auch das »allgemeine, geheime und direkte Wahlrecht« in der Monarchie eingeführt. Graf Morstin hasste es, ebenso wie die moderne Auffassung von der »Nation«. Dem jüdischen Schankwirt Salomon Piniowsky, dem einzigen Menschen weit und breit, dem er einigermaßen Vernunft zutraute, pflegte er zu sagen: »Hör mich an, Salomon! Dieser ekelhafte Darwin, der da sagt, die Menschen stammten von den Affen ab, scheint doch recht zu haben. Es genügt den Menschen nicht mehr, in Völker geteilt zu sein, nein! – sie wollen bestimmten Nationen angehören. National – hörst du, Salomon?! – Auf solch eine Idee kommen selbst die Affen nicht. Die Theorie von Darwin scheint mir noch unvollständig. Vielleicht stammen aber die Affen von den Nationalisten ab, denn die Affen bedeuten einen Fortschritt. Du kennst die Bibel, Salomon, du weißt, dass da geschrieben steht, dass Gott am sechsten Tag den Menschen geschaffen hat, nicht den nationalen Menschen. Nicht wahr, Salomon?«

»Ganz recht, Herr Graf!«, sagte der Jude Salomon.

»Aber«, fuhr der Graf fort, »etwas anderes: Wir haben diesen Sommer den Kaiser zu erwarten. Ich werde dir Geld geben. Du wirst deinen Laden ausschmücken und das Fenster illuminieren. Du wirst das Kaiserbild säubern und es ins Fenster stellen. Ich werde dir eine schwarz-gelbe Fahne mit Doppeladler schenken, die wirst du vom Dach flattern lassen. Verstanden?«

Ja, der Jude Salomon Piniowsky verstand, wie übrigens alle, mit denen der Graf von der Ankunft des Kaisers gesprochen hatte.

## III

Im Sommer fanden die Kaisermanöver statt, und Seine kaiser- und königliche Apostolische Majestät nahm Aufenthalt im Schloss des Grafen Morstin. Man sah den Kaiser jeden Morgen, wenn er ausritt, die Übungen zu besichtigen, und die Bauern und die jüdischen Händler aus der Umgebung versammelten sich, um ihn zu sehn, den Alten, der sie regierte. Und sobald er mit seiner Suite erschien, riefen sie: Hoch und Hurra und niech zyje – – jeder in seiner Sprache.

Einige Tage nach der Abreise des Kaisers meldete sich beim Grafen Morstin der Sohn eines Bauern aus der Umgebung. Dieser junge Mensch, der den Ehrgeiz besaß, ein Bildhauer zu werden, hatte eine Büste des Kaisers aus Sandstein verfertigt. Der Graf Morstin war begeistert. Er versprach, dem jungen Bildhauer eine freie Stelle an der Akademie der Künste in Wien zu verschaffen.

Die Büste des Kaisers ließ er vor dem Eingang zu seinem Schlösschen aufstellen.

Hier blieb sie jahrelang, bis zum Ausbruch des großen Krieges, den man den Weltkrieg nennt.

Bevor er freiwillig einrückte, alt, hager, kahlköpfig und hohläugig, wie er im Laufe der Jahre geworden war, ließ der Graf Morstin die Kaiserbüste abnehmen, in Stroh verpacken und im Keller verbergen.

Dort ruhte sie nun, bis zum Ende des Krieges und der Monarchie, der Heimkehr des Grafen Morstin und der Errichtung der neuen polnischen Republik.

## IV

Der Graf Franz Xaver Morstin war also heimgekehrt.

Aber konnte man das eine Heimkehr nennen? Gewiss, es waren noch die gleichen Felder, die gleichen Wälder, die gleichen Hütten, die gleiche Art der Bauern – die gleiche Art, sagen wir –, denn viele von jenen, die der Graf noch gekannt hatte, waren gefallen.

Es war Winter, man fühlte schon die nahenden Weihnachten. Wie immer um diese Zeit, wie einst lange noch vor dem Krieg, war die Lopatinka gefroren, auf den nackten Kastanien hockten reglos die Krähen, und über die Felder, auf die die westlichen Fenster des Hauses gingen, wehte der ewige sachte Wind des östlichen Winters. Es gab (infolge des Krieges) Witwen und Waisen im Dorf: genug Material für die Wohltätigkeit des heimgekehrten Herrn. Aber statt die Heimat Lopatyny als wiedergefundene Heimat zu begrüßen, begann der Graf Morstin, sich rätselhaften und ungewohnten Überlegungen über das Problem der Heimat überhaupt hinzugeben. Nunmehr, dachte er sich, da dieses Dorf Polen gehört und nicht Österreich: ist es noch meine Heimat? Was ist überhaupt Heimat? Ist die bestimmte Uniform des Gendarmen und des Zollwächters, der uns in unserer Kindheit begegnet ist, nicht ebenso Heimat wie die Fichte und die Tanne, der Sumpf und die Wiese, die Wolke und der Bach? Verändern sich aber Gendarmen und Finanzwächter und bleiben auch Fichte und Tanne und Bach und Sumpf das Gleiche: Ist das noch Heimat? War ich nicht – fragte sich der Graf weiter – nur deshalb heimisch in diesem Ort, weil er einem Herrn gehörte, dem ebenso viele unzählige andersartige Örter gehörten, die ich liebte? Kein Zweifel! Die unnatürliche Laune der Weltgeschichte hat auch meine private Freude an dem, was ich Heimat nannte, zerstört. Jetzt sprechen sie ringsherum und allerorten vom neuen Vaterland. In ihren Augen bin ich ein sogenannter Vaterlandsloser. Ich bin es immer gewesen. Ach! Es gab einmal ein Vaterland, ein echtes, nämlich eines für die »Vaterlandslosen«, das einzig mögliche Vaterland. Das war die alte Monarchie. Nun bin ich ein Heimatloser, der die wahre Heimat der ewigen Wanderer verloren hat.

In der trügerischen Hoffnung, außerhalb des Landes diesen Zustand vergessen zu können, beschloss der Graf, ehestens zu verreisen. Doch erfuhr er zu seinem Erstaunen, dass man eines Passes und einiger sogenannter Visen bedurfte, um in die Länder zu gelangen, die er zu seinen Reisezielen erwählt hatte. Schon war er alt genug, um Pass und Visen und all die Formalitäten, welche die ehernen Gesetze des Verkehrs zwischen Mensch und Mensch nach dem Kriege geworden waren, für phantastische und kindliche Träume zu halten. Aber ergeben in das Schicksal, den Rest seines Lebens in einem wüsten Traum zu verbringen, und dennoch in der Hoffnung, draußen, in andern Ländern, einen Teil jener alten Wirklichkeit zu finden, in der er vor dem Kriege gelebt hatte, fügte er sich den Anforderungen der gespenstischen Welt, nahm einen Pass, besorgte sich Visen und fuhr zuerst in die Schweiz, in das Land, von dem er glaubte, dass in ihm allein noch der alte Friede zu finden wäre, einfach weil es nicht den Krieg mitgemacht hatte.

Nun, er kannte die Stadt Zürich seit vielen Jahren. Wohl an die zwölf Jahre hatte er sie nicht mehr gesehn. Er glaubte, dass sie ihm nichts Besonderes zu geben haben würde, weder Gutes noch Böses. Sein Eindruck entsprach der nicht ganz unberechtigten Meinung der etwas verwöhnteren, um nicht zu sagen, abenteuersüchtigeren Welt über die braven Städte der braven Schweiz. Was sollte sich schon in ihnen ereignen können? Immerhin: für einen Mann, der aus dem Krieg und aus dem Osten der früheren österreichischen Monarchie kam, war die Friedlichkeit einer Stadt, die lediglich die vor dem Kriege Geflüchteten gekannt hatte, bereits so etwas wie ein Abenteuer. Franz Xaver Morstin ergab sich in den ersten Tagen der langentbehrten Friedlichkeit. Er aß, trank und schlief.

Eines Tages aber ereignete sich jener hässliche Vorfall in einer nächtlichen Bar in Zürich, der den Grafen Morstin in der Folge zwang, sofort das Land zu verlassen.

In jener Zeit war in den Zeitungen aller Länder oftmals die Rede von einem reichen Bankier gewesen, der nicht nur den größten Teil der habsburgischen Kronjuwelen als Pfänder gegen ein Darlehen an die kaiserliche Familie Österreichs genommen haben sollte, sondern auch die alte Krone der Habsburger. Kein Zweifel, dass diese Nachrichten den Mündern und Federn der leichtfertigen Kundschafter entstammten, die man Journalisten nennt; und mochte vielleicht auch die Nachricht, dass ein bestimmter Teil des Vermögens der kaiserlichen Familie in die Hände eines gewissenlosen Bankiers geraten sei, wahr sein, so gewiss doch nicht die alte Krone der Habsburger, wie Franz Xaver Morstin zu wissen glaubte.

Nun gelangte er eines Nachts in eine der wenigen und nur Kennern zugänglichen nächtlichen Bars der sittsamen Stadt Zürich, in der, wie man weiß, die Prostitution verboten ist, die Sittenlosigkeit verpönt und die Sünde ebenso langweilig wie kostspielig. Nicht etwa, dass der Graf nach ihr gesucht hätte! Nein: die pure Friedlichkeit hatte begonnen, ihn zu langweilen und ihm schlaflose Nächte zu bereiten, und er hatte beschlossen, die Nächte, sei es wo immer, zu verbringen.

Er begann zu trinken. Er saß in einem der wenigen friedlichen Winkel, die es in diesem Lokal gab. Zwar störten ihn die amerikanischen neumodischen, rötlichen Lämpchen, das hygienische Weiß des Barmixers, der an einen Operateur erinnerte, das künstliche Blondhaar der Mädchen, das die Assoziation an Apotheken unmittelbar wachrief: Aber woran war er nicht schon alles gewöhnt, der arme, alte Österreicher? Immerhin schrak er aus der Ruhe auf, die er sich selbst mühsam in dieser Umgebung abgerungen hatte, als er eine knarrende Stimme rufen hörte: »Und hier, meine Damen und Herren, ist die Krone der Habsburger!«

Franz Xaver erhob sich. Er sah in der Mitte der länglichen Bar eine größere, heitere Gesellschaft. Sein erster Blick verriet ihm, dass alle Typen, die er hasste, obwohl er bis jetzt keinem Einzigen ihrer Vertreter näher begegnet war, an jenem Tisch vertreten waren: blondgefärbte Frauen in kurzen Röcken und mit schamlosen (übrigens hässlichen) Knien, schlanke und biegsame Jünglinge von olivenfarbenem Teint, lächelnd mit tadellosen Zähnen wie die Propagandabüsten mancher Dentisten, gefügig, tänzerisch, feige, elegant und lauernd, eine Art tückischer Barbiere; ältere Herren mit sorgfältig, aber vergeblich verheimlichten Bäuchen und Glatzen, gutmütig, geil, jovial und krummbeinig, kurz und gut: eine Auslese jener Art von Menschen, die das Erbe der untergegangenen Welt vorläufig verwalteten, um es ein paar Jahre später an die noch moderneren und mörderischen Erben mit Gewinn abzugeben.

An jenem Tisch erhob sich nun einer der ältlichen Herren, schwenkte zuerst eine Krone in der Hand, setzte sie sich dann auf den kahlen Kopf, ging um den Tisch, trat in die Mitte der Bar, tänzelte, wackelte mit dem Kopf und mit der auf ihm sitzenden Krone und sang dabei nach der Melodie eines um jene Zeit populären Schlagers:

»Die heilige Krone trägt man so!«

Franz Xaver verstand zuerst keineswegs den Sinn dieses widerlichen Spektakels. Er empfand nur, dass die Gesellschaft aus würdelosen Greisen (betört von kurzgeschürzten Mannequins) bestand, aus Stubenmädchen, die ihren freien Tag feierten, aus Bardamen, die den Erlös für den Champagner und den eigenen Körper mit den Kellnern teilten, aus nichtsnutzigen Stutzern, die mit Frauen und Devisen handelten, breit wattierte Schultern trugen und flatternde Hosen, die wie Weiberröcke aussahen, ekelhaften Maklern, die Häuser, Läden, Staatsbürgerschaften, Reisepässe, Konzessionen, gute Ehepartien, Taufscheine, Glaubensbekenntnisse, Adelstitel, Adoptionen, Bordelle und geschmuggelte Zigaretten vermittelten. Es war die Gesellschaft, die in allen Hauptstädten der allgemein besiegten europäischen Welt, unwiderruflich entschlossen, vom Leichenfraß zu leben, mit satten und dennoch unersättlichen Mäulern das Vergangene lästerte, die Gegenwart ausbeutete und das Zukünftige preisend verkündete. Dies waren nach dem Weltkrieg die Herren der Welt. Der Graf Morstin kam sich selbst wie sein eigener Leichnam vor. Auf seinem Grab tanzten jene nun. Um den Sieg dieser Menschen vorzubereiten, waren Hunderttausende unter Qualen gestorben – und Hunderte durchaus ehrlicher Sittenprediger hatten den Untergang der alten Monarchie vorbereitet, ihren Zerfall herbeigesehnt und die Befreiung der Nationen! Nun aber, siehe da: Auf dem Grabe der alten Welt und rings um die Wiegen der neugeborenen Nationen und Sezessionsstaaten tanzten die Gespenster der nächtlichen ›American Bar‹.

Morstin rückte näher, um besser zu sehn. Die schattenhafte Natur dieser wohlgenährten, fleischlichen Gespenster weckte seine Neugier. Und er erkannte auf dem kahlen Schädel des krummbeinigen tänzelnden Mannes das Abbild – gewiss war es das Abbild – der Stephanskrone. Der Kellner, beflissen, seinen Gästen alles Bemerkenswerte mitzuteilen, kam zu Franz Xaver und sagte: »Das ist der Bankier Walakin, ein Russe. Er behauptet, alle Kronen der entthronten Monarchen zu besitzen. Jeden Abend kommt er mit einer anderen. Gestern war's die Zarenkrone. Heute ist es die Stephanskrone.«

Der Graf Morstin fühlte sein Herz stocken, eine Sekunde nur. In dieser einzigen Sekunde aber – es schien ihm später, dass sie zumindest eine Stunde gedauert hatte – erlebte er eine völlige Verwandlung seiner selbst. Es war, als wüchse in seinem Innern ein ihm unbekannter, erschreckender, fremder Morstin, stieg und wuchs, breitete sich aus, nahm Besitz vom Körper des alten, wohlbekannten und, weiter noch, vom ganzen Raum der ›American Bar‹. Nie in seinem Leben, seit seiner Kindheit nicht, hatte Franz Xaver Morstin den Zorn gekannt. Er besaß ein weiches Gemüt, und die Geborgenheit, die ihm sein Stand, seine Wohlhabenheit, der Glanz seines Namens, seine Bedeutung sicherten, hatte ihn bis jetzt gleichsam abgeschlossen von aller Rohheit dieser Welt, vor jeder Begegnung mit ihrer Niedrigkeit. Gewiss hätte er sonst den Zorn früher kennengelernt. Es war, als fühlte er selbst in dieser einzigen Sekunde, in der sich seine Verwandlung vollzog, dass sich, lange schon vor ihm, die Welt verwandelt hatte. Es war, als erführe er jetzt, dass die eigene Verwandlung lediglich eine notwendige Folge der allgemeinen Verwandlung war. Viel größer noch als der ihm unbekannte Zorn, der jetzt in ihm aufstieg und wuchs und über die Grenzen seiner Persönlichkeit schäumte, musste die Gemeinheit gewachsen sein, die Gemeinheit dieser Welt, die Niedertracht, die sich so lange geduckt hatte und verborgen unter dem Kleide der schmeichelnden »Loyalität« und der sklavischen Untertänigkeit. Es war, als erführe er, der allen Menschen, ohne sie zu prüfen, von vornherein die selbstverständliche Eigenschaft, Anstand zu besitzen, zugetraut hatte, in dieser Sekunde erst den Irrtum seines Lebens, den Irrtum jedes noblen Herzens: nämlich den, Kredit zu gewähren, schrankenlosen Kredit. Und seine plötzliche Erkenntnis erfüllte ihn mit jener vornehmen Scham, die eine treue Schwester des vornehmen Zornes ist. Im Anblick der Niedrigkeit schämt sich der Vornehme doppelt: einmal, weil allein schon ihre Existenz ihn beschämt, dann auch, weil er sofort einsieht, dass sein Herz betört wurde. Er kommt sich betrogen vor – und sein Stolz rebelliert dagegen, dass man sein Herz hatte betrügen können.

Er war nicht mehr imstande, zu messen, zu wägen und zu überlegen. Es schien ihm, dass kaum irgendeine Art der Gewalttätigkeit bestialisch genug sein könnte, die Niedrigkeit jenes Mannes, der mit den Kronen auf dem kahlen Schädel eines Maklers tanzte, jeden Abend mit einer anderen, zu strafen und zu rächen. Ein Grammophon grölte das Lied vom »Hans, der was mit dem Knie macht«; die Barmädchen kreischten; die jungen Männer klatschten in die Hände; der Barmann, ganz in chirurgischem Weiß, klirrte mit Gläsern, Löffeln, Flaschen, schüttete und mixte, braute und zauberte aus metallenen Gefäßen die geheimnisvollen Zaubertränke der neuen Zeit, schepperte, rasselte und blickte von Zeit zu Zeit mit einem wohlwollenden Aug', das zugleich schon den Konsum kalkulierte, auf das Schauspiel des Bankiers. Die rötlichen Lämpchen zitterten bei jedem stampfenden Schritt des Glatzköpfigen. Das Licht, das Grammophon, die Geräusche, die der Mixer verursachte, das Gurren und Kreischen der Frauen versetzten den Grafen Morstin in eine verwunderliche Raserei. Es geschah das Unglaubliche: Er wurde zum ersten Mal in seinem Leben lächerlich und kindisch. Er bewaffnete sich mit der halbgeleerten Sektflasche und mit einem blauen Siphon, trat nahe an die Fremden heran, während er mit der Linken das Sodawasser gegen die Tischgesellschaft verspritzte, als gälte es, einen hässlichen Brand zu löschen, hieb er mit der Rechten die Flasche gegen den Kopf des Tänzers. Der Bankier fiel zu Boden. Die Krone fiel ihm vom Kopf. Und während sich der Graf bückte, um sie aufzuheben, als gälte es, eine wirkliche Krone und alles, was sie darstellte, zu retten, stürzten sich über ihn Kellner, Mädchen und Stutzer. Betäubt von dem starken Parfüm der Mädchen, den Schlägen der jungen Männer, wurde der Graf Morstin schließlich auf die Straße gebracht. Dort, vor der Tür der ›American Bar‹, präsentierte ihm der beflissene Kellner die Rechnung, auf silbernem Tablett, unter freiem Himmel, sozusagen in Anwesenheit aller gleichgültigen, fernen Sterne: denn es war eine heitere Winternacht.

Am nächsten Tag kehrte der Graf nach Lopatyny zurück.

## V

Warum – sagte er sich unterwegs – nicht nach Lopatyny zurückkehren? Da meine Welt endgültig besiegt zu sein scheint, habe ich keine ganze Heimat mehr. Und es ist besser, ich suche noch die Trümmer meiner alten Heimat auf!

Er dachte an die Büste des Kaisers Franz Joseph, die in seinem Keller ruhte, und an den Leichnam dieses seines Kaisers, der längst in der Kapuzinergruft lag.

Ich war immer ein Sonderling – so dachte er weiter – in meinem Dorfe und in der Umgebung. Ich werde ein Sonderling bleiben.

Er telegraphierte an seinen Hausverwalter den Tag seiner Ankunft.

Und als er ankam, erwartete man ihn, wie immer, wie in früheren Zeiten, als hätte es keinen Krieg gegeben, keine Auflösung der Monarchie, keine neue polnische Republik.

Denn es ist einer der größten Irrtümer der neuen – oder, wie sie sich gerne nennen: modernen – Staatsmänner, dass das Volk (die »Nation«) sich ebenso leidenschaftlich für die Weltpolitik interessiert wie sie selber.

Das Volk lebt keineswegs von der Weltpolitik – und unterscheidet sich dadurch angenehm von den Politikern. Das Volk lebt von der Erde, die es bebaut, vom Handel, den es treibt, vom Handwerk, das es versteht. (Es wählt trotzdem bei den öffentlichen Wahlen, es stirbt in den Kriegen, es zahlt Steuern den Finanzämtern.) Jedenfalls war es so in dem Dorfe des Grafen Morstin, in dem Dorf Lopatyny. Und der ganze Weltkrieg und die ganze Veränderung der europäischen Landkarte hatten die Gesinnung des Volkes von Lopatyny nicht verändert. Wie? – Warum? – Der gesunde Menschenverstand der jüdischen Schankwirte, der ruthenischen und der polnischen Bauern wehrte sich gegen die unbegreiflichen Launen der Weltgeschichte. Ihre Launen sind abstrakt: die Neigungen und Abneigungen des Volkes aber sind konkret. Das Volk von Lopatyny zum Beispiel kannte seit Jahren die Grafen Morstin, die Vertreter des Kaisers und des Hauses Habsburg. Es kamen neue Gendarmen, und ein Steuersequester ist ein Steuersequester, und der Graf Morstin ist der Graf Morstin. Unter der Herrschaft der Habsburger waren die Menschen von Lopatyny glücklich und unglücklich gewesen – je nach dem Willen Gottes. Immer gibt es, unabhängig von allem Wechsel der Weltgeschichte, von Republik und Monarchie, von sogenannter nationaler Selbständigkeit oder sogenannter nationaler Unterdrückung im Leben des Menschen eine gute oder eine schlechte Ernte, gesundes und faules Obst, fruchtbares und kränkliches Vieh, die satte und die magere Weide, den Regen zu Zeit und Unzeit, die fruchtbare Sonne und jene, die Dürre und Unheil brachte; für den jüdischen Händler bestand die Welt aus guten und aus schlechten Kunden; für den Schankwirt aus guten und aus schwachen Trinkern; für den Handwerker wieder war es wichtig, ob die Leute neue Dächer, neue Stiefel, neue Hosen, neue Öfen, neue Schornsteine, neue Fässer brauchten oder nicht. So war es wenigstens, wie gesagt, in Lopatyny. Und was unsere besondere Meinung betrifft, so geht sie dahin, dass sich die ganze große Welt gar nicht so sehr von dem kleinen Dörfchen Lopatyny unterscheidet, wie es die Volksführer und Politiker wissen wollen. Nachdem sie Zeitungen gelesen, Reden gehört, Abgeordnete gewählt, selber mit Freunden die Vorgänge in der Welt besprochen haben, kehren die braven Bauern, Handwerker und Kaufleute – und in den großen Städten auch die Arbeiter – in ihre Häuser und Werkstätten zurück. Und Kummer oder Glück erwarten sie zu Hause: kranke oder gesunde Kinder, zänkische oder friedliche Weiber, zahlende oder säumige Kunden, zudringliche oder geduldige Gläubiger, ein gutes oder ein schlechtes Essen, ein sauberes oder ein schmutziges Bett. Ja, es ist unsere Überzeugung, dass sich die einfachen Menschen gar nicht um die Weltgeschichte kümmern, mögen sie auch an Sonntagen ein Langes und Breites von ihr reden. Aber dies mag, wie gesagt, unsere private Anschauung sein. Wir haben hier lediglich vom Dorfe Lopatyny zu berichten. Und dort war es so, wie wir es eben beschrieben haben.

Als der Graf Morstin heimgekehrt war, begab er sich sofort zu Salomon Piniowsky, dem klugen Juden, bei dem, wie bei keinem zweiten Menschen in Lopatyny, die Einfalt und die Klugheit einträchtig nebeneinanderlebten, als wären sie Schwestern. Und der Graf fragte den Juden: »Salomon, was hältst du von dieser Erde?« »Herr Graf«, sagte Piniowsky, »nicht das Geringste mehr. Die Welt ist zugrunde gegangen, es gibt keinen Kaiser mehr, man wählt Präsidenten, und das ist so, wie wenn ich mir einen tüchtigen Advokaten suche, wenn ich einen Prozess habe. Das ganze Volk wählt sich also einen Advokaten, der es verteidigt. Aber – frage ich, Herr Graf, vor welchem Gericht? – Vor dem Gericht anderer Advokaten wiederum. Und hat das Volk selbst keinen Prozess und hat es auch nicht nötig, sich zu verteidigen, so wissen wir doch alle, dass die Existenz des Advokaten allein uns schon Prozesse an den Hals schafft. Und so wird es jetzt fortwährend Prozesse geben. Ich habe noch die schwarz-gelbe Fahne, Herr Graf, die Sie mir geschenkt haben. Was soll ich mit ihr? Sie liegt auf dem Dachboden. Ich hab' noch das Bild des alten Kaisers. Was soll ich nun? Ich lese Zeitungen, ich kümmere mich ein bisschen ums Geschäft, ein bisschen um die Welt, Herr Graf. Ich weiß, was sie für Dummheiten machen. Aber unsere Bauern haben keine Ahnung. Sie glauben einfach, der alte Kaiser hätte neue Uniformen eingeführt und Polen befreit. Er residiert nicht mehr in Wien, sondern in Warschau.«

»Lass sie nur«, sagte der Graf Morstin.

Und er ging nach Hause und ließ die Büste des Kaisers Franz Joseph aus dem Keller holen, und er stellte sie auf, vor dem Eingang zu seinem Haus.

Und vom nächsten Tage an – als hätte es keinen Krieg gegeben – als gäbe es keine neue polnische Republik – als ruhte der alte Kaiser nicht längst schon in der Kapuzinergruft – als gehörte dieses Dorf Lopatyny noch zu dem Gebiet der alten Monarchie: zog jeder Bauer, der des Weges vorbeizog, den Hut vor der sandsteinernen Büste des alten Kaisers, und jeder Jude, der mit seinem Päckchen vorbeizog, murmelte das Gebet, das der fromme Jude zu sagen hat beim Anblick eines Kaisers. Und die unscheinbare Büste, hergestellt in billigem Sandstein, von der unbeholfenen Hand eines Bauernjungen, die Büste im alten Waffenrock des toten Kaisers, mit Sternen, Abzeichen, goldenem Vlies, festgehalten im Stein, so wie das kindliche Auge des Burschen den Kaiser gesehen und geliebt hatte, gewann mit der Zeit auch einen besonderen, einen ganz eigenen künstlerischen Wert – selbst in den

Augen des Grafen Morstin. Es war, als wollte der erhabene Gegenstand, je mehr Zeit verging, das Werk, das ihn darstellte, verbessern und veredeln. Wind und Wetter arbeiteten, wie mit künstlerischem Bewusstsein, an dem naiven Stein. Es war, als arbeiteten auch Verehrung und Erinnerung an diesem Standbild und als veredelte jeder Gruß der Bauern, jedes Gebet eines gläubigen Juden bis zu künstlerischer Vollkommenheit das hilflose Werk der jungen Bauernhand.

So stand das Bild jahrelang vor dem Hause des Grafen Morstin, das einzige Denkmal, das es im Dorfe Lopatyny jemals gegeben hatte und auf das alle Einwohner des Dorfes mit Recht stolz waren.

Dem Grafen selbst aber, der das Dorf niemals mehr verließ, bedeutete dieses Denkmal mehr: Es gab ihm, verließ er das Haus, die Vorstellung, dass sich nichts geändert hatte. Allmählich – er wurde früh alt – ertappte er sich von Zeit zu Zeit auf ganz törichten Gedanken. Stundenlang verharrte er – obwohl er ja den gewaltigsten aller Kriege mitgemacht hatte – in der Vorstellung, dieser sei nur ein wüster Traum gewesen und alle Veränderungen, die ihm gefolgt waren, seien noch wüstere Träume. Zwar sah er, jede Woche fast, dass seine Fürsprache bei Ämtern und Gerichten für seine Schutzbefohlenen nichts mehr nutzte, ja, dass sich neue Beamte über ihn lustig machten. Er war eher entsetzt als beleidigt. Schon war es allgemein bekannt in dem nächsten Städtchen wie in der Umgebung und auf den Gütern der Nachbarn, dass der »alte Morstin halb verrückt« sei. Man erzählte sich, dass er zu Hause die alte Uniform eines Rittmeisters der Dragoner trage, mit allen alten Orden und Auszeichnungen. Eines Tages fragte ihn ein Gutsbesitzer der Umgebung – ein gewisser Graf Walewski – geradeheraus, ob es wahr sei.

»Bis jetzt noch nicht«, erwiderte Morstin, »aber Sie bringen mich auf eine gute Idee. Ich werde meine Uniform anziehn – und zwar nicht zu Hause. Ich werde sie auch draußen tragen.«

Und also geschah es auch.

Von nun an sah man den Grafen Morstin in der Uniform eines österreichischen Rittmeisters der Dragoner – und die Einwohner verwunderten sich durchaus nicht darüber. Trat der Rittmeister aus dem Hause, so salutierte er vor seinem Allerhöchsten Kriegsherrn, vor der Büste des toten Kaisers Franz Joseph. Dann ging er den gewohnten Weg zwischen den zwei Tannenwäldchen, die sandige Straße entlang, die zum nächsten Städtchen führte. Die Bauern, die ihm begegneten, zogen die Hüte und sagten: »Gelobt sei Jesus Christus«, und sie fügten noch die Anrede »Herr Graf« dazu – als glaubten sie, der Herr Graf sei eine Art näherer Verwandter des Erlösers und zwei Titel wären besser. Ach! – seit langem nicht mehr konnte er ihnen helfen, wie er ihnen früher geholfen hatte! Zwar waren die kleinen Bauern immer noch ohnmächtig. Er aber, der Herr Graf, war kein Mächtiger mehr! – Und wie alle, die einst mächtig gewesen waren, galt er nunmehr noch weniger als die Ohnmächtigen: Fast gehörte er schon zu der Kaste der Lächerlichen in den Augen der Beamten. Aber das Volk von Lopatyny und Umgebung glaubte an ihn, immer noch, wie es an den Kaiser Franz Joseph glaubte, dessen Büste es zu grüßen pflegte. Den Bauern und den Juden von Lopatyny und Umgebung erschien der Graf Morstin keineswegs lächerlich, sondern ehrfurchtsvoll. Man verehrte seine hagere, dürre Gestalt, sein graues Haar, sein aschfarbenes, verfallenes Gesicht, seine Augen, die in eine Weite ohne Grenze zu blicken schienen; kein Wunder: Sie blickten nämlich in die verlorene Vergangenheit.

Da ereignete es sich eines Tages, dass der Woiwode von Lwow, das früher Lemberg hieß, eine Inspektionsreise unternahm und sich aus irgendeinem Grunde in Lopatyny aufhalten musste. Man bezeichnete ihm das Haus des Grafen Morstin, zu dem er sich auch sofort aufmachte. Zu seinem Erstaunen erblickte er vor dem Hause des Grafen, mitten in einem Boskett, die Büste des Kaisers Franz Joseph. Er betrachtete sie lange, beschloss endlich, das Haus zu betreten und den Grafen selbst nach dem Sinn dieses Denkmals zu fragen. Aber er erstaunte noch mehr – ja, er erschrak beim Anblick des Grafen Morstin, der dem Woiwoden in der Uniform eines österreichischen Rittmeisters der Dragoner entgegenkam. Der Woiwode war selbst ein »Kleinpole«, das heißt: er stammte aus dem früheren Galizien. Er selbst hatte in der österreichischen Armee gedient. Der Graf Morstin erschien ihm wie ein Gespenst aus einem für ihn, den Woiwoden, längst abgelaufenen Kapitel der Geschichte.

Er bezwang sich und fragte vorerst gar nicht. Dann aber, als sie bei Tisch saßen, begann er, sich vorsichtig nach dem Denkmal des Kaisers zu erkundigen. – »Ja«, sagte der Graf, als ob es gar keine neue Welt gäbe, »Seine hochselige Majestät war acht Tage hier. Ein sehr begabter Bauernjunge hat die Büste gemacht. Sie hat immer hier gestanden. Solange ich lebe, wird sie hier stehen.«

Der Woiwode verschwieg den Entschluss, den er eben gefasst hatte, und sagte lächelnd und wie nebenbei: »Sie tragen immer noch die alte Uniform?«

»Ja«, erwiderte Morstin, »ich bin zu alt, um eine neue anzulegen. Im Zivil, wissen Sie, fühle ich mich seit dieser Veränderung der Verhältnisse nicht ganz wohl. Ich fürchte, man könnte mich dann mit manchen anderen verwechseln. – Auf Ihr Wohl«, fuhr der Graf fort – hob das Glas und trank seinem Gast zu.

Der Woiwode saß noch eine Weile, verließ dann den Grafen und das Dorf Lopatyny, setzte seine Inspektionsreise fort, kam in seine Residenz zurück und gab Auftrag, die Kaiserbüste vor dem Hause des Grafen Morstin zu entfernen.

Dieser Auftrag gelangte schließlich an den Bürgermeister (»Wojt« genannt) des Dörfchens Lopatyny und also unmittelbar hierauf zur Kenntnis des Grafen Morstin.

Zum ersten Mal befand sich also der Graf im offenen Konflikt mit der neuen Macht, deren Dasein er bis jetzt kaum zur Kenntnis genommen hatte. Er sah ein, dass er zu schwach war, sich gegen sie aufzulehnen. Er erinnerte sich an die nächtliche Szene in der Züricher ›American Bar‹. Ach! Es hatte keinen Sinn mehr, die Augen vor der neuen Welt der neuen Republiken, der neuen Bankiers und Kronenträger, der neuen Damen und Herren, der neuen Herrscher der Welt zu schließen. Man musste die alte Welt begraben. Aber man musste sie würdig begraben.

Und der Graf Franz Xaver Morstin berief zehn der ältesten Einwohner des Dorfes Lopatyny in sein Haus – und darunter befand sich der kluge und zugleich einfältige Jude

Salomon Piniowsky. Es kamen ferner: der griechisch-katholische Pfarrer, der römisch-katholische und der Rabbiner.

Und als sie alle versammelt waren, begann der Graf Morstin folgende Rede:

»Meine lieben Mitbürger,

ihr alle habt noch die alte Monarchie gekannt, euer altes Vaterland. Seit Jahren ist es tot – und ich habe eingesehen – es hat keinen Sinn, nicht einzusehn, dass es tot sei. Vielleicht wird es einmal auferstehn, wir Alten werden es kaum noch erleben. Man hat uns aufgetragen, die Büste Seiner hochseligen Majestät, des Kaisers Franz Joseph des Ersten, ehestens wegzuschaffen.

Wir wollen sie nicht wegschaffen, meine Freunde!

Wenn die alte Zeit tot sein soll, so wollen wir mit ihr verfahren, wie man eben mit Toten verfährt: Wir wollen sie begraben.

Infolgedessen bitte ich euch, meine Lieben, mir zu helfen, dass wir den toten Kaiser, das heißt seine Büste, mit aller Feierlichkeit und Ehrfurcht, die einem toten Kaiser gebühren, von heute in drei Tagen auf dem Friedhof bestatten.«

## VI

Der ukrainische Schreiner Nikita Kolohin zimmerte einen großartigen Sarg aus Eichenholz. Drei tote Kaiser hätten in ihm Platz gefunden.

Der polnische Schmied Jaroslaw Wojciechowski schmiedete einen gewaltigen Doppeladler aus Messing, der auf den Deckel des Sarges genietet wurde.

Der jüdische Thoraschreiber Nuchim Kapturak schrieb mit seinem Gänsekiel auf eine kleine Pergamentrolle den Segen, den die gläubigen Juden zu sprechen haben beim Anblick eines gekrönten Hauptes, wickelte sie in gehämmertes Blech und legte es in den Sarg.

Am frühen Vormittag – es war ein heißer Sommertag – zahllose unsichtbare Lerchen trillerten unter dem Himmel, und zahllose unsichtbare Grillen wisperten ihnen Antwort aus den Wiesen – versammelten sich die Bewohner von Lopatyny um das Denkmal Franz Josephs des Ersten. Graf Morstin und der Bürgermeister betteten die Büste in den prachtvollen, großen Sarg. In diesem Augenblick begannen die Glocken der Kirche auf dem Hügel zu läuten. Alle drei Geistlichen stellten sich an die Spitze des Zuges. Den Sarg nahmen vier alte, kräftige Bauern auf die Schultern. Hinter ihm, mit gezogenem Säbel, im feldgrau verdeckten Dragonerhelm, ging der Graf Franz Xaver Morstin, in diesem Dorfe dem toten Kaiser der Nächste, ganz allein in jener Einsamkeit, welche die Trauer gebietet, und hinter ihm, mit rundem, schwarzem Käppchen auf dem silbrigen Kopf, der Jude Salomon Piniowsky, den runden Samthut in der Linken, die große schwarz-gelbe Fahne mit dem Doppeladler in der erhobenen rechten Hand. Und hinter ihm das ganze Dorf, die Männer und die Frauen.

Die Kirchenglocken dröhnten, die Lerchen trillerten, die Grillen wisperten unaufhörlich.

Das Grab war bereit. Man ließ den Sarg hinab, breitete die Fahne über ihn – und Franz Xaver Morstin grüßte zum letzten Mal mit dem Säbel den Kaiser.

Da erhob sich ein Schluchzen in der Menge, als hätte man

jetzt erst den Kaiser Franz Joseph begraben, die alte Monarchie und die alte Heimat. Die drei Geistlichen beteten.

Also begrub man den alten Kaiser zum zweiten Mal im Dorfe Lopatyny, im ehemaligen Galizien.

Ein paar Wochen später geriet die Kunde von diesem Vorfall in die Zeitungen. Diese schrieben ein paar witzige Worte über den Vorfall, unter der Rubrik »Glossen«.

## VII

Der Graf Morstin aber verließ das Land. Er lebt jetzt an der Riviera, ein alter, verbrauchter Mann, der am Abend mit alten russischen Generälen Schach und Skat spielt. Ein paar Stunden am Tage schreibt er an seinen Erinnerungen. Wahrscheinlich werden sie keinen bedeutenden literarischen Wert besitzen: denn der Graf Morstin hat keine literarische Übung und auch keinen schriftstellerischen Ehrgeiz. Da er aber ein Mann von besonderer Gnade und Art ist, gelingen ihm zuweilen ein paar denkwürdige Sätze, wie, zum Beispiel, die folgenden, die ich mit seiner Erlaubnis hierhersetze:

»Ich habe erlebt«, schreibt der Graf, »dass die Klugen dumm werden können, die Weisen töricht, die echten Propheten Lügner, die Wahrheitsliebenden falsch. Keine menschliche Tugend hat in dieser Welt Bestand, außer einer einzigen: der echten Frömmigkeit. Der Glaube kann uns nicht enttäuschen, da er uns nichts auf Erden verspricht. Der wahre Gläubige enttäuscht uns nicht, weil er auf Erden keinen Vorteil sucht. Auf das Leben der Völker angewandt, heißt das: Sie suchen vergeblich nach sogenannten nationalen Tugenden, die noch fraglicher sind als die individuellen. Deshalb hasse ich Nationen und Nationalstaaten. Meine alte Heimat, die Monarchie allein war ein großes Haus mit vielen Türen und vielen Zimmern, für viele Arten von Menschen. Man hat das Haus verteilt, gespalten, zertrümmert. Ich habe dort nichts mehr zu suchen. Ich bin gewohnt, in einem Haus zu leben, nicht in Kabinen.«

So stolz und so traurig schreibt der alte Graf. Gefasst und friedlich wartet er auf seinen Tod. Wahrscheinlich sehnt er sich auch nach ihm. Denn er hat in seinem Testament bestimmt, dass er im Dorfe Lopatyny bestattet werde – und zwar nicht in der Familiengruft, sondern neben dem Grab, in dem der Kaiser Franz Joseph liegt, die Büste des Kaisers.

# *Der Leviathan*

## I

In dem kleinen Städtchen Progrody lebte einst ein Korallenhändler, der wegen seiner Redlichkeit und wegen seiner guten, zuverlässigen Ware weit und breit in der Umgebung bekannt war. Aus den fernen Dörfern kamen die Bäuerinnen zu ihm, wenn sie zu besonderen Anlässen einen Schmuck brauchten. Leicht hätten sie in ihrer Nähe schon noch andere Korallenhändler gefunden, aber sie wussten, dass sie dort nur alltäglichen Tand und billigen Flitter bekommen konnten. Deshalb legten sie in ihren kleinen, ratternden Wägelchen manchmal viele Werst zurück, um nach Progrody zu gelangen, zu dem berühmten Korallenhändler Nissen Piczenik.

Gewöhnlich kamen sie an jenen Tagen, an denen der Jahrmarkt stattfand. Am Montag war Pferdemarkt, am Donnerstag Schweinemarkt. Die Männer betrachteten und prüften die Tiere, die Frauen gingen in unregelmäßigen Gruppen, barfuß und die Stiefel über die Schultern gehängt, mit den bunten, auch an trüben Tagen leuchtenden Kopftüchern in das Haus Nissen Piczeniks. Die harten, nackten Sohlen trommelten gedämpft und fröhlich auf den hohlen Brettern des hölzernen Bürgersteigs und in dem weiten, kühlen Flur des alten Hauses, in dem der Händler wohnte. Aus dem gewölbten Flur gelangte man in einen stillen Hof, wo zwischen den unregelmäßigen Pflastersteinen sanftes Moos wucherte und in der warmen Jahreszeit einzelne Gräslein sprossen. Hier kamen den Bäuerinnen schon die Hühner Piczeniks freundlich entgegen, voran die Hähne mit den stolzen Kämmen, die so rot waren wie die rötesten Korallen.

Man musste dreimal an die eiserne Tür klopfen, an der ein eiserner Klöppel hing. Dann öffnete Piczenik eine kleine Luke, die in die Tür eingeschnitten war, sah die Leute, die Einlass heischten, schob den Riegel zurück und ließ die Bäuerinnen eintreten. Bettlern, wandernden Sängern, Zigeunern und den Männern mit den tanzenden Bären pflegte er durch die Luke ein Almosen zu reichen. Er musste recht vorsichtig sein, denn auf allen Tischen in seiner geräumigen Küche wie im Wohnzimmer lagen die edlen Korallen in großen, kleinen, mittleren Haufen, verschiedene Völker und Rassen von Korallen durcheinandergemischt oder auch bereits nach ihrer Eigenart und Farbe geordnet. Man hatte nicht zehn Augen im Kopf, um jeden Bettler zu beobachten, und Piczenik wusste, dass die Armut die unwiderstehliche Verführerin zur Sünde ist. Zwar stahlen manchmal auch wohlhabende Bäuerinnen; denn die Frauen erliegen leicht der Lust, sich den Schmuck, den sie bequem kaufen könnten, heimlich und unter Gefahr anzueignen. Aber bei den Kunden drückte der Händler eines seiner wachsamen Augen zu, und ein paar Diebstähle kalkulierte er auch in die Preise ein, die er für seine Ware forderte.

Er beschäftigte nicht weniger als zehn Fädlerinnen, hübsche junge Mädchen, mit guten, sicheren Augen und feinen Händen. Die Mädchen saßen in zwei Reihen an einem langen Tisch und angelten mit zarten Nadeln nach den Korallen. Also entstanden die schönen, regelmäßigen Schnüre, an deren Enden die kleinsten Korallen, in deren Mitte die größten und leuchtendsten steckten. Bei dieser Arbeit sangen die Mädchen im Chor. Und im Sommer, an heißen, blauen und sonnigen Tagen, war im Hof der lange Tisch aufgestellt, an dem die fädelnden Frauen saßen, und ihren sommerlichen Gesang hörte man im ganzen Städtchen, und er übertönte die schmetternden Lerchen unter dem Himmel und die zirpenden Grillen in den Gärten.

Es gibt viel mehr Arten von Korallen, als die gewöhnlichen Leute wissen, die sie nur aus den Schaufenstern oder Läden kennen. Es gibt geschliffene und ungeschliffene vor allem; ferner flach an den Rändern geschnittene und kugelrunde; dornen- und stäbchenartige, die wie Stacheldraht aussehn; gelblich leuchtende, fast weißrote Korallen von der Farbe, wie sie manchmal die oberen Ränder der Teerosenblätter zeigen, gelblichrosa, rosa, ziegelrote, rübenrote, zinnoberfarbene und schließlich die Korallen, die aussehen wie feste, runde Blutstropfen. Es gibt ganz- und halbrunde; Korallen, die wie kleine Fässchen, andere, die wie Zylinderchen aussehen; es gibt gerade, schiefgewachsene und sogar bucklige Korallen. Es gibt Sterne, Stacheln, Zinken, Blüten. Denn die Korallen sind die edelsten Pflanzen der ozeanischen Unterwelt, Rosen für die launischen Göttinnen der Meere, so reich an Formen und Farben wie die Launen dieser Göttinnen selbst.

Wie man sieht, hielt Nissen Piczenik keinen offenen Laden. Er betrieb das Geschäft in seiner Wohnung, das heißt: Er lebte mit den Korallen. Tag und Nacht, Sommer und Winter, und da in seiner Stube wie in seiner Küche die Fenster in den Hof gingen und obendrein von dichten, eisernen Gittern geschützt waren, herrschte in dieser Wohnung eine schöne, geheimnisvolle Dämmerung, die an Meeresgrund erinnerte, und es war, als wüchsen dort die Korallen, und nicht, als würden sie gehandelt. Ja, dank einer besonderen, geradezu geflissentlichen Laune der Natur war Nissen Piczenik, der Korallenhändler, ein rothaariger Jude, dessen kupferfarbenes Ziegenbärtchen an eine Art rötlichen Tangs erinnerte und dem ganzen Mann eine frappante Ähnlichkeit mit einem Meergott verlieh. Es war, als schüfe oder pflanzte und pflückte er selbst die Korallen, mit denen er handelte. Und so stark war die Beziehung seiner Ware zu seinem Aussehen, dass man ihn nicht nach seinem Namen im Städtchen Progrody nannte, mit der Zeit diesen sogar vergaß und ihn lediglich nach seinem Beruf bezeichnete. Man sagte zum Beispiel: Hier kommt der Korallenhändler – als gäbe es in der ganzen Welt außer ihm keinen anderen.

Nissen Piczenik hatte in der Tat eine familiäre Zärtlichkeit für Korallen. Von den Naturwissenschaften weit entfernt, ohne lesen und schreiben zu können – denn er hatte niemals eine Schule besucht, und er konnte nur unbeholfen seinen Namen zeichnen –, lebte er in der Überzeugung, dass die Korallen nicht etwa Pflanzen seien, sondern lebendige Tiere, eine Art winziger, roter Seetiere – – und kein Professor der Meereskunde hätte ihn eines Besseren belehren können. Ja, für Nissen Piczenik lebten die Korallen noch, nachdem sie gesägt, zerschnitten, geschliffen, sortiert und gefädelt worden waren. Und er hatte vielleicht recht. Denn er sah mit eigenen Augen, wie seine rötlichen Korallenschnüre an den Busen kranker oder kränklicher Frauen allmählich zu verblassen begannen, an den Busen gesunder Frauen aber ihren Glanz behielten. Im Verlauf seiner langen Korallenhändler-Praxis hatte er oft bemerkt, wie Korallen, die blass – trotz ihrer Röte – und immer blasser in seinen Schränken gelegen waren, plötzlich zu leuchten begannen, wenn sie um den Hals einer schönen, jungen und gesunden Bäuerin gehängt wurden, als nährten sie sich von dem Blut der Frauen. Manchmal brachte man dem Händler Korallenschnüre zum Rückkauf, er erkannte sie, die Kleinodien, die er einst selbst gefädelt und behütet hatte – und er erkannte sofort, ob sie von gesunden oder kränklichen Frauen getragen worden waren.

Er hatte eine eigene, ganz besondere Theorie von den Korallen. Seiner Meinung nach waren sie, wie gesagt, Tiere des Meeres, die gewissermaßen nur aus kluger Bescheidenheit Bäume und Pflanzen spielten, um nicht von den Haifischen angegriffen oder gefressen zu werden. Es war die Sehnsucht der Korallen, von den Tauchern gepflückt und an die Oberfläche der Erde gebracht, geschnitten, geschliffen und aufgefädelt zu werden, um endlich ihrem eigentlichen Daseinszweck zu dienen: nämlich, der Schmuck schöner Bäuerinnen zu werden. Hier erst, an den weißen, festen Hälsen der Weiber, in innigster Nachbarschaft mit der lebendigen Schlagader, der Schwester der weiblichen Herzen, lebten sie auf, gewannen sie Glanz und Schönheit und übten die ihnen angeborene Zauberkraft aus, Männer anzuziehen und deren Liebeslust zu wecken. Zwar hatte der alte

Gott Jehovah alles selbst geschaffen, die Erde und ihr Getier, die Meere und alle ihre Geschöpfe. Dem Leviathan aber, der sich auf dem Urgrund aller Wasser ringelte, hatte Gott selbst für eine Zeitlang, bis zur Ankunft des Messias nämlich, die Verwaltung über die Tiere und Gewächse des Ozeans, insbesondere über die Korallen, anvertraut.

Nach all dem, was hier erzählt ist, könnte man glauben, dass der Händler Nissen Piczenik als eine Art Sonderling bekannt war. Dies war keineswegs der Fall. Piczenik lebte in dem Städtchen Progrody als ein unauffälliger, bescheidener Mensch, dessen Erzählungen von den Korallen und dem Leviathan ganz ernst genommen wurden, als Mitteilungen eines Mannes vom Fach nämlich, der sein Gewerbe ja kennen musste, wie der Tuchhändler Manchesterstoffe von deutschem Perkal unterschied und der Teehändler den russischen Tee der berühmten Firma Popoff von dem englischen Tee, den der ebenso berühmte Lipton aus London lieferte. Alle Einwohner von Progrody und Umgebung waren überzeugt, dass die Korallen lebendige Tiere sind und dass sie von dem Urfisch Leviathan in ihrem Wachstum und Benehmen unter dem Meere bewacht werden. Es konnte nicht daran gezweifelt werden, da es ja Nissen Piczenik selbst erzählt hatte.

Die schönen Fädlerinnen arbeiteten oft bis spät in die Nacht und manchmal sogar nach Mitternacht im Hause Nissen Piczeniks. Nachdem sie sein Haus verlassen hatten, begann der Händler selbst, sich mit seinen Steinen, will sagen: Tieren, zu beschäftigen. Zuerst prüfte er die Ketten, die seine Mädchen geschaffen hatten, hierauf zählte er die Häufchen der noch nicht und der schon nach ihrer Rasse und Größe geordneten Korallen, dann begann er, selbst zu sortieren und mit seinen rötlich behaarten, starken und feinfühligen Fingern jede einzelne Koralle zu befühlen, zu glätten, zu streicheln. Es gab wurmstichige Korallen. Sie hatten Löcher an den Stellen, an denen Löcher keineswegs zu brauchen waren. Da hatte der sorglose Leviathan einmal nicht aufgepasst. Und um ihn zurechtzuweisen, zündete Nissen Piczenik eine Kerze an, hielt ein Stück roten Wachses über die Flamme, bis es heiß und flüssig ward, und verstopfte mittels einer feinen Nadel, deren Spitze er in das Wachs getaucht hatte, die Wurmbohrungen im Stein. Dabei schüttelte er den Kopf, als begriffe er nicht, dass ein so mächtiger Gott wie Jehovah einem so leichtsinnigen Fisch wie dem Leviathan die Obhut über die Korallen hatte überlassen können.

Manchmal, aus purer Freude an den Steinen, fädelte er selbst Korallen, bis der Morgen graute und die Zeit gekommen war, das Morgengebet zu sagen. Die Arbeit ermüdete ihn keineswegs, er fühlte keinerlei Schwäche. Seine Frau schlief noch unter der Decke. Er warf einen kurzen, gleichgültigen Blick auf sie. Er hasste sie nicht, er liebte sie nicht, sie war eine der vielen Fädlerinnen, die bei ihm arbeiteten, weniger hübsch und reizvoll als die meisten. Zehn Jahre war er schon mit ihr verheiratet, sie hatte ihm keine Kinder geschenkt – und das allein wäre ihre Aufgabe gewesen. Eine fruchtbare Frau hätte er gebraucht, fruchtbar wie die See, auf deren Grunde so viele Korallen wuchsen. Seine Frau aber war wie ein trockener Teich. Mochte sie schlafen, allein, so viele Nächte sie wollte! Das Gesetz hätte ihm erlaubt, sich von ihr scheiden zu lassen. Aber inzwischen waren ihm

Kinder und Frauen gleichgültig geworden. Er liebte die Korallen. Und ein unbestimmtes Heimweh war in seinem Herzen, er hätte sich nicht getraut, es beim Namen zu nennen: Nissen Piczenik, geboren und aufgewachsen mitten im tiefsten Kontinent, sehnte sich nach dem Meere.

Ja, er sehnte sich nach dem Meere, auf dessen Grund die Korallen wuchsen, vielmehr, sich tummelten – nach seiner Überzeugung. Weit und breit gab es keinen Menschen, mit dem er von seiner Sehnsucht hätte sprechen können, in sich verschlossen musste er es tragen, wie die See die Korallen trug. Er hatte von Schiffen gehört, von Tauchern, von Kapitänen, von Matrosen. Seine Korallen kamen in wohlverpackten Kisten, an denen noch der Seegeruch haftete, aus Odessa, Hamburg oder Triest. Der öffentliche Schreiber in der Post erledigte ihm seine Geschäftskorrespondenz. Die bunten Marken auf den Briefen der fernen Lieferanten betrachtete er ausführlich, bevor er die Umschläge wegwarf. Nie in seinem Leben hatte er Progrody verlassen. In diesem kleinen Städtchen gab es keinen Fluss, nicht einmal einen Teich, nur Sümpfe ringsherum, und man hörte wohl unter der grünen Oberfläche das Wasser glucksen, aber man sah es niemals. Nissen Piczenik bildete sich ein, dass es einen geheimen Zusammenhang zwischen dem verborgenen Gewässer der Sümpfe und den gewaltigen Wassern der großen Meere gebe – und dass auch tief unten, in den Sümpfen, Korallen vorhanden sein könnten. Er wusste, dass er, wenn er diese Ansicht jemals geäußert hätte, zum Gespött des Städtchens geworden wäre. Er schwieg daher und erwähnte seine Ansichten nicht. Er träumte manchmal davon, dass das große Meer – er wusste nicht, welches, er hatte niemals eine

Landkarte gesehen, und alle Meere der Welt waren für ihn einfach *das* große Meer – eines Tages Russland überschwemmen würde, und zwar just jene Hälfte, auf der er lebte. Dann wäre also die See, zu der er niemals zu gelangen hoffte, zu ihm gekommen, die gewaltige, unbekannte See mit dem unmessbaren Leviathan auf ihrem Grunde und mit all ihren süßen und herben und salzigen Geheimnissen.

Der Weg von dem Städtchen Progrody zum kleinen Bahnhof, in dem nur dreimal in der Woche die Züge ankamen, führte zwischen den Sümpfen vorbei. Und immer, auch wenn Nissen Piczenik keine Korallensendungen zu erwarten hatte, und selbst an den Tagen, an denen keine Züge kamen, ging er zum Bahnhof, das heißt zu den Sümpfen. Am Rande des Sumpfes stand er eine Stunde und länger und hörte das Quaken der Frösche andächtig, als könnten sie ihm vom Leben auf dem Grunde der Sümpfe berichten, und glaubte manchmal in der Tat, allerhand Berichte empfangen zu haben. Im Winter, wenn die Sümpfe gefroren waren, wagte er sogar, seinen Fuß auf sie zu setzen, und das bereitete ihm ein sonderbares Vergnügen. Am faulen Geruch des Sumpfes erkannte er ahnungsvoll den gewaltig herben Duft des großen Meeres, und das leise, kümmerliche Glucksen der unterirdischen Gewässer verwandelte sich in seinen hellhörigen Ohren in ein Rauschen der riesigen, grünblauen Wogen. Im Städtchen Progrody aber wusste kein Mensch, was alles sich in der Seele des Korallenhändlers abspielte. Alle Juden hielten ihn für ihresgleichen. Der handelte mit Stoffen und jener mit Petroleum; einer verkaufte Gebetmäntel, der andere Wachskerzen und Seife, der Dritte Kopftücher für Bäuerinnen und Taschenmesser; einer lehrte die

Kinder beten, der andere rechnen, der Dritte handelte mit Kwass und Kukuruz und gesottenen Saubohnen. Und ihnen allen schien es, Nissen Piczenik sei ihresgleichen – nur handele er eben mit Korallen. Indessen war er – wie man sieht – ein ganz Besonderer.

## II

Er hatte arme und reiche Kunden, ständige und zufällige. Zu seinen reichen Kunden zählte er zwei Bauern aus der Umgebung, von denen der eine, nämlich Timon Semjonowitsch, Hopfen angepflanzt hatte und jedes Jahr, wenn die Kommissionäre aus Nürnberg, Saaz und Judenburg kamen, eine Menge glücklicher Abschlüsse machte. Der andere Bauer hieß Nikita Iwanowitsch. Der hatte nicht weniger als acht Töchter gezeugt, von denen eine nach der anderen heiratete und von denen jede Korallen brauchte. Die verheirateten Töchter – bis jetzt waren es vier – bekamen, kaum zwei Monate nach der Vermählung, Kinder – und es waren wieder Töchter –, und auch diese brauchten Korallen; als Säuglinge schon, um den bösen Blick abzuwenden. Die Mitglieder dieser zwei Familien waren die vornehmsten Gäste im Hause Nissen Piczeniks. Für die Töchter beider Bauern, ihre Enkel und Schwiegersöhne hatte der Händler den guten Schnaps bereit, den er in seinem Kasten aufbewahrte, einen selbstgebrannten Schnaps, gewürzt mit Ameisen, trockenen Schwämmen, Petersilie und Tausendgüldenkraut. Die anderen, gewöhnlichen Kunden begnügten sich mit einem gewöhnlichen gekauften Wodka. Denn es gab in jener

Gegend keinen richtigen Kauf ohne Trunk. Käufer und Verkäufer tranken, damit das Geschäft beiden Gewinn und Segen bringe. Auch Tabak lag in Haufen in der Wohnung des Korallenhändlers, vor dem Fenster, von feuchten Löschblättern überdeckt, damit er frisch bleibe. Denn die Kunden kamen zu Nissen Piczenik nicht, wie Menschen in einen Laden kommen, einfach, um die Ware zu kaufen, zu bezahlen und wieder wegzugehn. Die meisten Kunden hatten einen Weg von vielen Werst zurückgelegt, und sie waren nicht nur Kunden, sondern auch Gäste Nissen Piczeniks. Er gab ihnen zu trinken, zu rauchen und manchmal auch zu essen. Die Frau des Händlers kochte Kascha mit Zwiebeln, Borschtsch mit Sahne, sie briet Äpfel am Rost, Kartoffeln und im Herbst Kastanien. So waren die Kunden nicht nur Kunden, sondern auch Gäste im Hause Piczeniks. Manchmal mischten sich die Bäuerinnen, während sie nach passenden Korallen suchten, in den Gesang der Fädlerinnen; alle sangen sie zusammen, und sogar Nissen Piczenik begann, vor sich hin zu summen; und seine Frau rührte im Takt den Löffel am Herd. Kamen dann die Bauern vom Markt oder aus der Schenke, um ihre Frauen abzuholen und deren Einkäufe zu bezahlen, so musste der Korallenhändler auch mit ihnen Schnaps oder Tee trinken und eine Zigarette rauchen. Und jeder alte Kunde küsste sich mit dem Händler wie mit einem Bruder.

Denn wenn wir einmal getrunken haben, sind alle guten und redlichen Männer unsere Brüder und alle lieben Frauen unsere Schwestern – und es gibt keinen Unterschied zwischen Bauer und Händler, Jud' und Christ; und wehe dem, der das Gegenteil behaupten wollte!

## III

Jedes neue Jahr wurde Nissen Piczenik unzufriedener mit seinem friedlichen Leben, ohne dass es jemand in dem Städtchen Progrody gemerkt hätte. Wie alle Juden ging auch der Korallenhändler zweimal jeden Tag, morgens und abends, ins Bethaus, feierte die Feiertage, fastete an den Fasttagen, legte Gebetriemen und Gebetmantel an, schaukelte seinen Oberkörper, unterhielt sich mit den Leuten, sprach von Politik, vom Russisch-japanischen Krieg, überhaupt von allem, was in den Zeitungen stand und was die Welt bewegte. Aber die Sehnsucht nach dem Meere, der Heimat der Korallen, trug er im Herzen, und aus den Zeitungen, die zweimal in der Woche nach Progrody kamen, ließ er sich, da er sie nicht entziffern konnte, etwaige maritime Nachrichten zuerst vorlesen. Ähnlich wie von den Korallen hatte er vom Meer eine ganz besondere Vorstellung. Zwar wusste er, dass es viele Meere in der Welt gab, das wirkliche, eigentliche Meer aber war jenes, das man durchqueren musste, um nach Amerika zu gelangen.

Nun ereignete es sich eines Tages, dass der Sohn des Barchenthändlers Alexander Komrower, der vor drei Jahren eingerückt und zur Marine gekommen war, auf einen kurzen Urlaub heimkehrte. Kaum hatte der Korallenhändler von der Rückkehr des jungen Komrower gehört, da erschien er auch schon in dessen Hause und begann, den Matrosen nach allen Geheimnissen der Schiffe, des Wassers und der Winde auszufragen. Während alle Welt in Progrody überzeugt war, dass sich der junge Komrower lediglich infolge seiner Dummheit auf die gefährlichen Ozeane hatte verschleppen lassen, betrachtete der Korallenhändler den Matrosen als einen begnadeten Jungen, dem die Ehre und das Glück zuteil geworden waren, gewissermaßen ein Vertrauter der Korallen zu werden, ja, ein Verwandter der Korallen. Und man sah den fünfundvierzigjährigen Nissen Piczenik mit dem zweiundzwanzigjährigen Komrower Arm in Arm über den Marktplatz des Städtchens streichen, stundenlang. Was will er vom Komrower?, fragten sich die Leute. Was will er eigentlich von mir?, fragte sich auch der Junge.

Während des ganzen Urlaubs, den der junge Mann in Progrody verbringen durfte, wich der Korallenhändler fast nicht von seiner Seite. Sonderbar erschienen dem Jungen die Fragen des Älteren, wie zum Beispiel diese:

»Kann man mit einem Fernrohr bis auf den Grund des Meeres sehen?«

»Nein«, sagte der Matrose, »mit dem Fernrohr schaut man nur in die Weite, nicht in die Tiefe.«

»Kann man«, fragte Nissen Piczenik weiter, »wenn man Matrose ist, sich auf den Grund des Meeres fallen lassen?«

»Nein«, sagte der junge Komrower, »wenn man ertrinkt, dann sinkt man wohl auf den Grund des Meeres.«

»Der Kapitän kann's auch nicht?«

»Auch der Kapitän kann es nicht.«

»Hast du schon einen Taucher gesehen?«

»Manchmal«, sagte der Matrose.

»Steigen die Tiere und Pflanzen des Meeres manchmal an die Oberfläche?«

»Nur die Fische und die Walfische, die eigentlich keine Fische sind.«

»Beschreibe mir«, sagte Nissen Piczenik, »wie das Meer aussieht.«

»Es ist voller Wasser«, sagte der Matrose Komrower.

»Und ist es so weit wie ein großes Land, eine weite Ebene zum Beispiel, auf der kein Haus steht?«

»So weit ist es – und noch weiter!«, sagte der junge Matrose. »Und es ist so, wie Sie sagen: eine weite Ebene, und hie und da sieht man ein Haus, das ist aber sehr selten, und es ist gar kein Haus, sondern ein Schiff.«

»Wo hast du die Taucher gesehen?«

»Es gibt bei uns«, sagte der Junge, »bei der Militärmarine, Taucher. Aber sie tauchen nicht, um Perlen oder Austern oder Korallen zu fischen. Es ist eine militärische Übung, zum Beispiel für den Fall, dass ein Kriegsschiff untergeht, und dann müsste man wertvolle Instrumente oder Waffen herausholen.«

»Wie viel Meere gibt es in der Welt?«

»Das kann ich Ihnen nicht sagen«, erwiderte der Matrose, »wir haben es zwar in der Instruktionsstunde gelernt, aber ich habe nicht achtgegeben. Ich kenne nur das Baltische Meer, die Ostsee, das Schwarze Meer und den großen Ozean.«

»Welches Meer ist das tiefste?«

»Weiß ich nicht.«

»Wo finden sich die meisten Korallen?«

»Weiß ich auch nicht.«

»Hm, hm«, machte der Korallenhändler Piczenik, »schade, dass du es nicht weißt.«

Am Rande des Städtchens, dort, wo die Häuschen Progrodys immer kümmerlicher wurden, bis sie schließlich ganz aufhörten, und die weite, bucklige Straße zum Bahnhof begann, stand die Schenke Podgorzews, ein schlecht beleumundetes Haus, in dem Bauern, Taglöhner, Soldaten, leichtfertige Mädchen und nichtswürdige Burschen verkehrten. Eines Tages sah man dort den Korallenhändler Piczenik mit dem Matrosen Komrower eintreten. Man reichte ihnen kräftigen, dunkelroten Met und gesalzene Erbsen. »Trink, mein Junge! Trink und iss, mein Junge!«, sagte Nissen Piczenik väterlich zu dem Matrosen. Dieser trank und aß fleißig, denn so jung er auch war, so hatte er doch schon einiges in den Häfen gelernt, und nach dem Met gab man ihm einen schlechten, sauren Wein und nach dem Wein einen neunziggrädigen Schnaps. Während er den Met trank, war er so schweigsam, dass der Korallenhändler fürchtete, er würde nie mehr etwas von dem Matrosen über die Wasser hören, sein Wissen sei einfach erschöpft. Nach dem Wein aber begann der kleine Komrower, sich mit dem Wirt Podgorzew zu unterhalten, und als der Neunziggrädige kam, sang er mit lauter Stimme ein Liedchen nach dem anderen, wie ein richtiger Matrose. »Bist du aus unserem lieben Städtchen?«, fragte der Wirt. »Gewiss, ein Kind eures Städtchens – meines – unseres lieben Städtchens«, sagte der Matrose, ganz so, als wäre er nicht der Sohn des behäbigen Juden Komrower, sondern ein ganzer Bauernjunge. Ein paar Tagediebe und Landstreicher setzten sich an den Tisch neben Nissen Piczenik und den Matrosen, und als der Junge das Publikum sah, fühlte er sich von einer fremdartigen Würde erfüllt, so einer Würde, von der er gedacht hatte, nur Seeoffiziere könnten sie besitzen. Und er munterte die Leute auf: »Fragt, Kinderchen, fragt nur! Auf alles kann ich euch antworten. Seht, diesem lieben Onkel hier, ihr kennt ihn wohl, er ist der beste Korallenhändler im ganzen Gouvernement, ihm habe ich schon vieles erzählt!« Nissen Piczenik nickte. Und da es ihm nicht behaglich in dieser fremdartigen Gesellschaft war, trank er einen Met und noch einen. Allmählich kamen ihm all die verdächtigen Gesichter, die er immer nur durch seine Türluke gesehen hatte, ebenfalls menschlich vor wie sein eigenes. Da aber die Vorsicht und das Misstrauen tief in seiner Brust eingewurzelt waren, ging er in den Hof hinaus und barg das Säckchen mit dem Silbergeld in der Mütze. Nur einige Münzen behielt er lose in der Tasche. Befriedigt von seinem Einfall und von dem beruhigenden Druck, den das Geldsäckchen unter der Mütze auf seinen Schädel ausübte, kehrte er wieder an den Tisch zurück.

Dennoch gestand er sich, dass er eigentlich selber nicht wusste, warum und wozu er hier in der Schenke mit dem Matrosen und den unheimlichen Gesellen saß. Hatte er doch sein ganzes Leben regelmäßig und unauffällig verbracht, und seine geheimnisvolle Liebe zu den Korallen und ihrer Heimat, dem Ozean, war bis zur Ankunft des Matrosen und eigentlich bis zu dieser Stunde niemandem und niemals offenbar geworden. Und es ereignete sich noch etwas, was Nissen Piczenik aufs tiefste erschreckte. Er, der keineswegs gewohnt war, in Bildern zu denken, erlebte in dieser Stunde die Vorstellung, dass seine geheime Sehnsucht nach den Wassern und allem, was auf und unter ihnen lebte und geschah, auf einmal an die Oberfläche seines eigenen Lebens gelangte, wie zuweilen ein kostbares und seltsames Tier, gewohnt und heimisch auf dem Grunde des Meeres, aus unbekanntem Grunde an die Oberfläche emporschießt. Wahrscheinlich hatten der ungewohnte Met und die durch die Erzählungen des Matrosen befruchtete Phantasie des Korallenhändlers dieses Bild in ihm geweckt. Aber er erschrak und wunderte sich darüber, dass ihm derlei verrückte Einfälle kommen konnten, noch mehr als über die Tatsache, dass er auf einmal imstande war, an einem Tisch in der Schenke mit wüsten Gesellen zu sitzen.

Diese Verwunderung und dieser Schrecken aber vollzogen sich gleichsam unter der Oberfläche seines Bewusstseins. Inzwischen hörte er sehr wohl mit eifrigem Vergnügen den märchenhaften Erzählungen des Matrosen Komrower zu. »Auf welchem Schiff dienst *du*?«, fragten ihn die Tischgenossen. Er dachte eine Weile nach – sein Schiff hieß nach einem bekannten Admiral aus dem neunzehnten Jahrhundert, aber der Name schien ihm so gewöhnlich in diesem Augenblick wie sein eigener, Komrower war entschlossen, gewaltig zu imponieren – und er sagte also: »Mein Kreuzer heißt ›Mütterchen Katharina‹. Und wisst ihr, wer das war? Ihr wisst es natürlich nicht – und deshalb werde ich es euch erzählen. Also, Katharina war die schönste und reichste Frau von ganz Russland, und deshalb heiratete sie der Zar eines Tages im Kreml in Moskau und führte sie sofort mit Schlitten – es war ein Frost von 40 Grad – mit einem Sechsgespann direkt nach Zarskoje Selo. Und hinter ihnen fuhr das ganze Gefolge in Schlitten – und es waren so viele, dass die ganze Landstraße drei Tage und drei Nächte verstopft war. Eine Woche nach dieser prächtigen Hochzeit kam der gewalttätige und ungerechte König von Schweden in den Hafen von Petersburg, mit seinen lächerlichen, hölzernen Kähnen, auf denen aber viele Soldaten standen – denn zu Lande sind die Schweden sehr tapfer –, und nichts weniger wollte dieser Schwede, als ganz Russland erobern. Die Zarin Katharina aber bestieg unverzüglich ein Schiff, ebenden Kreuzer, auf dem ich diene, und beschoss eigenhändig die blödsinnigen Kähne des schwedischen Königs, dass sie untergingen. Und ihm selbst warf sie einen Rettungsgürtel zu und nahm ihn später gefangen. Sie ließ ihm die Augen herausnehmen, aß sie auf, und dadurch wurde sie noch klüger, als sie vorher gewesen war. Den König ohne Augen aber verschickte sie nach Sibirien.«

»Ei, ei«, sagte da ein Taugenichts und kratzte sich am Hinterkopf, »ich kann dir beim besten Willen nicht alles glauben.«

»Wenn du das noch einmal sagst«, erwiderte der Matrose Komrower, »so hast du die kaiserlich-russische Marine beleidigt, und ich muss dich mit meiner Waffe erschlagen. So wisse denn, dass ich diese ganze Geschichte gelernt habe in unserer Instruktionsstunde, und Seine Hochwohlgeboren, unser Kapitän Woroschenko selbst, hat sie uns erzählt.«

Man trank noch Met und mehrere Schnäpse, und der Korallenhändler Nissen Piczenik bezahlte. Auch er hatte einiges getrunken, wenn auch nicht so viel wie die anderen. Aber als er auf die Straße trat, Arm in Arm mit dem jungen Matrosen Komrower, schien es ihm, dass die Straßenmitte ein Fluss sei, die Wellen gingen auf und nieder, die spärlichen Petroleumlaternen waren Leuchttürme, und er musste sich hart an den Rand halten, um nicht ins Wasser zu fallen. Der Junge schwankte fürchterlich. Ein Leben lang, fast seit seiner Kindheit, hatte Nissen Piczenik jeden

Abend die vorgeschriebenen Abendgebete gesagt, das eine, das bei der Dämmerung zu beten ist, das andere, das den Einbruch der Dunkelheit begrüßt. Heute hatte er zum ersten Mal beide versäumt. Vom Himmel glitzerten ihm die Sterne vorwurfsvoll entgegen, er wagte nicht, seinen Blick zu heben. Zu Hause erwartete ihn die Frau und das übliche Nachtmahl, Rettich mit Gurken und Zwiebeln und ein Schmalzbrot, ein Glas Kwass und heißer Tee. Er schämte sich mehr vor sich selbst als vor den andern. Es war ihm von Zeit zu Zeit, während er so dahinging, den schweren, torkelnden jungen Mann am Arm, als begegnete er sich selbst, der Korallenhändler Nissen Piczenik dem Korallenhändler Nissen Piczenik – und einer lachte den anderen aus. Immerhin vermied er außerdem noch, andern Menschen zu begegnen. Dieses gelang ihm. Er begleitete den jungen Komrower nach Hause, führte ihn ins Zimmer, wo die alten Komrowers saßen, und sagte: »Seid nicht böse mit ihm, ich war mit ihm in der Schenke, er hat ein wenig getrunken.«

»Ihr, Nissen Piczenik, der Korallenhändler, wart mit ihm in der Schenke?«, fragte der alte Komrower.

»Ja, ich!«, sagte Piczenik. »Guten Abend!« Und er ging nach Hause. Noch saßen alle seine schönen Fädlerinnen an den langen vier Tischen, singend und Korallen fischend mit ihren feinen Nadeln in den zarten Händen.

»Gib mir gleich den Tee«, sagte Nissen Piczenik zu seiner Frau, »ich muss arbeiten.«

Und er schlürfte den Tee, und während sich seine heißen Finger in die großen, noch nicht sortierten Korallenhaufen gruben und in ihrer wohltätigen, rosigen Kühle wühlten, wandelte sein armes Herz über die weiten und rauschenden Straßen der gewaltigen Ozeane.

Und es brannte und rauschte in seinem Schädel. Er nahm aber vernünftigerweise die Mütze ab, holte das Geldsäckchen heraus und barg es wieder an seiner Brust.

## IV

Und es näherte sich der Tag, an dem der Matrose Komrower wieder auf seinen Kreuzer einrücken musste, und zwar nach Odessa – und es war dem Korallenhändler weh und bang ums Herz. In ganz Progrody ist der junge Komrower der einzige Seemann, und Gott weiß, wann er wieder einen Urlaub erhalten wird. Fährt er einmal weg, so hört man weit und breit nichts mehr von den Wassern der Welt, es sei denn, es steht zufällig etwas in den Zeitungen.

Es war spät im Sommer, ein heiterer Sommer übrigens, ohne Wolke, ohne Regen, von dem ewig sanften Wind der wolynischen Ebene belebt und gekühlt. Zwei Wochen noch – und die Ernte begann, und die Bauern aus den Dörfern kamen nicht mehr zu den Markttagen, Korallen bei Nissen Piczenik einzukaufen. In diesen Wochen war die Saison der Korallen. In diesen Wochen pflegten die Kundinnen in Scharen und in Haufen zu kommen, die Fädlerinnen konnten mit der Arbeit kaum nachkommen, es gab nächtelang zu fädeln und zu sortieren. An den schönen Vorabenden, wenn die untergehende Sonne ihren goldenen Abschiedsgruß durch die vergitterten Fenster Piczeniks schickte und die Korallenhaufen jeder Art und Färbung, von ihrem wehmütigen und zugleich tröstlichen Glanz belebt, zu leuchten begannen, als trüge jedes einzelne Steinchen ein winziges Licht in seiner feinen Höhlung, kamen die Bauern heiter und angeheitert, um die Bäuerinnen abzuholen, die blauen und rötlichen Taschentücher gefüllt mit Silber- und Kupfermünzen, in schweren, genagelten Stiefeln, die auf den Steinen des Hofes knirschten. Die Bauern begrüßten Nissen Piczenik mit Umarmungen, Küssen, unter Lachen und Weinen, als fänden sie in ihm einen lang nicht mehr geschauten, langentbehrten Freund nach Jahrzehnten wieder. Sie meinten es gut mit ihm, sie liebten ihn sogar, diesen stillen, langaufgeschossenen, rothaarigen Juden mit den treuherzigen und manchmal verträumten, porzellanblauen Äuglein, in denen die Ehrlichkeit wohnte, die Redlichkeit des Handelns, die Klugheit des Fachmanns und zugleich die Torheit eines Menschen, der niemals das Städtchen Progrody verlassen hatte. Es war nicht leicht, mit den Bauern fertig zu werden. Denn obwohl sie den Korallenhändler als einen der seltenen ehrlichen Handelsleute der Gegend kannten, dachten sie doch immer daran, dass er ein Jude war. Auch machte ihnen das Feilschen einiges Vergnügen. Zuerst setzten sie sich behaglich auf die Stühle, das Kanapee, die zwei breiten hölzernen und mit hohen Polstern bedeckten Ehebetten. Manche lagerten sich auch mit den Stiefeln, an deren Rändern der silbergraue Schlamm klebte, auf die Betten, das Sofa und auch auf den Boden. Aus den weiten Taschen ihrer sackleinenen Hosen oder von den Vorräten auf dem Fensterbrett holten sie den losen Tabak, rissen die weißen Ränder alter Zeitungen ab, die im Zimmer Piczeniks herumlagen, und drehten Zigaretten – denn auch den Wohlhabenden unter ihnen schien Zigarettenpapier ein Luxus. Ein dichter, blauer Rauch von billigem Tabak und grobem Papier erfüllte die Wohnung des Korallenhändlers, ein goldig durchsonnter, blauer Rauch, der in kleinen Wölkchen durch die Quadrate der vergitterten und geöffneten Fenster langsam in die Straße zog. In zwei kupfernen Samowaren – auch in ihnen spiegelte sich die untergehende Sonne – kochte heißes Wasser auf einem der Tische in der Mitte des Zimmers, und nicht weniger als fünfzig billige Gläser aus grünlichem Glas mit doppeltem Boden gingen reihum von Hand zu Hand, gefüllt mit dampfendem, braungoldenem Tee und mit Schnaps. Längst, am Vormittag noch, hatten die Bäuerinnen stundenlang den Preis der Korallenketten ausgehandelt. Nun erschien der Schmuck ihren Männern noch zu teuer, und aufs Neue begann das Feilschen. Es war ein hartnäckiger Kampf, den der magere Jude allein gegen eine gewaltige Mehrzahl geiziger und misstrauischer, kräftiger und manchmal gefährlich betrunkener Männer auszufechten hatte. Unter dem seidenen, schwarzen Käppchen, das Nissen Piczenik im Hause zu tragen pflegte, rann der Schweiß die spärlich bewachsenen, sommersprossigen Wangen hinunter, in den roten Ziegenbart, und die Härchen des Bartes klebten aneinander, am Abend, nach dem Gefecht, und er musste sie mit seinem eisernen Kämmchen strählen. Schließlich siegte er doch über alle seine Kunden, trotz seiner Torheit. Denn er kannte von der ganzen großen Welt nur die Korallen und die Bauern seiner Heimat – und er wusste, wie man jene fädelt und sortiert und wie man diese überzeugt. Den ganz und gar Hartnäckigen schenkte er eine sogenannte »Draufgabe« – das heißt: Er gab ihnen, nachdem sie den von ihm zwar nicht sofort genannten, aber im Stillen ersehnten Preis gezahlt hatten, noch ein winziges Korallenschnürchen mit, aus den billigen Steinen hergestellt, Kindern zugedacht, um Ärmchen und Hälschen zu tragen und unbedingt wirksam gegen den bösen Blick missgünstiger Nachbarn und schlechtgesinnter Hexen. Dabei musste er genau auf die Hände seiner Kunden achtgeben und die Höhe und den Umfang der Korallenhaufen immer abschätzen. Ach, es war kein leichter Kampf!

In diesem Spätsommer aber zeigte sich Nissen Piczenik zerstreut, achtlos beinahe, ohne Interesse für die Kunden und das Geschäft. Seine brave Frau, gewohnt an seine Schweigsamkeit und sein merkwürdiges Wesen seit vielen Jahren, bemerkte seine Zerstreutheit und machte ihm Vorwürfe. Hier hatte er einen Bund Korallen zu billig verkauft, dort einen kleinen Diebstahl nicht bemerkt, heute einem alten Kunden keine Draufgabe geschenkt, gestern dagegen einem neuen und gleichgültigen eine ziemlich wertvolle Kette. Niemals hatte es Streit im Hause Piczeniks gegeben. In diesen Tagen aber verließ die Ruhe den Korallenhändler, und er fühlte selbst, wie die Gleichgültigkeit, die normale Gleichgültigkeit gegen seine Frau sich jäh in Widerwillen gegen sie wandelte. Ja, er, der niemals imstande gewesen wäre, eine der vielen Mäuse, die jede Nacht in seine Fallen gingen, mit eigener Hand zu ertränken – wie alle Welt es in Progrody zu tun pflegte –, sondern die gefangenen Tierchen dem Wasserträger Saul zur endgültigen Vernichtung gegen ein Trinkgeld übergab: Er, dieser friedliche Nissen Piczenik, warf an einem dieser Tage seiner Frau, da sie ihm die üblichen Vorwürfe machte, einen schweren Bund Korallen an den Kopf, schlug die Tür zu, verließ das Haus und ging an den Rand des großen Sumpfes, des entfernten Vetters der großen Ozeane.

Knapp zwei Tage vor der Abreise des Matrosen tauchte plötzlich in dem Korallenhändler der Wunsch auf, den jungen Komrower nach Odessa zu begleiten. Solch ein Wunsch kommt plötzlich, ein gewöhnlicher Blitz ist nichts dagegen, und er trifft genau den Ort, von dem er gekommen ist, nämlich das menschliche Herz. Er schlägt sozusagen in seinem eigenen Geburtsort ein. Also war auch der Wunsch Nissen Piczeniks. Und es ist kein weiter Weg von solch einem Wunsch bis zu seinem Entschluss.

Und am Morgen des Tages, an dem der junge Matrose Komrower abreisen sollte, sagte Nissen Piczenik zu seiner Frau: »Ich muss für ein paar Tage verreisen.«

Die Frau lag noch im Bett. Es war acht Uhr morgens, der Korallenhändler war eben aus dem Bethaus vom Morgengebet gekommen.

Sie setzte sich auf. Mit ihren wirren, spärlichen Haaren, ohne Perücke, gelbliche Reste des Schlafs in den Augenwinkeln, erschien sie ihm fremd und sogar feindlich. Ihr Aussehn, ihre Überraschung, ihr Schrecken schienen seinen Entschluss, den er selbst noch für einen tollkühnen gehalten hatte, vollends zu rechtfertigen.

»Ich fahre nach Odessa!«, sagte er mit aufrichtiger Gehässigkeit. »In einer Woche bin ich zurück, so Gott will!«

»Jetzt? Jetzt?«, stammelte die Frau zwischen den Kissen. »Jetzt, wo die Bauern kommen?«

»Grade jetzt!«, sagte der Korallenhändler. »Ich habe wichtige Geschäfte. Pack mir meine Sachen!«

Und mit einer bösen und gehässigen Wollust, die er niemals früher gekannt hatte, sah er die Frau aus dem Bett steigen, sah ihre hässlichen Zehen, ihre fetten Beine unter dem langen Hemd, auf dem ein paar schwarze, unregelmäßige Punkte hingesprenkelt waren, Zeichen der Flöhe, und hörte er ihren altbekannten Seufzer, das gewohnte, beständige Morgenlied dieses Weibes, mit dem ihn nichts anderes verband als die ferne Erinnerung an ein paar zärtliche, nächtliche Stunden und die hergebrachte Angst vor einer Scheidung.

Im Innern Nissen Piczeniks aber jubelte gleichzeitig eine fremde und dennoch wohlvertraute Stimme: Piczenik geht zu den Korallen! Er geht zu den Korallen! In die Heimat der Korallen geht Nissen Piczenik! ...

## V

Er bestieg also mit dem Matrosen Komrower den Zug und fuhr nach Odessa. Es war eine ziemlich umständliche und lange Reise, man musste in Kiew umsteigen. Der Korallenhändler saß zum ersten Mal in seinem Leben in der Eisenbahn, aber ihm ging es nicht wie so vielen anderen, die zum ersten Mal Eisenbahn fahren. Lokomotive, Signal, Glocken, Telegraphenstangen, Schienen, Schaffner und die flüchtige Landschaft hinter den Fenstern interessierten ihn nicht. Ihn beschäftigte das Wasser und der Hafen, denen er entgegenfuhr, und wenn er überhaupt etwas von den Eigenschaften und Begleiterscheinungen der Eisenbahn zur Kenntnis nahm, so tat er es lediglich im Hinblick auf die ihm noch unbekannten Eigenschaften und Begleiterscheinungen der Schifffahrt. »Gibt es bei euch auch Glocken?«, fragte er den Matrosen. »Läutet man dreimal vor der Abfahrt eines Schiffes? Pfeifen und tuten die Schiffe, wie die Lokomotiven? Muss das Schiff wenden, wenn es zurückfahren will, oder kann es ganz einfach rückwärtsschwimmen?«

Gewiss traf man, wie es auf Reisen ja immer vorkommt, unterwegs Passagiere, die sich unterhalten wollten und mit denen man dies und jenes besprechen musste. »Ich bin Korallenhändler«, sagte Nissen Piczenik wahrheitsgemäß, wenn man ihn nach der Art seiner Geschäfte fragte. Fragte man ihn aber weiter: »Was wollen Sie in Odessa?«, so begann er zu lügen. »Ich habe dort größere Geschäfte vor«, sagte er. »Das interessiert mich«, sagte plötzlich ein Mitreisender, der bis jetzt geschwiegen hatte. »Auch ich habe in Odessa größere Geschäfte vor, und die Ware, mit der ich handle, ist sozusagen mit Korallen verwandt, wenn auch viel feiner und teurer als Korallen!« »Teurer, das kann sein«, sagte Nissen Piczenik, »aber feiner ist sie keineswegs.« »Wetten, dass sie feiner ist?«, rief der andere. »Ich sage Ihnen, es ist unmöglich. Da braucht man gar nicht zu wetten!« »Nun«, triumphierte der andere, »ich handle mit Perlen!« »Perlen sind gar nicht feiner«, sagte Piczenik. »Außerdem bringen sie Unglück.« »Ja, wenn man sie verliert«, sagte der Perlenhändler. Alle anderen begannen, diesem sonderbaren Streit aufmerksam zuzuhören. Schließlich öffnete der Perlenhändler seine Hose und zog ein Säckchen voller schimmernder, tadelloser Perlen hervor. Er schüttete einige auf seine flache Hand und zeigte sie allen Mitreisenden. »Hunderte von Austern müssen aufgemacht werden«, sagte er,

»ehe man eine Perle findet. Die Taucher werden teuer bezahlt. Unter allen Kaufleuten der Welt gehören wir Perlenhändler zu den angesehensten. Ja, wir bilden sozusagen eine ganz eigene Rasse. Sehen Sie mich zum Beispiel. Ich bin Kaufmann erster Gilde, wohne in Petersburg, habe die vornehmste Kundschaft, zwei Großfürsten zum Beispiel, ihre Namen sind mein Geschäftsgeheimnis, ich bereise die halbe Welt, jedes Jahr bin ich in Paris, Brüssel, Amsterdam. Fragen Sie, wo Sie wollen, nach dem Perlenhändler Gorodotzki, Kinder werden Ihnen Auskunft geben.«

»Und ich«, sagte Nissen Piczenik, »bin niemals aus unserem Städtchen Progrody herausgekommen – und nur Bauern kaufen meine Korallen. Aber Sie werden mir alle hier zugeben, dass eine einfache Bäuerin, angetan mit ein paar Schnüren schöner, fleckenloser Korallen, mehr darstellt als eine Großfürstin. Korallen trägt übrigens hoch und nieder, sie erhöhen den Niederen, und den Höhergestellten zieren sie. Korallen kann man morgens, mittags, abends und in der Nacht, bei festlichen Bällen zum Beispiel tragen, im Sommer, im Winter, am Sonntag und an Wochentagen, bei der Arbeit und in der Ruhe, in fröhlichen Zeiten und in der Trauer. Es gibt viele Arten von Rot in der Welt, meine lieben Reisegenossen, und es steht geschrieben, dass unser jüdischer König Salomo ein ganz besonderes Rot hatte für seinen königlichen Mantel, denn die Phönizier, die ihn verehrten, hatten ihm einen ganz besonderen Wurm geschenkt, dessen Natur es war, rote Farbe als Urin auszuscheiden. Es war eine Farbe, die heutzutage nicht mehr da ist, der Purpur des Zaren ist nicht mehr dasselbe, der Wurm ist nämlich nach dem Tode Salomos ausgestorben, die ganze

Art dieser Würmer. Und seht ihr, nur bei den ganz roten Korallen kommt diese Farbe noch vor. Wo aber in der Welt hat man je rote Perlen gesehn?«

Noch niemals hatte der schweigsame Korallenhändler eine so lange und so eifrige Rede vor lauter fremden Menschen gehalten. Er schob die Mütze aus der Stirn und wischte sich den Schweiß. Er lächelte die Mitreisenden der Reihe nach an, und alle zollten sie ihm den verdienten Beifall. »Recht hat er, recht!«, riefen sie alle auf einmal.

Und selbst der Perlenhändler musste gestehn, dass Nissen Piczenik in der Sache zwar nicht recht habe, aber als Redner für Korallen ganz ausgezeichnet sei.

Schließlich erreichten sie Odessa, den strahlenden Hafen, mit dem blauen Wasser und den vielen bräutlichweißen Schiffen. Hier wartete schon der Panzerkreuzer auf den Matrosen Komrower wie ein väterliches Haus auf seinen Sohn. Auch Nissen Piczenik wollte das Schiff näher besichtigen. Und er ging mit dem Jungen bis zum Wachtposten und sagte: »Ich bin sein Onkel, ich möchte das Schiff sehn.« Er verwunderte sich selbst über seine Kühnheit. Ach ja: Es war nicht mehr der alte kontinentale Nissen Piczenik, der da mit einem bewaffneten Matrosen sprach, es war nicht der Nissen Piczenik aus dem kontinentalen Progrody, sondern ein ganz neuer Mann, so etwa wie ein Mensch, dessen Inneres nach außen gestülpt worden war, ein sozusagen gewendeter Mensch, ein ozeanischer Nissen Piczenik. Ihm selbst schien es, dass er nicht aus der Eisenbahn gestiegen war, sondern geradezu aus dem Meer, aus der Tiefe des Schwarzen Meeres. So vertraut war er mit dem Wasser, wie er niemals mit seinem Geburts- und Wohnort Progrody vertraut gewesen war. Überall, wo er hinsieht, sind Schiffe und Wasser, Wasser und Schiffe. An die blütenweißen, die rabenschwarzen, die korallenroten – ja die korallenroten – Wände der Schiffe, der Boote, der Kähne, der Segeljachten, der Motorboote schlägt zärtlich das ewig plätschernde Wasser, nein, es schlägt nicht, es streichelt die Schiffe mit hunderttausend kleinen Wellchen, die wie Zungen und Hände in einem sind, Zünglein und Händchen in einem. Das Schwarze Meer ist gar nicht schwarz. In der Ferne ist es blauer als der Himmel, in der Nähe ist es grün wie eine Wiese. Tausende kleiner, hurtiger Fischchen springen, hüpfen, schlüpfen, schlängeln sich, schießen und fliegen herbei, wirft man ein Stückchen Brot ins Wasser. Wolkenlos spannt sich der blaue Himmel über den Hafen. Ihm entgegen ragen die Maste und die Schornsteine der Schiffe. »Was ist dies? – Wie heißt man jenes?«, fragt unaufhörlich Nissen Piczenik. Dies heißt Mast und jenes Bug, hier sind Rettungsgürtel, Unterschiede gibt es zwischen Boot und Kahn, Segel und Dampfer, Mast und Schlot, Kreuzer und Handelsschiff, Deck und Heck, Bug und Kiel. Hundert neue Worte stürmen geradezu auf Nissen Piczeniks armen, aber heiteren Kopf ein. Er bekommt nach langem Warten (ausnahmsweise, sagt der Obermaat) die Erlaubnis, den Kreuzer zu besichtigen und seinen Neffen zu begleiten. Der Herr Schiffsleutnant selbst erscheint, um einen jüdischen Händler an Bord eines Kreuzers der kaiserlich-russischen Marine zu betrachten. Seine Hochwohlgeboren, der Schiffsleutnant, lächeln. Der sanfte Wind bläht die langen, schwarzen Rockschöße des hageren, roten Juden, man sieht seine abgewetzte, mehrfach geflickte, gestreifte Hose in den matten Kniestiefeln. Der Jude Nissen Piczenik vergisst sogar die Gebote seiner Religion. Vor der strahlenden, weiß-goldenen Pracht des Offiziers nimmt er die schwarze Mütze ab, und seine roten, geringelten Haare flattern im Wind. »Dein Neffe ist ein braver Matrose!«, sagen Seine Hochwohlgeboren, der Herr Offizier. Nissen Piczenik findet keine passende Antwort, er lächelt nur, er lacht nicht, er lächelt lautlos. Sein Mund ist offen, man sieht die großen, gelblichen Pferdezähne und den rosa Gaumen, und der kupferrote Ziegenbart hängt beinahe über der Brust. Er betrachtet das Steuer, die Kanonen, er darf durch das Fernrohr blicken – und weiß Gott, die Ferne wird nahe, was noch lange nicht da ist, ist dennoch da, hinter den Gläsern. Gott hat den Menschen Augen gegeben, das ist wahr, aber was sind gewöhnliche Augen gegen Augen, die durch ein Fernglas sehn? Gott hat den Menschen Augen gegeben, aber auch den Verstand, damit sie Fernrohre erfinden und die Kraft dieser Augen verstärken! – Und die Sonne scheint auf das Verdeck, bestrahlt den Rücken Nissen Piczeniks, und dennoch ist ihm nicht heiß. Denn der ewige Wind weht über das Meer, ja, es scheint, dass aus dem Meer selbst ein Wind kommt, ein Wind aus den Tiefen des Wassers.

Schließlich kam die Stunde des Abschieds. Nissen Piczenik umarmte den jungen Komrower, verneigte sich vor dem Leutnant und hierauf vor den Matrosen und verließ den Panzerkreuzer.

Er hatte sich vorgenommen, sofort nach dem Abschied vom jungen Komrower nach Progrody zurückzufahren. Aber er blieb dennoch in Odessa. Er sah den Panzerkreuzer abfahren, die Matrosen grüßten ihn, der am Hafen stand und mit seinem blauen, rotgestreiften Taschentuch winkte. Er sah noch viele andere Schiffe abfahren, und er winkte allen fremden Passagieren zu. Denn er ging jeden Tag zum Hafen. Und jeden Tag erfuhr er etwas Neues. Er hörte zum Beispiel, was es heißt: die Anker lichten, oder: die Segel einziehn, oder: Ladung löschen, oder: Taue anziehn und so weiter.

Er sah jeden Tag viele junge Männer in Matrosenanzügen auf den Schiffen arbeiten, die Masten emporklettern, er sah die jungen Männer durch die Straßen von Odessa wandeln, Arm in Arm, eine ganze Kette von Matrosen, die die ganze Breite der Straße einnahm – und es fiel ihm schwer aufs Herz, dass er selbst keine Kinder hatte. Er wünschte sich in diesen Stunden Söhne und Enkel – und es war kein Zweifel – er hätte sie alle zur See geschickt, Matrosen wären sie geworden. Indessen lag, unfruchtbar und hässlich, seine Frau daheim in Progrody. Sie verkaufte heute an seiner statt Korallen. Konnte sie es überhaupt? Wusste sie, was Korallen bedeuten?

Und Nissen Piczenik vergaß schnell im Hafen von Odessa die Pflichten eines gewöhnlichen Juden aus Progrody. Und er ging nicht am Morgen und nicht am Abend ins Bethaus, die vorgeschriebenen Gebete zu verrichten, sondern er betete zu Hause, sehr eilfertig und ohne echte und rechte Gedanken an Gott, und wie ein Grammophon betete er lediglich, die Zunge wiederholte mechanisch die Laute, die in sein Gehirn eingegraben waren. Hatte die Welt jemals solch einen Juden gesehn?

Zu Haus in Progrody war indessen die Saison für Korallen. Dies wusste Nissen Piczenik wohl, aber es war ja nicht mehr der alte kontinentale Nissen Piczenik, sondern der neue, der neugeborene ozeanische.

Ich habe Zeit genug, sagte er sich, nach Progrody zurückzukehren! Was hätte ich dort schon zu verlieren! Und wie viel habe ich hier noch zu gewinnen!

Und er blieb drei Wochen in Odessa, und er verlebte jeden Tag mit dem Meer, mit den Schiffen, mit den Fischchen fröhliche Stunden.

Es waren die ersten Ferien im Leben Nissen Piczeniks.

## VI

Als er wieder nach Hause nach Progrody kam, bemerkte er, dass ihm nicht weniger als hundertsechzig Rubel fehlten, Reisespesen mit eingerechnet. Seiner Frau aber und allen andern, die ihn fragten, was er so lange in der Fremde getrieben habe, sagte er, dass er in Odessa »wichtige Geschäfte« abgeschlossen hätte.

In dieser Zeit begann die Ernte, und die Bauern kamen nicht mehr so häufig zu den Markttagen. Es wurde, wie alle Jahre in diesen Wochen, stiller im Hause des Korallenhändlers. Die Fädlerinnen verließen schon am Vorabend sein Haus. Und am Abend, wenn Nissen Piczenik aus dem Bethaus heimkehrte, erwartete ihn nicht mehr der helle Gesang der schönen Mädchen, sondern lediglich seine Frau, der gewohnte Teller mit Zwiebeln und Rettich und der kupferne Samowar.

Dennoch – in der Erinnerung nämlich an die Tage in Odessa, von deren geschäftlicher Fruchtlosigkeit kein anderer Mensch außer ihm selber eine Ahnung hatte – fügte sich der Korallenhändler Piczenik in die gewöhnlichen Gesetze seiner herbstlichen Tage. Schon dachte er daran, einige Monate später neuerdings wichtige Geschäfte vorzuschützen und in eine andere Hafenstadt zu reisen, zum Beispiel Petersburg.

Materielle Not hatte er nicht zu fürchten. Alles Geld, das er im Verlauf seines langjährigen Handels mit Korallen zurückgelegt hatte, lag, unaufhörlich Zinsen gebärend, bei dem Geldverleiher Pinkas Warschawsky, einem angesehenen Wucherer der Gemeinde, der unbarmherzig alle Schulden eintrieb, aber pünktlich alle Zinsen auszahlte. Körperliche Not hatte Nissen Piczenik nicht zu fürchten; und kinderlos war er und hatte also für keine Nachkommen zu sorgen. Weshalb da nicht noch nach einem der vielen Häfen reisen?

Und schon begann der Korallenhändler, seine Pläne für den nächsten Frühling zu spinnen, als sich etwas Ungewöhnliches in dem benachbarten Städtchen Sutschky ereignete.

In diesem Städtchen, das genauso klein war wie die Heimat Nissen Piczeniks, das Städtchen Progrody, eröffnete nämlich eines Tages ein Mann, den niemand in der ganzen Gegend bis jetzt gekannt hatte, einen Korallenladen. Dieser Mann hieß Jenö Lakatos und stammte, wie man bald erfuhr, aus dem fernen Lande Ungarn. Er sprach Russisch, Deutsch, Ukrainisch, Polnisch, ja, nach Bedarf und wenn es zufällig einer gewünscht hätte, so hätte Herr Lakatos auch Französisch, Englisch und Chinesisch gesprochen. Es war ein junger Mann, mit glatten, blauschwarzen, pomadisierten Haaren – nebenbei gesagt, der einzige Mann weit und breit in der Gegend, der einen glänzenden, steifen Kragen trug, eine Krawatte und ein Spazierstöckchen mit goldenem Knauf. Dieser junge Mann war vor ein paar Wochen nach Sutschky gekommen, hatte dort Freundschaft mit dem Schlächter Nikita Kolchin geschlossen und diesen so lange behandelt, bis er sich entschloss, gemeinsam mit Lakatos einen Korallenhandel zu beginnen. Die Firma mit dem knallroten Schild lautete: N. Kolchin & Compagnie.

Im Schaufenster dieses Ladens leuchteten tadellose rote Korallen, leichter zwar an Gewicht als die Steine Nissen Piczeniks, aber dafür umso billiger. Ein ganzer großer Bund Korallen kostete einen Rubel fünfzig, Ketten gab es für zwanzig, fünfzig, achtzig Kopeken. Die Preise standen im Schaufenster des Ladens. Und damit ja niemand an diesem Laden vorbeigehe, spielte drinnen den ganzen Tag ein Phonograph heiter grölende Lieder. Man hörte sie im ganzen Städtchen und weiter – in den umliegenden Dörfern. Es gab zwar keinen großen Markt in Sutschky wie etwa in Progrody. Dennoch – und trotz der Erntezeit – kamen die Bauern zum Laden des Herrn Lakatos, die Lieder zu hören und die billigen Korallen zu kaufen.

Nachdem dieser Herr Lakatos ein paar Wochen sein anziehendes Geschäft betrieben hatte, erschien eines Tages ein wohlhabender Bauer bei Nissen Piczenik und sagte: »Nissen Semjonowitsch, ich kann nicht glauben, dass du mich und andere seit 20 Jahren betrügst. Jetzt aber gibt es in Sutschky einen Mann, der verkauft die schönsten Korallenschnüre, fünfzig Kopeken das Stück. Meine Frau wollte schon hinfahren – aber ich habe gedacht, man müsse zuerst dich fragen, Nissen Semjonowitsch.«

»Dieser Lakatos«, sagte Nissen Piczenik, »ist gewiss ein Dieb und ein Schwindler. Anders kann ich mir seine Preise nicht erklären. Aber ich werde selbst hinfahren, wenn du mich auf deinem Wagen mitnehmen willst.«

»Gut!«, sagte der Bauer. »Überzeuge dich selbst.«

Also fuhr der Korallenhändler nach Sutschky, stand eine Weile vor dem Schaufenster, hörte die grölenden Lieder aus dem Innern des Ladens, trat schließlich ein und begann, mit Herrn Lakatos zu sprechen.

»Ich bin selbst Korallenhändler«, sagte Nissen Piczenik. »Meine Waren kommen aus Hamburg, Odessa, Triest, Amsterdam. Ich begreife nicht, warum und wieso Sie so billige und schöne Korallen verkaufen können.«

»Sie sind von der alten Generation«, erwiderte Lakatos, »und, entschuldigen Sie mir den Ausdruck, ein bisschen zurückgeblieben.«

Währenddessen kam Lakatos hinter dem Ladentisch hervor – und Nissen Piczenik sah, dass er etwas hinkte. Offenbar war sein linkes Bein kürzer, denn er trug am linken Stiefel einen doppelt so hohen Absatz wie am rechten. Er duftete gewaltig und betäubend – und man wusste nicht, wo eigentlich an seinem schmächtigen Körper die Quelle all seiner Düfte untergebracht war. Blauschwarz wie eine Nacht waren seine Haare. Und seine dunklen Augen, die man im ersten Moment für sanft hätte halten können, glühten von Sekunde zu Sekunde so stark, dass eine merkwürdige Brandröte mitten in ihrer Schwärze aufglühte. Unter dem schwarzen, gezwirbelten Schnurrbärtchen lächelten weiß und schimmernd die Mausezähnchen des Lakatos.

»Nun?«, fragte der Korallenhändler Nissen Piczenik.

»Ja, nun«, sagte Lakatos, »wir sind nicht verrückt. Wir tauchen nicht auf die Gründe der Meere. Wir stellen einfach künstliche Korallen her. Meine Firma heißt: Gebrüder Lowncastle, New York. In Budapest habe ich zwei Jahre mit Erfolg gearbeitet. Die Bauern merken nichts. Nicht die Bauern in Ungarn, erst recht nicht die Bauern in Russland. Schöne, rote, tadellose Korallen wollen sie. Hier sind sie. Billig, wohlfeil, schön, schmückend. Was will man mehr? Echte Korallen können nicht so schön sein!«

»Woraus sind Ihre Korallen gemacht?«, fragte Nissen Piczenik.

»Aus Zelluloid, mein Lieber, aus Zelluloid!«, rief Lakatos entzückt. »Sagen Sie mir nur nichts gegen die Technik! Sehn Sie: In Afrika wachsen die Gummibäume, aus Gummi macht man Kautschuk und Zelluloid. Ist das Unnatur? Sind Gummibäume weniger Natur als Korallen? Ist ein Baum in Afrika weniger Natur als ein Korallenbaum auf dem Meeresgrund? – Was nun, was sagen Sie nun? – Wollen wir zusammen Geschäfte machen? – Entscheiden Sie sich! – Von heute in einem Jahr haben Sie infolge meiner Konkurrenz alle Ihre Kunden verloren – und Sie können mit allen Ihren echten Korallen wieder auf den Meeresgrund gehn, woher die schönen Steinchen kommen. Sagen Sie: ja oder nein?«

»Lassen Sie mir zwei Tage Zeit«, sagte Nissen Piczenik. Und er fuhr nach Hause.

VII

Auf diese Weise versuchte der Teufel den Korallenhändler Nissen Piczenik zum ersten Mal. Der Teufel hieß Jenö Lakatos aus Budapest, und er führte die falschen Korallen im russischen Lande ein, die Korallen aus Zelluloid, die so bläulich brennen, wenn man sie anzündet, wie das Heckenfeuer, das ringsum die Hölle umsäumt.

Als Nissen Piczenik nach Hause kam, küsste er gleichgültig sein Weib auf beide Wangen, begrüßte die Fädlerinnen und begann, mit einigermaßen verwirrten, vom Teufel verwirrten Augen, seine lieben Korallen zu betrachten, die lebendigen Korallen, die lange nicht so tadellos aussahen wie die falschen Steine aus Zelluloid des Konkurrenten Jenö Lakatos. Und der Teufel gab dem redlichen Korallenhändler Nissen Piczenik den Gedanken ein, unter die echten Korallen falsche zu mischen.

Also ging er eines Tages zur Post und diktierte dem öffentlichen Schreiber einen Brief an Jenö Lakatos in Sutschky, so dass dieser ihm ein paar Tage später nicht weniger als zwanzig Pud falscher Korallen schickte. Nun, man weiß, dass Zelluloid ein leichtes Material ist, und zwanzig Pud falscher Korallen ergeben eine Menge von Schnüren und Bünden. Nissen Piczenik, vom Teufel verführt und geblendet, mischte die falschen Korallen unter die echten, dermaßen einen Verrat übend an sich selbst und an den echten Korallen.

Ringsum im Lande hatte die Ernte bereits begonnen, und es kamen fast keine Bauern mehr, Korallen einzukaufen. Aber an den seltenen, die hie und da erschienen, verdiente

Nissen Piczenik jetzt mehr, dank den falschen Korallen, als er vorher an den zahlreichen Kunden verdient hatte. Er mischte Echtes mit Falschem – und das war noch schlimmer, als wenn er lauter Falsches verkauft hätte. Denn also geht es den Menschen, die vom Teufel verführt werden: An allem Teuflischen übertreffen sie noch sogar den Teufel. Auf diese Weise übertraf Nissen Piczenik den Jenö Lakatos aus Budapest. Und alles, was Nissen Piczenik verdiente, trug er gewissenhaft zu Pinkas Warschawsky. Und so sehr hatte der Teufel den Korallenhändler verführt, dass er eine wahre Wollust bei dem Gedanken empfand, dass sein Geld sich vermehre und Zinsen trage.

Da starb plötzlich an einem dieser Tage der Wucherer Pinkas Warschawsky, und Nissen Piczenik erschrak und ging sofort zu den Erben des Wucherers und verlangte sein Geld mit Zinsen. Er bekam es auch auf der Stelle, nicht weniger als fünftausendvierhundertundfünfzig Rubel und sechzig Kopeken. Von diesem Geld bezahlte er seine Schulden an Lakatos, und er forderte noch einmal zwanzig Pud falscher Korallen an.

Eines Tages kam der reiche Hopfenbauer zu Nissen Piczenik und verlangte eine Kette aus Korallen für eines seiner Enkelkinder, gegen den bösen Blick.

Der Korallenhändler fädelte ein Kettchen aus lauter falschen, aus Zelluloidkorallen zusammen, und er sagte noch: »Dies sind die schönsten Korallen, die ich habe.«

Der Bauer bezahlte den Preis, der für echte Korallen angebracht war, und fuhr in sein Dorf.

Sein Enkelkind starb, eine Woche nachdem man ihm die falschen Korallen um das Hälschen gelegt hatte, einen schrecklichen Erstickungstod, an Diphtherie. Und in dem Dorfe Solowetzk, wo der reiche Hopfenbauer wohnte (aber auch in den umliegenden Dörfern), verbreitete sich die Kunde, dass die Korallen Nissen Piczeniks aus Progrody Unglück und Krankheit brächten – und nicht nur jenen, die bei ihm eingekauft hatten. Denn die Diphtherie begann in den benachbarten Dörfern zu wüten, sie raffte viele Kinder hinweg, und es verbreitete sich das Gerücht, dass die Korallen Nissen Piczeniks Krankheit und Untergang bringen.

Infolgedessen kamen den Winter über keine Kunden mehr zu Nissen Piczenik. Es war ein harter Winter. Er hatte im November eingesetzt, er dauerte bis zum späten März. Jeder Tag brachte einen unerbittlichen Frost, der Schnee fiel selten, selbst die Raben schienen zu frieren, wie sie so auf den kahlen Ästen der Kastanienbäume hockten. Sehr still war es im Hause Nissen Piczeniks. Er entließ eine Fädlerin nach der anderen. An den Markttagen begegnete er zuweilen dem und jenem seiner alten Kunden. Aber sie grüßten ihn nicht.

Ja, die Bauern, die ihn im Sommer geküsst hatten, taten so, als kennten sie den Korallenhändler nicht mehr.

Es gab Fröste bis zu vierzig Grad. Das Wasser in den Kannen der Wasserträger gefror auf dem Wege vom Brunnen zum Hause. Eine dicke Eisschicht bedeckte die Fensterscheiben Nissen Piczeniks, so dass er nicht mehr sah, was auf der Straße vorging. Große und schwere Eiszapfen hingen an den Stäben der Eisengitter und verdichteten die Fenster noch mehr. Und da kein Kunde mehr zu Nissen Piczenik kam, gab er daran nicht etwa den falschen Korallen die Schuld, sondern dem strengen Winter. Indessen war der Laden des Herrn Lakatos in Sutschky immer überfüllt. Und bei ihm kauften die Bauern die tadellosen und billigen Korallen aus Zelluloid und nicht die echten bei Nissen Piczenik.

Vereist und glatt wie Spiegel waren die Straßen und Gassen des Städtchens Progrody. Alle Einwohner tasteten ihre Wege entlang mit eisenbeschlagenen Stöcken. Dennoch stürzten so manche und brachen Hals und Bein.

Eines Abends stürzte auch die Frau Nissen Piczeniks. Sie blieb lange bewusstlos liegen, ehe sie mitleidige Nachbarn aufhoben und ins Haus trugen.

Sie begann bald, sich heftig zu erbrechen, der Feldscher von Progrody sagte, es sei eine Gehirnerschütterung.

Man brachte die Frau ins Spital, und der Doktor bestätigte die Diagnose des Feldschers.

Der Korallenhändler ging jeden Morgen ins Krankenhaus. Er setzte sich an das Bett seiner Frau, hörte eine halbe Stunde ihre wirren Reden, sah in ihre fiebrigen Augen, auf ihr spärliches Kopfhaar, erinnerte sich an die paar zärtlichen Stunden, die er ihr geschenkt hatte, roch den scharfen Duft von Kampfer und Jodoform und kehrte wieder heim und stellte sich selbst an den Herd und kochte Borschtsch und Kascha und schnitt sich selbst das Brot und schabte sich selbst den Rettich und kochte sich selbst den Tee und heizte selbst den Ofen. Dann schüttete er auf einen seiner vier Tische alle Korallen aus den vielen Säckchen und begann, sie zu sortieren. Die Zelluloidkorallen des Herrn Lakatos lagen gesondert im Schrank. Die echten Korallen erschienen Nissen Piczenik längst nicht mehr wie lebendige Tiere. Seitdem dieser Lakatos in die Gegend gekommen war und er selbst, der Korallenhändler Piczenik, die leichten Dinger aus Zelluloid unter die schweren und echten Steine zu mischen begonnen hatte, waren die Korallen, die in seinem Hause lagerten, erstorben. Jetzt machte man Korallen aus Zelluloid! Aus einem toten Material machte man Korallen, die aussahen wie lebendig und noch schöner und vollkommener waren als echte und lebendige! Was war, damit verglichen, die Gehirnerschütterung der Frau?

Acht Tage später starb sie, infolge der Gehirnerschütterung, gewiss! Aber nicht mit Unrecht sagte sich Nissen Piczenik, dass seine Frau nicht an der Gehirnerschütterung allein gestorben war, sondern auch, weil ihr Leben von dem Leben keines andern Menschen auf dieser Welt abhängig gewesen war. Kein Mensch hatte gewünscht, dass sie am Leben bleibe, und also war sie auch gestorben.

Nun war der Korallenhändler Nissen Piczenik Witwer. Er betrauerte die Frau in vorgeschriebener Weise. Er kaufte ihr einen der dauerhaftesten Grabsteine und ließ ehrende Worte in diesen einmeißeln. Und er sprach morgens und abends das Totengebet für sie. Aber er vermisste sie keineswegs. Essen und Tee bereiten konnte er selber. Einsam fühlte er sich nicht, sobald er mit den Korallen allein war. Und ihn bekümmerte lediglich die Tatsache, dass er sie verraten hatte, an die falschen Schwestern, die Korallen aus Zelluloid, und sich selbst an den Händler Lakatos.

Er sehnte sich nach dem Frühling. Und als er endlich kam, erkannte Nissen Piczenik, dass er sich umsonst nach ihm gesehnt hatte. Sonst pflegten, jedes Jahr, noch vor Ostern, wenn die Eiszapfen um die Mittagsstunde zu schmelzen begannen, die Kunden in knarrenden Wägelchen oder in klingenden Schlitten zu kommen. Für Ostern brauchten sie Korallen. Nun aber war der Frühling da, immer wärmer brütete die Sonne, jeden Tag wurden die Eiszapfen an den Dächern kürzer und die schmelzenden Schneehaufen am Straßenrand kleiner – – und keine Kunden kamen zu Nissen Piczenik. In seinem Schrank aus Eichenholz, in seinem fahrbaren Koffer, der, mächtig und mit eisernen Gurten versehen, neben dem Ofen auf seinen vier Rädern stand, lagen die edelsten Korallen in Haufen, Bünden und Schnüren. Aber kein Kunde kam. Es wurde immer wärmer, der Schnee verschwand, der linde Regen regnete, die Veilchen in den Wäldern sprossen, und in den Sümpfen quakten die Frösche: aber kein Kunde kam.

Um diese Zeit bemerkte man auch zum ersten Mal in Progrody eine gewisse merkwürdige Veränderung im Wesen und Charakter Nissen Piczeniks. Ja, zum ersten Mal begannen die Einwohner von Progrody zu vermuten, dass der Korallenhändler ein Sonderbarer sei, ein Sonderling sogar – und manche verloren den hergebrachten Respekt vor ihm, und manche lachten ihn sogar öffentlich aus. Viele gute Leute von Progrody sagten nicht mehr: »Hier geht der Korallenhändler vorbei«, sondern sie sagten einfach: »Nissen Piczenik geht eben vorbei – er war ein großer Korallenhändler.«

Er selbst war daran schuld. Denn er benahm sich keineswegs so, wie es die Gesetze und die Würde der Trauer einem Witwer vorschreiben. Hatte man ihm noch seine sonderbare Freundschaft für den Matrosen Komrower nachgesehen und den Besuch in der berüchtigten Schenke Podgorzews, so konnte man doch nicht, ohne weiterhin schwersten Verdacht gegen ihn zu schöpfen, seine Besuche in jener Schenke zur Kenntnis nehmen. Denn jeden Tag beinahe seit dem Tode seiner Frau ging Nissen Piczenik in die Schenke Podgorzews. Er begann, Met mit Leidenschaft zu trinken. Und da ihm mit der Zeit der Met zu süß erschien, ließ er sich noch einen Wodka beimischen. Manchmal setzte sich eines der leichtfertigen Mädchen neben ihn. Und er, der nie in seinem Leben eine andere Frau gekannt hatte als seine nunmehr tote Ehefrau, er, der niemals eine andere Lust gekannt hatte als die, seine wirklichen Frauen, nämlich die Korallen, zu liebkosen, zu sortieren und zu fädeln, er fühlte sich manchmal in der wüsten Schenke Podgorzews anheimgefallen dem billigen, weißen Fleisch der Weiber, seinem eigenen Blut, das der Würde seiner bürgerlichen und geachteten Existenz spottete, und der großartigen, heißen Vergessenheit, die die Leiber der Mädchen ausströmten. Und er trank, und er liebkoste die Mädchen, die neben ihm saßen, zuweilen sich auf seinen Schoß setzten. Wollust empfand er, die gleiche Wollust wie etwa beim Spiel mit seinen Korallen. Und mit seinen starken, rotbehaarten Fingern tastete er, weniger geschickt, sogar lächerlich unbeholfen, nach den Brustwarzen der Mädchen, die so rot waren wie manche Korallen. Und er verfiel – wie man zu sagen pflegt – schnell, immer schneller, von Tag zu Tag beinahe. Er fühlte es selbst. Sein Gesicht wurde magerer, sein hagerer Rücken krümmte sich, Rock und Stiefel putzte er nicht mehr, den Bart strählte er nicht mehr. Mechanisch verrichtete er jeden Morgen und Abend seine Gebete. Er fühlte es selbst: Er war nicht mehr der Korallenhändler schlechthin, er war Nissen Piczenik, einst ein großer Korallenhändler.

Er spürte, dass er noch ein Jahr, noch ein halbes Jahr später, zum Gespött des Städtchens werden müsste – und was ging es ihn eigentlich an? Nicht Progrody, der Ozean war seine Heimat.

Also fasste er eines Tages den tödlichen Entschluss seines Lebens.

Vorher aber machte er sich eines Tages nach Sutschky auf – und siehe da: Im Laden des Jenö Lakatos aus Budapest sah er alle seine alten Kunden, und sie lauschten den grölenden Liedern des Phonographen andächtig, und sie kauften Zelluloidkorallen, zu fünfzig Kopeken die Kette.

»Nun, was habe ich Ihnen vor einem Jahr gesagt?«, rief Lakatos Nissen Piczenik zu. »Wollen Sie noch zehn Pud, zwanzig, dreißig?«

Nissen Piczenik sagte: »Ich will keine falschen Korallen mehr. Ich, was mich betrifft, *ich* handle nur mit echten.«

## VIII

Und er fuhr heim nach Progrody und ging in aller Stille und Heimlichkeit zu Benjamin Broczyner, der ein Reisebureau unterhielt und mit Schiffskarten für Auswanderer handelte. Es waren vor allem Deserteure und ganz arme Juden, die nach Kanada und Amerika auswandern mussten und von denen Broczyner lebte. Er verwaltete in Progrody die Vertretung einer Hamburger Schifffahrtsgesellschaft.

»Ich will nach Kanada fahren!«, sagte der Korallenhändler Nissen Piczenik. »Und zwar so bald wie möglich.«

»Das nächste Schiff heißt ›Phönix‹ und geht in vierzehn

Tagen von Hamburg ab. Bis dahin verschaffen wir Ihnen die Papiere«, sagte Broczyner.

»Gut, gut!«, erwiderte Piczenik. »Sagen Sie niemandem etwas davon.« Und er ging nach Hause und packte alle Korallen, die echten, in seinen fahrbaren Koffer.

Die Zelluloidkorallen aber legte er auf das kupferne Untergestell des Samowars, zündete sie an und sah zu, wie sie bläulich und stinkend verbrannten. Es dauerte lange, mehr als fünfzehn Pud falscher Korallen waren es. Es gab dann einen gewaltigen Haufen schwarzgrauer, geringelter Asche. Und um die Petroleumlampe in der Mitte des Zimmers schlängelte und ringelte sich der graublaue Rauch des Zelluloids.

Dies war der Abschied Nissen Piczeniks von seiner Heimat.

Am 21. April bestieg er in Hamburg den Dampfer ›Phönix‹ als ein Zwischendeckpassagier.

Vier Tage war das Schiff unterwegs, als die Katastrophe kam: vielleicht erinnern sich noch manche daran.

Mehr als zweihundert Passagiere gingen mit der ›Phönix‹ unter. Sie ertranken natürlich.

Was aber Nissen Piczenik betrifft, der ebenfalls damals unterging, so kann man nicht sagen, er sei einfach ertrunken wie die anderen. Er war vielmehr – dies kann man mit gutem Gewissen erzählen – zu den Korallen heimgekehrt, auf den Grund des Ozeans, wo der gewaltige Leviathan sich ringelt.

Und wollen wir dem Bericht eines Mannes glauben, der durch ein Wunder – wie man zu sagen pflegt – damals dem Tode entging, so müssen wir mitteilen, dass sich Nissen

Piczenik, lange noch bevor die Rettungsboote gefüllt waren, über Bord ins Wasser stürzte zu seinen Korallen, zu seinen echten Korallen.

Was mich betrifft, so glaube ich es gerne. Denn ich habe Nissen Piczenik gekannt, und ich bürge dafür, dass er zu den Korallen gehört hat und dass der Grund des Ozeans seine einzige Heimat war.

Möge er dort in Frieden ruhn neben dem Leviathan bis zur Ankunft des Messias.

# *Die Legende vom heiligen Trinker*

## I

An einem Frühlingsabend des Jahres 1934 stieg ein Herr gesetzten Alters die steinernen Stufen hinunter, die von einer der Brücken über die Seine zu deren Ufern führen. Dort pflegen, wie fast aller Welt bekannt ist und was dennoch bei dieser Gelegenheit in das Gedächtnis der Menschen zurückgerufen zu werden verdient, die Obdachlosen von Paris zu schlafen, oder besser gesagt: zu lagern.

Einer dieser Obdachlosen nun kam dem Herrn gesetzten Alters, der übrigens wohlgekleidet war und den Eindruck eines Reisenden machte, der die Sehenswürdigkeiten fremder Städte in Augenschein zu nehmen gesonnen war, von ungefähr entgegen. Dieser Obdachlose sah zwar genauso verwahrlost und erbarmungswürdig aus wie alle die anderen, mit denen er sein Leben teilte, aber er schien dem wohlgekleideten Herrn gesetzten Alters einer besonderen Aufmerksamkeit würdig; warum wissen wir nicht.

Es war, wie gesagt, bereits Abend, und unter den Brücken an den Ufern des Flusses dunkelte es stärker als oben auf dem Kai und auf den Brücken. Der obdachlose und sichtlich verwahrloste Mann schwankte ein wenig. Er schien den älteren, wohlangezogenen Herrn nicht zu bemerken. Dieser aber, der gar nicht schwankte, sondern sicher und geradewegs seine Schritte dahinlenkte, hatte schon offenbar von weitem den Schwankenden bemerkt. Der Herr gesetzten Alters vertrat geradezu dem verwahrlosten Mann den Weg. Beide blieben sie einander gegenüber stehen.

»Wohin gehen Sie, Bruder?«, fragte der ältere, wohlgekleidete Herr.

Der andere sah ihn einen Augenblick an, dann sagte er: »Ich wüsste nicht, dass ich einen Bruder hätte, und ich weiß nicht, wo mich der Weg hinführt.«

»Ich werde versuchen, Ihnen den Weg zu zeigen«, sagte der Herr. »Aber Sie sollen mir nicht böse sein, wenn ich Sie um einen ungewöhnlichen Gefallen bitte.«

»Ich bin zu jedem Dienst bereit«, antwortete der Verwahrloste.

»Ich sehe zwar, dass Sie manche Fehler machen. Aber Gott schickt Sie mir in den Weg. Gewiss brauchen Sie Geld, nehmen Sie mir diesen Satz nicht übel! Ich habe zu viel. Wollen Sie mir aufrichtig sagen, wie viel Sie brauchen? Wenigstens für den Augenblick?«

Der andere dachte ein paar Sekunden nach, dann sagte er: »Zwanzig Francs.«

»Das ist gewiss zu wenig«, erwiderte der Herr. »Sie brauchen sicherlich zweihundert.«

Der Verwahrloste trat einen Schritt zurück, und es sah aus, als ob er fallen sollte, aber er blieb dennoch aufrecht, wenn auch schwankend. Dann sagte er: »Gewiss sind mir zweihundert Francs lieber als zwanzig, aber ich bin ein Mann von Ehre. Sie scheinen mich zu verkennen. Ich kann das Geld, das Sie mir anbieten, nicht annehmen, und zwar aus folgenden Gründen: erstens, weil ich nicht die Freude habe, Sie zu kennen; zweitens, weil ich nicht weiß, wie und wann ich es Ihnen zurückgeben könnte; drittens, weil Sie auch nicht die Möglichkeit haben, mich zu mahnen. Denn ich habe keine Adresse. Ich wohne fast jeden Tag unter einer anderen Brücke dieses Flusses. Dennoch bin ich, wie ich schon einmal betont habe, ein Mann von Ehre, wenn auch ohne Adresse.«

»Auch ich habe keine Adresse«, antwortete der Herr gesetzten Alters, »auch ich wohne jeden Tag unter einer anderen Brücke, und ich bitte Sie dennoch, die zweihundert Francs – eine lächerliche Summe übrigens für einen Mann wie Sie – freundlich anzunehmen. Was nun die Rückzahlung betrifft, so muss ich weiter ausholen, um Ihnen erklärlich zu machen, weshalb ich Ihnen etwa keine Bank angeben kann, wo Sie das Geld zurückgeben könnten. Ich bin nämlich ein Christ geworden, weil ich die Geschichte der kleinen heiligen Therese von Lisieux gelesen habe. Und nun verehre ich insbesondere jene kleine Statue der Heiligen, die sich in der Kapelle Ste Marie des Batignolles befindet und die Sie leicht sehen werden. Sobald Sie also die armseligen zweihundert Francs haben und Ihr Gewissen Sie zwingt, diese lächerliche Summe nicht schuldig zu bleiben, gehen Sie bitte in die Ste Marie des Batignolles, und hinterlegen Sie dort zu Händen des Priesters, der die Messe gerade gelesen hat, dieses Geld. Wenn Sie es überhaupt jemandem schulden, so ist es die kleine heilige Therese. Aber vergessen Sie nicht: in der Ste Marie des Batignolles.«

»Ich sehe«, sagte da der Verwahrloste, »dass Sie mich und meine Ehrenhaftigkeit vollkommen begriffen haben. Ich gebe Ihnen mein Wort, dass ich mein Wort halten werde. Aber ich kann nur sonntags in die Messe gehen.«

»Bitte, sonntags«, sagte der ältere Herr. Er zog zweihundert Francs aus der Brieftasche, gab sie dem Schwankenden und sagte: »Ich danke Ihnen!«

»Es war mir ein Vergnügen«, antwortete dieser und verschwand alsbald in der tiefen Dunkelheit.

Denn es war inzwischen unten finster geworden, indes oben, auf den Brücken und an den Kais, sich die silbernen Laternen entzündeten, um die fröhliche Nacht von Paris zu verkünden.

## II

Auch der wohlgekleidete Herr verschwand in der Finsternis. Ihm war in der Tat das Wunder der Bekehrung zuteil geworden. Und er hatte beschlossen, das Leben der Ärmsten zu führen. Und er wohnte deshalb unter der Brücke.

Aber was den anderen betrifft, so war er ein Trinker, geradezu ein Säufer. Er hieß Andreas. Und er lebte von Zufällen, wie viele Trinker. Lange war es her, dass er zweihundert Francs besessen hatte. Und vielleicht deshalb, weil es so lange her war, zog er beim kümmerlichen Schein einer der seltenen Laternen unter einer der Brücken ein Stückchen Papier hervor und den Stumpf von einem Bleistift und schrieb sich die Adresse der kleinen heiligen Therese auf und die Summe von zweihundert Francs, die er ihr von dieser Stunde an schuldete. Er ging eine der Treppen hinauf, die von den Ufern der Seine zu den Kais hinaufführen.

Dort, das wusste er, gab es ein Restaurant. Und er trat ein, und er aß und trank reichlich, und er gab viel Geld aus, und er nahm noch eine ganze Flasche mit, für die Nacht, die er unter der Brücke zu verbringen gedachte, wie gewöhnlich. Ja, er klaubte sich sogar noch eine Zeitung aus einem Papierkorb auf. Aber nicht, um in ihr zu lesen, sondern um sich mit ihr zuzudecken. Denn Zeitungen halten warm, das wissen alle Obdachlosen.

## III

Am nächsten Morgen stand Andreas früher auf, als er gewohnt war, denn er hatte ungewöhnlich gut geschlafen. Er erinnerte sich nach langer Überlegung, dass er gestern ein Wunder erlebt hatte, ein Wunder. Und da er in dieser letzten warmen Nacht, zugedeckt von der Zeitung, besonders gut geschlafen zu haben glaubte, wie seit langem nicht, beschloss er auch, sich zu waschen, was er seit vielen Monaten, nämlich in der kälteren Jahreszeit, nicht getan hatte. Bevor er aber seine Kleider ablegte, griff er noch einmal in die innere linke Rocktasche, wo, seiner Erinnerung nach, der greifbare Rest des Wunders sich befinden musste. Nun suchte er eine besonders abgelegene Stelle an der Böschung der Seine, um sich zumindest Gesicht und Hals zu waschen. Da es ihm aber schien, dass überall Menschen, armselige Menschen seiner Art eben (verkommen, wie er sie auf einmal selbst im Stillen nannte), seiner Waschung zusehen könnten, verzichtete er schließlich auf sein Vorhaben und begnügte sich damit, nur die Hände ins Wasser zu tauchen. Hierauf zog er sich den Rock wieder an, griff noch einmal nach dem Schein in der linken inneren Tasche und kam sich vollständig gesäubert und geradezu verwandelt vor.

Er ging in den Tag hinein, in einen seiner Tage, die er seit undenklichen Zeiten zu vertun gewohnt war, entschlossen, sich auch heute in die gewohnte Rue des Quatre Vents zu begeben, wo sich das russisch-armenische Restaurant Tari-Bari befand und wo er das kärgliche Geld, das ihm der tägliche Zufall beschied, in billigen Getränken anlegte.

Allein an dem ersten Zeitungskiosk, an dem er vorbeikam, blieb er stehen, angezogen von den Illustrationen mancher Wochenschriften, aber auch plötzlich von der Neugier erfasst, zu wissen, welcher Tag heute sei, welches Datum und welchen Namen dieser Tag trage. Er kaufte also eine Zeitung und sah, dass es ein Donnerstag war, und erinnerte sich plötzlich, dass er an einem Donnerstag geboren worden war, und ohne nach dem Datum zu sehen, beschloss er, *diesen* Donnerstag gerade für seinen Geburtstag zu halten. Und da er schon von einer kindlichen Feiertagsfreude ergriffen war, zögerte er auch nicht mehr einen Augenblick, sich guten, ja edlen Vorsätzen hinzugeben und nicht in das Tari-Bari einzutreten, sondern, die Zeitung in der Hand, in eine bessere Taverne, um dort einen Kaffee, allerdings mit Rum arrosiert, zu nehmen und ein Butterbrot zu essen.

Er ging also, selbstbewusst, trotz seiner zerlumpten Kleidung, in ein bürgerliches Bistro, setzte sich an einen Tisch, er, der seit so langer Zeit nur an der Theke zu stehen gewohnt war, das heißt: an ihr zu lehnen. Er setzte sich also.

Und da sich seinem Sitz gegenüber ein Spiegel befand, konnte er auch nicht umhin, sein Angesicht zu betrachten, und es war ihm, als machte er jetzt aufs Neue mit sich selbst Bekanntschaft. Da erschrak er allerdings. Er wusste auch zugleich, weshalb er sich in den letzten Jahren vor Spiegeln so gefürchtet hatte. Denn es war nicht gut, die eigene Verkommenheit mit eigenen Augen zu sehen. Und solange man es nicht anschaun musste, war es beinahe so, als hätte man entweder überhaupt kein Angesicht oder noch das alte, das herstammte aus der Zeit *vor* der Verkommenheit.

Jetzt aber erschrak er, wie gesagt, insbesondere, da er seine Physiognomie mit jenen der wohlanständigen Männer verglich, die in seiner Nachbarschaft saßen. Vor acht Tagen hatte er sich rasieren lassen, schlecht und recht, wie es eben ging, von einem seiner Schicksalsgenossen, die hie und da bereit waren, einen Bruder zu rasieren, gegen ein geringes Entgelt. Jetzt aber galt es, da man beschlossen hatte, ein neues Leben zu beginnen, sich wirklich, sich endgültig rasieren zu lassen. Er beschloss, in einen richtigen Friseurladen zu gehen, bevor er noch etwas bestellte.

Gedacht, getan – und er ging in einen Friseurladen.

Als er in die Taverne zurückkam, war der Platz, den er vorher eingenommen hatte, besetzt, und er konnte sich also nur von ferne im Spiegel sehn. Aber es reichte vollkommen, damit er erkenne, dass er verändert sei, verjüngt und verschönt. Ja, es war, als ginge von seinem Angesicht ein Glanz aus, der die Zerlumptheit der Kleider unbedeutend machte und die sichtlich zerschlissene Hemdbrust – und die rotweiß gestreifte Krawatte, geschlungen um den Kragen mit rissigem Rand.

Also setzte er sich, unser Andreas, und im Bewusstsein seiner Erneuerung bestellte er mit jener sicheren Stimme, die er dereinst besessen hatte und die ihm jetzt wieder, wie eine alte liebe Freundin, zurückgekommen schien, einen »café, arrosé rhum«. Diesen bekam er auch, und, wie er zu bemerken glaubte, mit allem gehörigen Respekt, wie er sonst von Kellnern ehrwürdigen Gästen gegenüber bezeugt wird. Dies schmeichelte unserm Andreas besonders, es erhöhte ihn auch, und es bestätigte ihm seine Annahme, dass er gerade heute Geburtstag habe.

Ein Herr, der allein in der Nähe des Obdachlosen saß, betrachtete ihn längere Zeit, wandte sich um und sagte: »Wollen Sie Geld verdienen? Sie können bei mir arbeiten. Ich übersiedle nämlich morgen. Sie könnten meiner Frau und auch den Möbelpackern helfen. Mir scheint, Sie sind kräftig genug. Sie können doch? Sie wollen doch?«

»Gewiss will ich«, antwortete Andreas.

»Und was verlangen Sie«, fragte der Herr, »für eine Arbeit von zwei Tagen? Morgen und Samstag? Denn ich habe eine ziemlich große Wohnung, müssen Sie wissen, und ich beziehe eine noch größere. Und viele Möbel habe ich auch. Und ich selbst habe in meinem Geschäft zu tun.«

»Bitte, ich bin dabei!«, sagte der Obdachlose.

»Trinken Sie?«, fragte der Herr.

Und er bestellte zwei Pernods, und sie stießen an, der Herr und der Andreas, und sie wurden miteinander auch über den Preis einig: Er betrug zweihundert Francs.

»Trinken wir noch einen?«, fragte der Herr, nachdem er den ersten Pernod geleert hatte.

»Aber jetzt werde ich zahlen«, sagte der obdachlose Andreas. »Denn Sie kennen mich nicht: ich bin ein Ehrenmann. Ein ehrlicher Arbeiter. Sehen Sie meine Hände!« – Und er zeigte seine Hände her. – »Es sind schmutzige, schwielige, aber ehrliche Arbeiterhände.«

»Das hab' ich gern!«, sagte der Herr. Er hatte funkelnde Augen, ein rosa Kindergesicht und genau in der Mitte einen schwarzen, kleinen Schnurrbart. Es war, im Ganzen genommen, ein ziemlich freundlicher Mann, und Andreas gefiel er gut.

Sie tranken also zusammen, und Andreas zahlte die zweite Runde. Und als sich der Herr mit dem Kindergesicht erhob, sah Andreas, dass er sehr dick war. Er zog seine Visitenkarte aus der Brieftasche und schrieb seine Adresse darauf. Und hierauf zog er noch einen Hundertfrancsschein aus der gleichen Brieftasche, überreichte beides dem Andreas und sagte dazu: »Damit Sie auch sicher morgen kommen! Morgen früh um acht! Vergessen Sie nicht! Und den Rest bekommen Sie! Und nach der Arbeit trinken wir wieder einen Apéritif zusammen. Auf Wiedersehn! lieber Freund!« – Dann ging der Herr, der dicke, mit dem Kindergesicht, und den Andreas verwunderte nichts mehr als dies, dass der dicke Mann die Adresse aus der gleichen Tasche gezogen hatte wie das Geld.

Nun, da er Geld besaß und noch Aussicht hatte, mehr zu verdienen, beschloss er, sich ebenfalls eine Brieftasche anzuschaffen. Zu diesem Zweck begab er sich auf die Suche nach einem Lederwarenladen. In dem ersten, der auf seinem Wege lag, stand eine junge Verkäuferin. Sie erschien ihm sehr hübsch, wie sie so hinter dem Ladentisch stand, in einem strengen, schwarzen Kleid, ein weißes Lätzchen über der Brust, mit Löckchen am Kopf und einem schweren Goldreifen am rechten Handgelenk. Er nahm den Hut vor ihr ab und sagte heiter: »Ich suche eine Brieftasche.« Das Mädchen warf einen flüchtigen Blick auf seine schlechte Kleidung, aber es war nichts Böses in ihrem Blick, sondern sie hatte den Kunden nur einfach abschätzen wollen. Denn es befanden sich in ihrem Laden teure, mittelteure und ganz billige Brieftaschen. Um überflüssige Fragen zu ersparen, stieg sie sofort eine Leiter hinauf und holte eine Schachtel aus der höchsten Etagere. Dort lagerten nämlich die Brieftaschen, die manche Kunden zurückgebracht hatten, um sie gegen andere einzutauschen. Hierbei sah Andreas, dass dieses Mädchen sehr schöne Beine und sehr schlanke Halbschuhe hatte, und er erinnerte sich jener halbvergessenen Zeiten, in denen er selbst solche Waden gestreichelt, solche Füße geküsst hatte; aber der Gesichter erinnerte er sich nicht mehr, der Gesichter der Frauen; mit Ausnahme eines einzigen, nämlich jenes, für das er im Gefängnis gesessen hatte.

Indessen stieg das Mädchen von der Leiter, öffnete die Schachtel, und er wählte eine der Brieftaschen, die zuoberst lagen, ohne sie näher anzusehen. Er zahlte und setzte den Hut wieder auf und lächelte dem Mädchen zu, und das Mädchen lächelte wieder. Zerstreut steckte er die neue Brieftasche ein, aber das Geld ließ er daneben liegen. Ohne Sinn erschien ihm plötzlich die Brieftasche. Hingegen beschäftigte er sich mit der Leiter, mit den Beinen, mit den Füßen des Mädchens. Deshalb ging er in die Richtung des Montmartre, jene Stätten zu suchen, an denen er früher Lust genossen hatte. In einem steilen und engen Gässchen fand er auch die Taverne mit den Mädchen. Er setzte sich mit mehreren an einen Tisch, bezahlte eine Runde und wählte eines von den Mädchen, und zwar jenes, das ihm am nächsten saß. Hierauf ging er zu ihr. Und obwohl es erst Nachmittag war, schlief er bis in den grauenden Morgen – und weil die Wirte gutmütig waren, ließen sie ihn schlafen.

Am nächsten Morgen, am Freitag also, ging er zu der Arbeit, zu dem dicken Herrn. Dort galt es, der Hausfrau beim Einpacken zu helfen, und obwohl die Möbelpacker bereits ihr Werk verrichteten, blieben für Andreas noch genug schwierige und weniger harte Hilfeleistungen übrig. Doch spürte er im Laufe des Tages die Kraft in seine Muskeln zurückkehren und freute sich der Arbeit. Denn bei der Arbeit war er aufgewachsen, ein Kohlenarbeiter, wie sein Vater, und noch ein wenig ein Bauer, wie sein Großvater. Hätte ihn nur die Frau des Hauses nicht so aufgeregt, die ihm sinnlose Befehle erteilte und ihn mit einem einzigen Atemzug hierhin und dorthin beorderte, so dass er nicht wusste, wo ihm der Kopf stand. Aber sie selbst war aufgeregt, er sah es ein. Es konnte auch ihr nicht leichtfallen, so mir nichts, dir nichts zu übersiedeln, und vielleicht hatte sie auch Angst vor dem neuen Haus. Sie stand angezogen, im Mantel, mit Hut und Handschuhen, Täschchen und Regenschirm, obwohl sie doch hätte wissen müssen, dass sie noch einen Tag und eine Nacht und auch morgen noch im Hause verbleiben müsse. Von Zeit zu Zeit musste sie sich die Lippen schminken, Andreas begriff es vortrefflich. Denn sie war eine Dame.

Andreas arbeitete den ganzen Tag. Als er fertig war, sagte die Frau des Hauses zu ihm: »Kommen Sie morgen pünktlich um sieben Uhr früh.« Sie zog ein Beutelchen aus ihrem

Täschchen, Silbermünzen lagen darin. Sie suchte lange, ergriff ein Zehnfrancsstück, ließ es aber wieder ruhen, dann entschloss sie sich, fünf Francs hervorzuziehen. »Hier ein Trinkgeld!«, sagte sie. »Aber«, so fügte sie hinzu, »vertrinken Sie's nicht ganz, und seien Sie pünktlich morgen hier!«

Andreas dankte, ging, vertrank das Trinkgeld, aber nicht mehr. Er verschlief diese Nacht in einem kleinen Hotel.

Man weckte ihn um sechs Uhr morgens. Und er ging frisch an seine Arbeit.

## IV

So kam er am nächsten Morgen früher noch als die Möbelpacker. Und wie am vorigen Tage stand die Frau des Hauses schon da, angekleidet, mit Hut und Handschuhen, als hätte sie sich gar nicht schlafen gelegt, und sagte zu ihm freundlich: »Ich sehe also, dass Sie gestern meiner Mahnung gefolgt sind und wirklich nicht alles Geld vertrunken haben.«

Nun machte sich Andreas an die Arbeit. Und er begleitete noch die Frau in das neue Haus, in das sie übersiedelten, und wartete, bis der freundliche, dicke Mann kam, und der bezahlte ihm den versprochenen Lohn.

»Ich lade Sie noch auf einen Trunk ein«, sagte der dicke Herr. »Kommen Sie mit.«

Aber die Frau des Hauses verhinderte es, denn sie trat dazwischen und verstellte geradezu ihrem Mann den Weg und sagte: »Wir müssen gleich essen.« Also ging Andreas allein weg, trank allein und aß allein an diesem Abend und trat noch in zwei Tavernen ein, um an den Theken zu trinken. Er trank viel, aber er betrank sich nicht und gab acht, dass er nicht zu viel Geld ausgäbe, denn er wollte morgen, eingedenk seines Versprechens, in die Kapelle Ste Marie des Batignolles gehen, um wenigstens einen Teil seiner Schuld an die kleine heilige Therese abzustatten. Allerdings trank er gerade so viel, dass er nicht mehr mit einem ganz sicheren Auge und mit dem Instinkt, den nur die Armut verleiht, das allerbilligste Hotel jener Gegend finden konnte.

Also fand er ein etwas teureres Hotel, und auch hier zahlte er im Voraus, weil er zerschlissene Kleider und kein Gepäck hatte. Aber er machte sich gar nichts daraus und schlief ruhig, ja, bis in den Tag hinein. Er erwachte durch das Dröhnen der Glocken einer nahen Kirche und wusste sofort, was heute für ein wichtiger Tag sei: ein Sonntag; und dass er zur kleinen heiligen Therese müsse, um ihr seine Schuld zurückzuzahlen. Flugs fuhr er nun in die Kleider und begab sich schnellen Schrittes zu dem Platz, wo sich die Kapelle befand. Er kam aber dennoch nicht rechtzeitig zur Zehn-Uhr-Messe an, die Leute strömten ihm gerade aus der Kirche entgegen. Er fragte, wann die nächste Messe beginne, und man sagte ihm, sie fände um zwölf Uhr statt. Er wurde ein wenig ratlos, wie er so vor dem Eingang der Kapelle stand. Er hatte noch eine Stunde Zeit, und diese wollte er keineswegs auf der Straße verbringen. Er sah sich also um, wo er am besten warten könne, und erblickte rechts schräg gegenüber der Kapelle ein Bistro, und dorthin ging er und beschloss, die Stunde, die ihm übrigblieb, abzuwarten.

Mit der Sicherheit eines Menschen, der Geld in seiner Tasche weiß, bestellte er einen Pernod, und er trank ihn auch mit der Sicherheit eines Menschen, der schon viele in seinem Leben getrunken hatte. Er trank noch einen zweiten und einen dritten, und er schüttete immer weniger Wasser in sein Glas nach. Und als gar der vierte kam, wusste er nicht mehr, ob er zwei, fünf oder sechs Gläser getrunken hatte. Auch erinnerte er sich nicht mehr, weshalb er in dieses Café und an diesen Ort geraten sei. Er wusste lediglich noch, dass er hier einer Pflicht, einer Ehrenpflicht, zu gehorchen hatte, und er zahlte, erhob sich, ging, immerhin noch sicheren Schrittes, zur Tür hinaus, erblickte die Kapelle schräg links gegenüber und wusste sofort wiederum, wo, warum und wozu er sich hier befinde. Eben wollte er den ersten Schritt in die Richtung der Kapelle lenken, als er plötzlich seinen Namen rufen hörte. »Andreas!«, rief eine Stimme, eine Frauenstimme. Sie kam aus verschütteten Zeiten. Er hielt inne und wandte den Kopf nach rechts, woher die Stimme gekommen war. Und er erkannte sofort das Gesicht, dessentwegen er im Gefängnis gesessen war. Es war Karoline.

Karoline! Zwar trug sie Hut und Kleider, die er nie an ihr gekannt hatte, aber es war doch ihr Gesicht, und also zögerte er nicht, ihr in die Arme zu fallen, die sie im Nu ausgebreitet hatte. »Welch eine Begegnung«, sagte sie. Und es war wahrhaftig ihre Stimme, die Stimme der Karoline.

»Bist du allein?«, fragte sie.

»Ja«, sagte er, »ich bin allein.«

»Komm, wir wollen uns aussprechen«, sagte sie.

»Aber, aber«, erwiderte er, »ich bin verabredet.«

»Mit einem Frauenzimmer?«, fragte sie.

»Ja«, sagte er furchtsam.

»Mit wem?«

»Mit der kleinen Therese«, antwortete er.

»Sie hat nichts zu bedeuten«, sagte Karoline.

In diesem Augenblick fuhr ein Taxi vorbei, und Karoline hielt es mit ihrem Regenschirm auf. Und schon sagte sie eine Adresse dem Chauffeur, und ehe sich es noch Andreas versehen hatte, saß er drinnen im Wagen neben Karoline, und schon rollten sie, schon rasten sie dahin, wie es Andreas schien, durch teils bekannte, teils unbekannte Straßen, weiß Gott, in welche Gefilde!

Jetzt kamen sie in eine Gegend außerhalb der Stadt; lichtgrün, vorfrühlingsgrün war die Landschaft, in der sie hielten, das heißt der Garten, hinter dessen spärlichen Bäumen sich ein verschwiegenes Restaurant verbarg.

Karoline stieg zuerst aus; mit dem Sturmesschritt, den er an ihr gewohnt war, stieg sie zuerst aus, über seine Knie hinweg. Sie zahlte, und er folgte ihr. Und sie gingen ins Restaurant und saßen nebeneinander auf einer Banquette aus grünem Plüsch, wie einst in jungen Zeiten, vor dem Kriminal. Sie bestellte das Essen, wie immer, und sie sah ihn an, und er wagte nicht, sie anzusehen.

»Wo bist du die ganze Zeit gewesen?«, fragte sie.

»Überall, nirgends«, sagte er. »Ich arbeite erst seit zwei Tagen wieder. Die ganze Zeit, seitdem wir uns nicht wiedergesehen haben, habe ich getrunken, und ich habe unter den Brücken geschlafen, wie alle unsereins, und du hast wahrscheinlich ein besseres Leben geführt. – Mit Männern«, fügte er nach einiger Zeit hinzu.

»Und du?«, fragte sie. »Mittendrin, wo du versoffen bist und ohne Arbeit und wo du unter den Brücken schläfst, hast du noch Zeit und Gelegenheit, eine Therese kennenzulernen. Und wenn ich nicht gekommen wäre, zufällig, wärest du wirklich zu ihr hingegangen.«

Er antwortete nicht, er schwieg, bis sie beide das Fleisch gegessen hatten und der Käse kam und das Obst. Und wie er den letzten Schluck Wein aus seinem Glase getrunken hatte, überfiel ihn aufs Neue jener plötzliche Schrecken, den er vor langen Jahren, während der Zeit seines Zusammenlebens mit Karoline, so oft gefühlt hatte. Und er wollte ihr wieder einmal entfliehen, und er rief: »Kellner, zahlen!« Sie aber fuhr ihm dazwischen: »Das ist meine Sache, Kellner!« Der Kellner, es war ein gereifter Mann mit erfahrenen Augen, sagte: »Der Herr hat zuerst gerufen.« Andreas war es also auch, der zahlte. Bei dieser Gelegenheit hatte er das ganze Geld aus der linken inneren Rocktasche hervorgeholt, und nachdem er gezahlt hatte, sah er mit einigem, allerdings durch Weingenuss gemildertem Schrecken, dass er nicht mehr die ganze Summe besaß, die er der kleinen Heiligen schuldete. Aber es geschehen, sagte er sich im Stillen, mir heutzutage so viele Wunder hintereinander, dass ich wohl sicherlich die nächste Woche noch das schuldige Geld aufbringen und zurückzahlen werde.

»Du bist also ein reicher Mann«, sagte Karoline auf der Straße. »Von dieser kleinen Therese lässt du dich wohl aushalten.«

Er erwiderte nichts, und also war sie dessen sicher, dass sie recht hatte. Sie verlangte, ins Kino geführt zu werden. Und er ging mit ihr ins Kino. Nach langer Zeit sah er wieder ein Filmstück. Aber es war schon so lange her, dass er eines gesehen hatte, dass er dieses kaum mehr verstand und an der Schulter der Karoline einschlief. Hierauf gingen sie in ein Tanzlokal, wo man Ziehharmonika spielte, und es war schon so lange her, seitdem er zuletzt getanzt hatte, dass er gar nicht mehr recht tanzen konnte, als er es mit Karoline versuchte. Also nahmen sie ihm andere Tänzer weg, sie war immer noch recht frisch und begehrenswert. Er saß allein am Tisch und trank wieder Pernod, und es war ihm wie in alten Zeiten, wo Karoline auch mit anderen getanzt und er allein am Tisch getrunken hatte. Infolgedessen holte er sie auch plötzlich und gewaltsam aus den Armen eines Tänzers weg und sagte: »Wir gehen nach Hause!« Fasste sie am Nacken und ließ sie nicht mehr los, zahlte und ging mit ihr nach Hause. Sie wohnte in der Nähe.

Und so war alles wie in alten Zeiten, in den Zeiten vor dem Kriminal.

## V

Sehr früh am Morgen erwachte er. Karoline schlief noch. Ein einzelner Vogel zwitscherte vor dem offenen Fenster. Eine Zeitlang blieb er mit offenen Augen liegen und nicht länger als ein paar Minuten. In diesen wenigen Minuten dachte er nach. Es kam ihm vor, dass ihm seit langer Zeit nicht so viel Merkwürdiges passiert sei wie in dieser einzigen Woche. Auf einmal wandte er sein Gesicht um und sah Karoline zu seiner Rechten. Was er gestern bei der Begegnung mit ihr nicht gesehen hatte, bemerkte er jetzt: Sie war alt geworden: blass, aufgedunsen und schwer atmend schlief sie den Morgenschlaf alternder Frauen. Er erkannte den Wandel der Zeiten, die an ihm selbst vorbeigegangen waren.

Und er erkannte auch den Wandel seiner selbst, und er beschloss, sofort aufzustehen, ohne Karoline zu wecken, und ebenso zufällig, oder besser gesagt, schicksalshaft wegzugehen, so wie sie beide, Karoline und er, gestern zusammengekommen waren. Verstohlen zog er sich an und ging davon, in einen neuen Tag hinein, in einen seiner gewohnten neuen Tage.

Das heißt, eigentlich in einen seiner ungewohnten. Denn als er in die linke Brusttasche griff, wo er das erst seit einiger Zeit erworbene oder gefundene Geld aufzuheben gewohnt war, bemerkte er, dass ihm nur noch mehr ein Schein von fünfzig Francs verblieben war und ein paar kleine Münzen dazu. Und er, der schon seit langen Jahren nicht gewusst hatte, was Geld bedeute, und auf dessen Bedeutung keineswegs mehr achtgegeben hatte, erschrak nunmehr, so wie einer zu erschrecken pflegt, der gewohnt ist, immer Geld in der Tasche zu haben, und auf einmal in die Verlegenheit gerät, sehr wenig noch in ihr zu finden. Auf einmal schien es ihm, inmitten der morgengrauen, verlassenen Gasse, dass er, der seit unzähligen Monaten Geldlose, plötzlich arm geworden sei, weil er nicht mehr so viele Scheine in der Tasche verspürte, wie er sie in den letzten Tagen besessen hatte. Und es kam ihm vor, dass die Zeit seiner Geldlosigkeit sehr, sehr weit hinter ihm zurückläge und dass er eigentlich den Betrag, welcher den ihm gebührenden Lebensstandard aufrechterhalten sollte, übermütiger- sowie auch leichtfertigerweise für Karoline ausgegeben hatte.

Er war also böse auf Karoline. Und auf einmal begann er, der niemals auf Geldbesitz Wert gelegt hatte, den Wert des Geldes zu schätzen. Auf einmal fand er, dass der Besitz eines Fünfzigfrancsscheins lächerlich sei für einen Mann von solchem Wert und dass er überhaupt, um auch nur über den Wert seiner Persönlichkeit sich selber klarzuwerden, es unbedingt nötig habe, über sich selbst in Ruhe bei einem Glas Pernod nachzudenken.

Nun suchte er sich unter den nächstliegenden Gaststätten eine aus, die ihm am gefälligsten schien, setzte sich dorthin und bestellte einen Pernod. Während er ihn trank, erinnerte er sich daran, dass er eigentlich ohne Aufenthaltserlaubnis in Paris lebte, und er sah seine Papiere nach. Und hierauf fand er, dass er eigentlich ausgewiesen sei, denn er war als Kohlenarbeiter nach Frankreich gekommen, und er stammte aus Olschowice, aus dem polnischen Schlesien.

## VI

Hierauf, während er seine halbzerfetzten Papiere vor sich auf dem Tisch ausbreitete, erinnerte er sich daran, dass er eines Tages, vor vielen Jahren, hierhergekommen war, weil man in der Zeitung kundgemacht hatte, dass man in Frankreich Kohlenarbeiter suche. Und er hatte sich sein Lebtag nach einem fernen Lande gesehnt. Und er hatte in den Gruben von Quebecque gearbeitet, und er war einquartiert gewesen bei seinen Landsleuten, dem Ehepaar Schebiec. Und er liebte die Frau, und da der Mann sie eines Tages zu Tode schlagen wollte, schlug er, Andreas, den Mann tot. Dann saß er zwei Jahre im Kriminal.

Diese Frau war eben Karoline.

Und dieses alles dachte Andreas im Betrachten seiner bereits ungültig gewordenen Papiere. Und hierauf bestellte er noch einen Pernod, denn er war ganz unglücklich.

Als er sich endlich erhob, verspürte er zwar eine Art von Hunger, aber nur jenen, von dem lediglich Trinker befallen werden können. Es ist dies nämlich eine besondere Art von Begehrlichkeit (nicht nach Nahrung), die lediglich ein paar Augenblicke dauert und sofort gestillt wird, sobald derjenige, der sie verspürt, sich ein bestimmtes Getränk vorstellt, das ihm in diesem bestimmten Moment zu behagen scheint.

Lange schon hatte Andreas vergessen, wie er mit Vatersnamen hieß. Jetzt aber, nachdem er soeben seine ungültigen Papiere noch einmal gesehen hatte, erinnerte er sich daran, dass er Kartak hieße: Andreas Kartak. Und es war ihm, als entdeckte er sich selbst erst seit langen Jahren wieder.

Immerhin grollte er einigermaßen dem Schicksal, das ihm nicht wieder, wie das letzte Mal, einen dicken, schnurrbärtigen, kindergesichtigen Mann in dieses Caféhaus geschickt hatte, der es ihm möglich gemacht hätte, neues Geld zu verdienen. Denn an nichts gewöhnen sich die Menschen so leicht wie an Wunder, wenn sie ihnen ein-, zwei-, dreimal widerfahren sind. Ja! Die Natur der Menschen ist derart, dass sie sogar böse werden, wenn ihnen nicht unaufhörlich all jenes zuteil wird, was ihnen ein zufälliges und vorübergehendes Geschick versprochen zu haben scheint. So sind die Menschen – – und was wollten wir anderes von Andreas erwarten? Den Rest des Tages verbrachte er also in verschiedenen anderen Tavernen, und er gab sich bereits damit zufrieden, dass die Zeit der Wunder, die er erlebt hatte, vorbei sei, endgültig vorbei sei, und seine alte Zeit nun wieder begonnen habe. Und zu jenem langsamen Untergang entschlossen, zu dem Trinker immer bereit sind – Nüchterne werden das nie erfahren! –, begab sich Andreas wieder an die Ufer der Seine unter die Brücken.

Er schlief dort, halb bei Tag und halb bei Nacht, so wie er es gewohnt gewesen war seit einem Jahr, hier und dort eine Flasche Schnaps ausleihend bei dem und jenem seiner Schicksalsgenossen – – bis zur Nacht des Donnerstags auf Freitag.

In jener Nacht nämlich träumte ihm, dass die kleine Therese in der Gestalt eines blondgelockten Mädchens zu ihm käme und ihm sagte: »Warum bist du letzten Sonntag nicht bei mir gewesen?« Und die kleine Heilige sah genauso aus, wie er sich vor vielen Jahren seine eigene Tochter vorgestellt hatte. Und er hatte gar keine Tochter! Und im Traum sagte er zu der kleinen Therese: »Wie sprichst du zu mir? Hast du vergessen, dass ich dein Vater bin?« Die Kleine antwortete: »Verzeih, Vater, aber tu mir den Gefallen und komm übermorgen, Sonntag, zu mir in die Ste Marie des Batignolles.«

Nach dieser Nacht, in der er diesen Traum geträumt hatte, erhob er sich erfrischt und wie vor einer Woche, als ihm noch die Wunder geschehen waren, so als nähme er den Traum für ein wahres Wunder. Noch einmal wollte er sich am Flusse waschen. Aber bevor er seinen Rock zu diesem Zweck ablegte, griff er in die linke Brusttasche, in der vagen Hoffnung, es könnte sich dort noch irgendetwas Geld befinden, von dem er vielleicht gar nichts gewusst hätte. Er griff in die linke innere Brusttasche seines Rockes, und seine Hand fand dort zwar keinen Geldschein, wohl aber jene lederne Brieftasche, die er vor ein paar Tagen gekauft hatte.

Diese zog er hervor. Es war eine äußerst billige, bereits verbrauchte, umgetauschte, wie nicht anders zu erwarten. Spaltleder. Rindsleder. Er betrachtete sie, weil er sich nicht mehr erinnerte, dass, wo und wann er sie gekauft hatte. Wie kommt das zu mir?, fragte er sich. Schließlich öffnete er das Ding und sah, dass es zwei Fächer hatte. Neugierig sah er in beide hinein, und in einem von ihnen war ein Geldschein. Und er zog ihn hervor, es war ein Tausendfrancsschein.

Hierauf steckte er die tausend Francs in die Hosentasche und ging an das Ufer der Seine, und ohne sich um seine Unheilsgenossen zu kümmern, wusch er sich Gesicht und den Hals sogar, und dies beinahe fröhlich. Hierauf zog er sich den Rock wieder an und ging in den Tag hinein, und er begann den Tag damit, dass er in ein Tabac eintrat, um Zigaretten zu kaufen.

Nun hatte er zwar Kleingeld genug, um die Zigaretten bezahlen zu können, aber er wusste nicht, bei welcher Gelegenheit er den Tausendfrancsschein, den er so wunderbarerweise in der Brieftasche gefunden hatte, wechseln könnte. Denn so viel Welterfahrung besaß er schon, dass er ahnte, es bestünde in den Augen der Welt, das heißt, in den Augen der maßgebenden Welt, ein bedeutender Gegensatz zwischen seiner Kleidung, seinem Aussehen und einem Schein von tausend Francs. Immerhin beschloss er, mutig, wie er durch das erneuerte Wunder geworden war, die Banknote zu zeigen. Allerdings, den Rest der Klugheit noch gebrauchend, der ihm verblieben war, um dem Herrn an der Kasse des Tabacs zu sagen: »Bitte, wenn Sie tausend Francs nicht wechseln können, gebe ich Ihnen auch Kleingeld. Ich möchte sie aber gerne gewechselt haben.«

Zum Erstaunen Andreas' sagte der Herr vom Tabac: »Im Gegenteil! Ich brauche einen Tausendfrancsschein, Sie kommen mir sehr gelegen.« Und der Besitzer wechselte den Tausendfrancsschein. Hierauf blieb Andreas ein wenig an der Theke stehen und trank drei Gläser Weißwein; gewissermaßen aus Dankbarkeit gegenüber dem Schicksal.

## VII

Indes er so an der Theke stand, fiel ihm eine eingerahmte Zeichnung auf, die hinter dem breiten Rücken des Wirtes an der Wand hing, und diese Zeichnung erinnerte ihn an einen alten Schulkameraden aus Olschowice. Er fragte den Wirt: »Wer ist das? Den kenne ich, glaube ich.« Darauf brachen sowohl der Wirt als auch sämtliche Gäste, die an der Theke standen, in ein ungeheures Gelächter aus. Und sie riefen alle: »Wie, er kennt ihn nicht!«

Denn es war in der Tat der große Fußballspieler Kanjak, schlesischer Abkunft, allen normalen Menschen wohlbekannt. Aber woher sollten ihn Alkoholiker, die unter den Seine-Brücken schliefen, kennen, und wie, zum Beispiel, unser Andreas? Da er sich aber schämte, und insbesondere deshalb, weil er soeben einen Tausendfrancsschein gewechselt hatte, sagte Andreas: »Oh, natürlich kenne ich ihn, und es ist sogar mein Freund. Aber die Zeichnung schien mir missraten.« Hierauf, und damit man ihn nicht weiter frage, zahlte er schnell und ging.

Jetzt verspürte er Hunger. Er suchte also das nächste Gasthaus auf und aß und trank einen roten Wein und nach dem Käse einen Kaffee und beschloss, den Nachmittag in einem Kino zu verbringen. Er wusste nur noch nicht, in welchem. Er begab sich also im Bewusstsein dessen, dass er im Augenblick so viel Geld besäße wie jeder der wohlhabenden Männer, die ihm auf der Straße entgegenkommen mochten, auf die großen Boulevards. Zwischen der Oper und dem Boulevard des Capucines suchte er nach einem Film, der ihm wohl gefallen möchte, und schließlich fand er einen. Das Plakat, das diesen Film ankündigte, stellte nämlich einen Mann dar, der in einem fernen Abenteuer offenbar unterzugehen gedachte. Er schlich, wie das Plakat vorgab, durch eine erbarmungslose, sonnverbrannte Wüste. In dieses Kino trat nun Andreas ein. Er sah den Film vom Mann, der durch die sonnverbrannte Wüste geht. Und schon war Andreas im Begriffe, den Helden des Films sympathisch und ihn sich selbst verwandt zu fühlen, als plötzlich das Kinostück eine unerwartet glückliche Wendung nahm und der Mann in der Wüste von einer vorbeiziehenden, wissenschaftlichen Karawane gerettet und in den Schoß der europäischen Zivilisation zurückgeführt wurde. Hierauf verlor Andreas jede Sympathie für den Helden des Films. Und schon war er im Begriff, sich zu erheben, als auf der Leinwand das Bild jenes Schulkameraden erschien, dessen Zeichnung er vor einer Weile, an der Theke stehend, hinter dem Rücken des Wirtes der Taverne gesehen hatte. Es war der große Fußballspieler Kanjak. Hierauf erinnerte sich Andreas, dass er einmal, vor zwanzig Jahren, mit Kanjak zusammen in der gleichen Schulbank gesessen hatte, und er beschloss, sich morgen sofort zu erkundigen, ob sein alter Schulkollege sich in Paris aufhielte.

Denn er hatte, unser Andreas, nicht weniger als neunhundertachtzig Francs in der Tasche. Und dies ist nicht wenig.

## VIII

Bevor er aber das Kino verließ, fiel es ihm ein, dass er es gar nicht nötig hätte, bis morgen früh auf die Adresse seines Freundes und Schulkameraden zu warten; insbesondere in Anbetracht der ziemlich hohen Summe, die er in der Tasche liegen hatte.

Er war jetzt, in Anbetracht des Geldes, das ihm verblieb, so mutig geworden, dass er beschloss, sich an der Kasse nach der Adresse seines Freundes zu erkundigen, des berühmten Fußballspielers Kanjak. Er hatte gedacht, man müsste zu diesem Zweck den Direktor des Kinos persönlich fragen. Aber nein! Wer war in ganz Paris so bekannt wie der Fußballspieler Kanjak? Der Türsteher schon kannte seine Adresse. Er wohnte in einem Hotel in den Champs-Élysées. Der Türsteher sagte ihm auch den Namen des Hotels; und sofort begab sich unser Andreas auf den Weg dorthin.

Es war ein vornehmes, kleines und stilles Hotel, gerade eines jener Hotels, in denen Fußballspieler und Boxer, die Elite unserer Zeit, zu wohnen pflegen. Andreas kam sich in der Vorhalle etwas fremd vor, und auch den Angestellten des Hotels kam er etwas fremd vor. Immerhin sagten sie, der berühmte Fußballspieler Kanjak sei zu Hause und bereit, jeden Moment in die Vorhalle zu kommen.

Nach ein paar Minuten kam er auch herunter, und sie erkannten sich beide sofort. Und sie tauschten im Stehen noch alte Schulerinnerungen aus, und hierauf gingen sie zusammen essen, und es herrschte große Fröhlichkeit zwischen beiden. Sie gingen zusammen essen, und es ergab sich also infolgedessen, dass der berühmte Fußballspieler seinen verkommenen Freund Folgendes fragte:

»Warum schaust du so verkommen aus, was trägst du überhaupt für Lumpen an deinem Leib?«

»Es wäre schrecklich«, antwortete Andreas, »wenn ich erzählen wollte, wie das alles gekommen ist. Und es würde auch die Freude an unserem glücklichen Zusammentreffen bedeutsam stören. Lass uns darüber lieber kein Wort verlieren. Reden wir von was Heiterem.«

»Ich habe viele Anzüge«, sagte der berühmte Fußballspieler Kanjak. »Und es wird mir eine Freude sein, dir den einen oder den anderen davon abzugeben. Du hast neben mir in der Schulbank gesessen, und du hast mich abschreiben lassen. Was bedeutet schon ein Anzug für mich! Wo soll ich ihn dir hinschicken?«

»Das kannst du nicht«, erwiderte Andreas, »und zwar einfach deshalb, weil ich keine Adresse habe. Ich wohne nämlich seit einiger Zeit unter den Brücken an der Seine.«

»So werde ich dir also«, sagte der Fußballspieler Kanjak, »ein Zimmer mieten, einfach zu dem Zweck, dir einen Anzug schenken zu können. Komm!«

Nachdem sie gegessen hatten, gingen sie hin, und der Fußballspieler Kanjak mietete ein Zimmer, und dieses kostete fünfundzwanzig Francs pro Tag und war gelegen in der Nähe der großartigen Kirche von Paris, die unter dem Namen »Madeleine« bekannt ist.

## IX

Das Zimmer war im fünften Stock gelegen, und Andreas und der Fußballspieler mussten den Lift benützen. Andreas besaß selbstverständlich kein Gepäck. Aber weder der Portier noch der Liftboy noch sonst irgendeiner von dem Personal des Hotels verwunderte sich darüber. Denn es war einfach ein Wunder, und innerhalb des Wunders gibt es nichts Verwunderliches. Als sie beide im Zimmer oben standen, sagte der Fußballspieler Kanjak zu seinem Schulbankgenossen Andreas: »Du brauchst wahrscheinlich eine Seife.«

»Unsereins«, erwiderte Andreas, »kann auch ohne Seife leben. Ich gedenke hier acht Tage ohne Seife zu wohnen, und ich werde mich trotzdem waschen. Ich möchte aber, dass wir uns zur Ehre dieses Zimmers sofort etwas zum Trinken bestellen.«

Und der Fußballspieler bestellte eine Flasche Cognac. Diese tranken sie bis zur Neige. Hierauf verließen sie das Zimmer und nahmen ein Taxi und fuhren auf den Montmartre, und zwar in jenes Café, wo die Mädchen saßen und wo Andreas erst ein paar Tage vorher gewesen war. Nachdem sie dort zwei Stunden gesessen und Erinnerungen aus der Schulzeit ausgetauscht hatten, führte der Fußballspieler Andreas nach Hause, das heißt, in das Hotelzimmer, das er ihm gemietet hatte, und sagte zu ihm: »Jetzt ist es spät. Ich lasse dich allein. Ich schicke dir morgen zwei Anzüge. Und – brauchst du Geld?«

»Nein«, sagte Andreas, »ich habe neunhundertachtzig Francs, und das ist nicht wenig. Geh nach Hause!«

»Ich komme in zwei oder drei Tagen«, sagte der Freund, der Fußballspieler.

## X

Das Hotelzimmer, in dem Andreas nunmehr wohnte, hatte die Nummer neunundachtzig. Sobald Andreas sich allein in diesem Zimmer befand, setzte er sich in den bequemen Lehnstuhl, der mit rosa Rips überzogen war, und begann, sich umzusehn. Er sah zuerst die rotseidene Tapete, unterbrochen von zartgoldenen Papageienköpfen, an den Wänden drei elfenbeinerne Knöpfe, rechts an der Türleiste und in der Nähe des Bettes den Nachttisch und die Lampe darüber mit dunkelgrünem Schirm und ferner eine Tür mit einem weißen Knauf, hinter der sich etwas Geheimnisvolles, jedenfalls für Andreas Geheimnisvolles, zu verbergen schien. Ferner gab es in der Nähe des Bettes ein schwarzes Telefon, dermaßen angebracht, dass auch ein im Bett Liegender das Hörrohr ganz leicht mit der rechten Hand erfassen kann.

Andreas, nachdem er lange das Zimmer betrachtet hatte und darauf bedacht gewesen war, sich auch mit ihm vertraut zu machen, wurde plötzlich neugierig. Denn die Tür mit dem weißen Knauf irritierte ihn, und trotz seiner Angst und obwohl er der Hotelzimmer ungewohnt war, erhob er sich und beschloss nachzusehen, wohin die Tür führe. Er hatte gedacht, sie sei selbstverständlich verschlossen. Aber wie groß war sein Erstaunen, als sie sich freiwillig, beinahe zuvorkommend, öffnete!

Er sah nunmehr, dass es ein Badezimmer war, mit glänzenden Kacheln und mit einer Badewanne, schimmernd und weiß, und mit einer Toilette, und kurz und gut, das, was man in seinen Kreisen eine Bedürfnisanstalt hätte nennen können.

In diesem Augenblick auch verspürte er das Bedürfnis, sich zu waschen, und er ließ heißes und kaltes Wasser aus den beiden Hähnen in die Wanne rinnen. Und wie er sich auszog, um in sie hineinzusteigen, bedauerte er auch, dass er keine Hemden habe, denn wie er sich das Hemd auszog, sah er, dass es sehr schmutzig war, und von vornherein schon hatte er Angst vor dem Augenblick, in dem er wieder aus dem Bad gestiegen und dieses Hemd anziehen müsste.

Er stieg in das Bad, er wusste wohl, dass es eine lange Zeit her war, seitdem er sich gewaschen hatte. Er badete geradezu mit Wollust, erhob sich, zog sich wieder an und wusste nun nicht mehr, was er mit sich anfangen sollte.

Mehr aus Ratlosigkeit als aus Neugier öffnete er die Tür des Zimmers, trat in den Korridor und erblickte hier eine junge Frau, die aus ihrem Zimmer gerade herauskam, wie er eben selbst. Sie war schön und jung, wie ihm schien. Ja, sie erinnerte ihn an die Verkäuferin in dem Laden, wo er die Brieftasche erstanden hatte, und ein bisschen auch an Karoline, und infolgedessen verneigte er sich leicht vor ihr und grüßte sie, und da sie ihm antwortete, mit einem Kopfnicken, fasste er sich ein Herz und sagte ihr geradewegs: »Sie sind schön.«

»Auch Sie gefallen mir«, antwortete sie, »einen Augenblick! Vielleicht sehen wir uns morgen.« – Und sie ging dahin im Dunkel des Korridors. Er aber, liebebedürftig, wie er plötzlich geworden war, sah nach der Nummer ihrer Tür, hinter der sie wohnte.

Und es war die Nummer siebenundachtzig. Diese merkte er sich in seinem Herzen.

## XI

Er kehrte wieder in sein Zimmer zurück, wartete, lauschte und war schon entschlossen, nicht erst den Morgen abzuwarten, um mit dem schönen Mädchen zusammenzukommen. Denn, obwohl er durch die fast ununterbrochene Reihe der Wunder in den letzten Tagen bereits überzeugt war, dass sich die Gnade auf ihn niedergelassen hatte, glaubte er doch gerade deswegen, zu einer Art Übermut berechtigt zu sein, und er nahm an, dass er gewissermaßen aus Höflichkeit der Gnade noch zuvorkommen müsste, ohne sie im Geringsten zu kränken. Wie er nun also die leisen Schritte des Mädchens von Nummer siebenundachtzig zu vernehmen glaubte, öffnete er vorsichtig die Tür seines Zimmers einen Spaltbreit und sah, dass sie es wirklich war, die in ihr Zimmer zurückkehrte. Was er aber freilich infolge seiner langjährigen Unerfahrenheit nicht bemerkte, war der nicht geringzuschätzende Umstand, dass auch das schöne Mädchen sein Spähen bemerkt hatte. Infolgedessen machte sie, wie sie es Beruf und Gewohnheit gelehrt hatten, hastig und hurtig eine scheinbare Ordnung in ihrem Zimmer und löschte die Deckenlampe aus und legte sich aufs Bett und nahm beim Schein der Nachttischlampe ein Buch in die

Hand und las darin; aber es war ein Buch, das sie bereits längst gelesen hatte.

Eine Weile später klopfte es auch zage an ihrer Tür, wie sie es auch erwartet hatte, und Andreas trat ein. Er blieb an der Schwelle stehen, obwohl er bereits die Gewissheit hatte, dass er im nächsten Augenblick die Einladung bekommen würde näherzutreten. Denn das hübsche Mädchen rührte sich nicht aus ihrer Stellung, sie legte nicht einmal das Buch aus der Hand, sie fragte nur: »Und was wünschen Sie?«

Andreas, sicher geworden durch Bad, Seife, Lehnstuhl, Tapete, Papageienköpfe und Anzug, erwiderte: »Ich kann nicht bis morgen warten, Gnädige.« Das Mädchen schwieg.

Andreas trat näher an sie heran, fragte sie, was sie lese, und sagte aufrichtig: »Ich interessiere mich nicht für Bücher.«

»Ich bin nur vorübergehend hier«, sagte das Mädchen auf dem Bett, »ich bleibe nur bis Sonntag hier. Am Montag muss ich nämlich in Cannes wieder auftreten.«

»Als was?«, fragte Andreas.

»Ich tanze im Kasino. Ich heiße Gabby. Haben Sie den Namen noch nie gehört?«

»Gewiss, ich kenne ihn aus den Zeitungen«, log Andreas – und er wollte hinzufügen: mit denen ich mich zudecke. Aber er vermied es.

Er setzte sich an den Rand des Bettes, und das schöne Mädchen hatte nichts dagegen. Sie legte sogar das Buch aus der Hand, und Andreas blieb bis zum Morgen in Zimmer siebenundachtzig.

## XII

Am Samstagmorgen erwachte er mit dem festen Entschluss, sich von dem schönen Mädchen bis zu ihrer Abreise nicht mehr zu trennen. Ja, in ihm blühte sogar der zarte Gedanke an eine Reise mit der jungen Frau nach Cannes, denn er war, wie alle armen Menschen, geneigt, kleine Summen, die er in der Tasche hatte (und insbesondere die trinkenden armen Menschen neigen dazu), für große zu halten. Er zählte also am Morgen seine neunhundertachtzig Francs noch einmal nach. Und da sie in einer Brieftasche lagen und da diese Brieftasche in einem neuen Anzug steckte, hielt er die Summe um das Zehnfache vergrößert. Infolgedessen war er auch keineswegs erregt, als eine Stunde später, nachdem er es verlassen hatte, das schöne Mädchen bei ihm eintrat, ohne anzuklopfen, und da sie ihn fragte, wie sie beide den Samstag zu verbringen hätten, vor ihrer Abreise nach Cannes, sagte er aufs Geratewohl: »Fontainebleau.« Irgendwo, halb im Traum, hatte er es vielleicht gehört. Er wusste jedenfalls nicht mehr, warum und wieso ihm dieser Ortsname auf die Zunge gekommen war.

Sie mieteten also ein Taxi, und sie fuhren nach Fontainebleau, und dort erwies es sich, dass das schöne Mädchen ein gutes Restaurant kannte, in dem man gute Speisen speisen und guten Trank trinken konnte. Und auch den Kellner kannte sie, und sie nannte ihn beim Vornamen. Und wenn unser Andreas eifersüchtig von Natur gewesen wäre, so hätte er wohl auch böse werden können. Aber er war nicht eifersüchtig, und also wurde er auch nicht böse. Sie verbrachten eine Zeitlang beim Essen und Trinken und fuhren hierauf, noch einmal im Taxi, zurück nach Paris, und auf einmal lag der strahlende Abend von Paris vor ihnen, und sie wussten nichts mit ihm anzufangen, eben wie Menschen nicht wissen, die nicht zueinander gehören und die nur zufällig zueinander gestoßen sind. Die Nacht breitete sich vor ihnen aus wie eine allzu lichte Wüste.

Und sie wussten nicht mehr, was miteinander anzufangen, nachdem sie leichtfertigerweise das wesentliche Erlebnis vergeudet hatten, das Mann und Frau gegeben ist. Also beschlossen sie, was den Menschen unserer Zeit vorbehalten bleibt, sobald sie nicht wissen, was anzufangen, ins Kino zu gehen. Und sie saßen da, und es war keine Finsternis, nicht einmal ein Dunkel, und knapp konnte man es noch ein Halbdunkel nennen. Und sie drückten einander die Hände, das Mädchen und unser Freund Andreas. Aber sein Händedruck war gleichgültig, und er litt selber darunter. Er selbst. Hierauf, als die Pause kam, beschloss er, mit dem schönen Mädchen in die Halle zu gehen und zu trinken, und sie gingen auch beide hin, und sie tranken. Und das Kino interessierte ihn keineswegs mehr. Sie gingen in einer ziemlichen Beklommenheit ins Hotel.

Am nächsten Morgen, es war Sonntag, erwachte Andreas in dem Bewusstsein seiner Pflicht, dass er das Geld zurückzahlen müsse.

Er erhob sich schneller als am letzten Tag und so schnell, dass das schöne Mädchen aus dem Schlaf aufschrak und ihn fragte: »Warum so schnell, Andreas?«

»Ich muss eine Schuld bezahlen«, sagte Andreas.

»Wie? Heute am Sonntag?«, fragte das schöne Mädchen.

»Ja, heute am Sonntag«, erwiderte Andreas.

»Ist es eine Frau oder ein Mann, dem du Geld schuldig bist?«

»Eine Frau«, sagte Andreas zögernd.

»Wie heißt sie?«

»Therese.«

Daraufhin sprang das schöne Mädchen aus dem Bett, ballte die Fäuste und schlug sie auch beide Andreas ins Gesicht.

Und daraufhin floh er aus dem Zimmer, und er verließ das Hotel. Und ohne sich weiter umzusehn, ging er in die Richtung der Ste Marie des Batignolles, in dem sicheren Bewusstsein, dass er heute endlich der kleinen Therese die zweihundert Francs zurückzahlen könnte.

## XIII

Nun wollte es die Vorsehung – oder wie weniger gläubige Menschen sagen würden: der Zufall –, dass Andreas wieder einmal knapp nach der Zehn-Uhr-Messe ankam. Und es war selbstverständlich, dass er in der Nähe der Kirche das Bistro erblickte, in dem er zuletzt getrunken hatte, und dort trat er auch wieder ein.

Er bestellte also zu trinken. Aber vorsichtig, wie er war und wie es alle Armen dieser Welt sind, selbst wenn sie Wunder über Wunder erlebt haben, sah er zuerst nach, ob er wirklich auch Geld genug besäße, und er zog seine Brieftasche heraus. Und da sah er, dass von seinen neunhundertachtzig Francs kaum noch mehr etwas übrig war.

Es blieben ihm nämlich nur zweihundertfünfzig. Er

dachte nach und erkannte, dass ihm das schöne Mädchen im Hotel das Geld genommen hatte. Aber unser Andreas machte sich gar nichts daraus. Er sagte sich, dass er für jede Lust zu zahlen habe, und er hatte Lust genossen, und er hatte also auch zu bezahlen.

Er wollte hier abwarten, so lange, bis die Glocken läuteten, die Glocken der nahen Kapelle, um zur Messe zu gehen und um dort endlich die Schuld der kleinen Heiligen abzustatten. Inzwischen wollte er trinken, und er bestellte zu trinken. Er trank. Die Glocken, die zur Messe riefen, begannen zu dröhnen, und er rief: »Zahlen, Kellner!«, zahlte, erhob sich, ging hinaus und stieß knapp vor der Tür mit einem sehr großen breitschultrigen Mann zusammen. Den nannte er sofort: »Woitech.« Und dieser rief zu gleicher Zeit: »Andreas!« Sie sanken einander in die Arme, denn sie waren beide zusammen Kohlenarbeiter gewesen in Quebecque, zusammen beide in einer Grube.

»Wenn du mich hier erwarten willst«, sagte Andreas, »zwanzig Minuten nur, so lange, wie die Messe dauert, nicht einen Moment länger!«

»Grad nicht«, sagte Woitech. »Seit wann gehst du überhaupt in die Messe? Ich kann die Pfaffen nicht leiden und noch weniger die Leute, die zu den Pfaffen gehn.«

»Aber ich gehe zur kleinen Therese«, sagte Andreas, »ich bin ihr Geld schuldig.«

»Meinst du die kleine heilige Therese?«, fragte Woitech.

»Ja, die meine ich«, erwiderte Andreas.

»Wie viel schuldest du ihr?«, fragte Woitech.

»Zweihundert Francs!«, sagte Andreas.

»Dann begleite ich dich!«, sagte Woitech.

Die Glocken dröhnten immer noch. Sie gingen in die Kirche, und wie sie drinnen standen und die Messe gerade begonnen hatte, sagte Woitech mit flüsternder Stimme: »Gib mir sofort hundert Francs! Ich erinnere mich eben, dass mich drüben einer erwartet, ich komme sonst ins Kriminal!«

Unverzüglich gab ihm Andreas die ganzen zwei Hundertfrancsscheine, die er noch besaß, und sagte: »Ich komme sofort nach.«

Und wie er nun einsah, dass er kein Geld mehr hatte, um es der Therese zurückzuzahlen, hielt er es auch für sinnlos, noch länger der Messe beizuwohnen. Nur aus Anstand wartete er noch fünf Minuten und ging dann hinüber in das Bistro, wo Woitech auf ihn wartete.

Von nun an blieben sie Kumpane, denn das versprachen sie einander gegenseitig.

Freilich hatte Woitech keinen Freund gehabt, dem er Geld schuldig gewesen wäre. Den einen Hundertfrancsschein, den ihm Andreas geborgt hatte, verbarg er sorgfältig im Taschentuch und machte einen Knoten darum. Für die andern hundert Francs lud er Andreas ein, zu trinken und noch einmal zu trinken und noch einmal zu trinken, und in der Nacht gingen sie in jenes Haus, wo die gefälligen Mädchen saßen, und dort blieben sie auch alle beide drei Tage, und als sie wieder herauskamen, war es Dienstag, und Woitech trennte sich von Andreas mit den Worten: »Sonntag sehen wir uns wieder, um dieselbe Zeit und an der gleichen Stelle und am selben Ort.«

»Servus!«, sagte Andreas.

»Servus!«, sagte Woitech und verschwand.

## XIV

Es war ein regnerischer Dienstagnachmittag, und es regnete so dicht, dass Woitech im nächsten Augenblick tatsächlich verschwunden war. Jedenfalls schien es Andreas also.

Es schien ihm, dass sein Freund verlorengegangen war im Regen, genauso, wie er ihn zufällig getroffen hatte, und da er kein Geld mehr in der Tasche besaß, ausgenommen fünfunddreißig Francs, und verwöhnt vom Schicksal, wie er sich glaubte, und der Wunder sicher, die ihm gewiss noch geschehen würden, beschloss er, wie alle Armen und des Trunkes Gewohnten es tun, sich wieder dem Gott anzuvertrauen, dem einzigen, an den er glaubte. Also ging er zur Seine und die gewohnte Treppe hinunter, die zu der Heimstätte der Obdachlosen führt.

Hier stieß er auf einen Mann, der eben im Begriffe war, die Treppe hinaufzusteigen, und der ihm sehr bekannt vorkam. Infolgedessen grüßte Andreas ihn höflich. Es war ein etwas älterer, gepflegt aussehender Herr, der stehenblieb, Andreas genau betrachtete und schließlich fragte: »Brauchen Sie Geld, lieber Herr?«

An der Stimme erkannte Andreas, dass es jener Herr war, den er drei Wochen vorher getroffen hatte. Also sagte er: »Ich erinnere mich wohl, dass ich Ihnen noch Geld schuldig bin, ich sollte es der heiligen Therese zurückbringen. Aber es ist allerhand dazwischengekommen, wissen Sie. Und ich bin schon das dritte Mal daran verhindert gewesen, das Geld zurückzugeben.«

»Sie irren sich«, sagte der ältere, wohlangezogene Herr, »ich habe nicht die Ehre, Sie zu kennen. Sie verwechseln mich offenbar, aber es scheint mir, dass Sie in einer Verlegenheit sind. Und was die heilige Therese betrifft, von der Sie eben gesprochen haben, bin ich ihr dermaßen menschlich verbunden, dass ich selbstverständlich bereit bin, Ihnen das Geld vorzustrecken, das Sie ihr schuldig sind. Wie viel macht es denn?«

»Zweihundert Francs«, erwiderte Andreas, »aber verzeihen Sie, Sie kennen mich ja nicht! Ich bin ein Ehrenmann, und Sie können mich kaum mahnen. Ich habe nämlich wohl meine Ehre, aber keine Adresse. Ich schlafe unter einer dieser Brücken.«

»Oh, das macht nichts!«, sagte der Herr. »Auch ich pflege da zu schlafen. Und Sie erweisen mir geradezu einen Gefallen, für den ich nicht genug dankbar sein kann, wenn Sie mir das Geld abnehmen. Denn auch ich bin der kleinen Therese so viel schuldig!«

»Dann«, sagte Andreas, »allerdings stehe ich zu Ihrer Verfügung.«

Er nahm das Geld, wartete eine Weile, bis der Herr die Stufen hinaufgeschritten war, und ging dann selber die gleichen Stufen hinauf und geradewegs in die Rue des Quatre Vents in sein altes Restaurant, in das russisch-armenische Tari-Bari, und dort blieb er bis zum Samstagabend. Und da erinnerte er sich, dass morgen Sonntag sei und dass er in die Kapelle Ste Marie des Batignolles zu gehen habe.

## XV

Im Tari-Bari waren viele Leute, denn manche schliefen dort, die kein Obdach hatten, tagelang, nächtelang, des Tags hinter der Theke und des Nachts auf den Banquetten. Andreas erhob sich am Sonntag sehr früh, nicht so sehr wegen der Messe, die er zu versäumen gefürchtet hätte, wie aus Angst vor dem Wirt, der ihn mahnen würde, Trank und Speise und Quartier für so viele Tage zu bezahlen.

Er irrte sich aber, denn der Wirt war bereits viel früher aufgestanden als er. Denn der Wirt kannte ihn schon seit langem und wusste, dass unser Andreas dazu neigte, jede Gelegenheit wahrzunehmen, um Zahlungen auszuweichen. Infolgedessen musste unser Andreas bezahlen, von Dienstag bis Sonntag, reichlich Speise und Getränke und viel mehr noch, als er gegessen und getrunken hatte. Denn der Wirt vom Tari-Bari wusste zu unterscheiden, welche von seinen Kunden rechnen konnten und welche nicht. Aber unser Andreas gehörte zu jenen, die nicht rechnen konnten, wie viele Trinker. Andreas zahlte also einen großen Teil des Geldes, das er bei sich hatte, und begab sich dennoch in die Richtung der Kapelle Ste Marie des Batignolles. Aber er wusste wohl schon, dass er nicht mehr genügend Geld hatte, um der heiligen Therese alles zurückzuzahlen. Und er dachte ebenso an seinen Freund Woitech, mit dem er sich verabredet hatte, genau in dem gleichen Maße wie an seine kleine Gläubigerin.

Nun also kam er in der Nähe der Kapelle an, und es war wieder leider nach der Zehn-Uhr-Messe, und noch einmal strömten ihm die Menschen entgegen, und wie er so gewohnt den Weg zum Bistro einschlug, hörte er hinter sich rufen, und plötzlich fühlte er eine derbe Hand auf seiner Schulter. Und wie er sich umwandte, war es ein Polizist.

Unser Andreas, der, wie wir wissen, keine Papiere hatte, wie so viele seinesgleichen, erschrak und griff schon in die Tasche, einfach um sich den Anschein zu geben, er hätte etwelche Papiere, die richtig seien. Der Polizist aber sagte: »Ich weiß schon, was Sie suchen. In der Tasche suchen Sie es vergeblich! Ihre Brieftasche haben Sie eben verloren. Hier ist sie, und«, so fügte er noch scherzhaft hinzu, »das kommt davon, wenn man Sonntag am frühen Vormittag schon so viele Apéritifs getrunken hat! ...«

Andreas ergriff schnell die Brieftasche, hatte kaum Gelassenheit genug, den Hut zu lüften, und ging stracks ins Bistro hinüber.

Dort fand er den Woitech bereits vor und erkannte ihn nicht auf den ersten Blick, sondern erst nach einer längeren Weile. Dann aber begrüßte ihn unser Andreas umso herzlicher. Und sie konnten gar nicht aufhören, beide einander wechselseitig einzuladen, und Woitech, höflich, wie die meisten Menschen es sind, stand von der Banquette auf und bot Andreas den Ehrenplatz an und ging, so schwankend er auch war, um den Tisch herum, setzte sich gegenüber auf einen Stuhl und redete Höflichkeiten. Sie tranken lediglich Pernod.

»Mir ist wieder etwas Merkwürdiges geschehen«, sagte Andreas. »Wie ich da zu unserem Rendezvous herübergehen will, fasst mich ein Polizist an der Schulter und sagt: ›Sie haben Ihre Brieftasche verloren.‹ Und gibt mir eine, die mir gar nicht gehört, und ich stecke sie ein, und jetzt will ich nachschauen, was es eigentlich ist.«

Und damit zieht er die Brieftasche heraus und sieht nach, und es liegen darin mancherlei Papiere, die ihn nicht das Geringste angehen, und er sieht auch Geld darin und zählt die Scheine, und es sind genau zweihundert Francs. Und da sagt Andreas: »Siehst du! Das ist ein Zeichen Gottes. Jetzt gehe ich hinüber und zahle endlich mein Geld!«

»Dazu«, antwortete Woitech, »hast du ja Zeit, bis die Messe zu Ende ist. Wozu brauchst du denn die Messe? Während der Messe kannst du nichts zurückzahlen. Nach der Messe gehst du in die Sakristei, und inzwischen trinken wir!«

»Natürlich, wie du willst«, antwortete Andreas.

In diesem Augenblick tat sich die Tür auf, und während Andreas ein unheimliches Herzweh verspürte und eine große Schwäche im Kopf, sah er, dass ein junges Mädchen hereinkam und sich genau ihm gegenüber auf die Banquette setzte. Sie war sehr jung, so jung, wie er noch nie ein Mädchen gesehen zu haben glaubte, und sie war ganz himmelblau angezogen. Sie war nämlich blau, wie nur der Himmel blau sein kann, an manchen Tagen, und auch nur an gesegneten.

So schwankte er also hinüber, verbeugte sich und sagte zu dem jungen Kind: »Was machen Sie hier?«

»Ich warte auf meine Eltern, die eben aus der Messe kommen; die wollen mich hier abholen. Jeden vierten Sonntag«, sagte sie und war ganz verschüchtert vor dem älteren Mann, der sie so plötzlich angesprochen hatte. Sie fürchtete sich ein wenig vor ihm.

Andreas fragte darauf: »Wie heißen Sie?«

»Therese«, sagte sie.

»Ah«, rief Andreas darauf, »das ist reizend! Ich habe nicht gedacht, dass eine so große, eine so kleine Heilige, eine so große und so kleine Gläubigerin mir die Ehre erweist, mich aufzusuchen, nachdem ich so lange nicht zu ihr gekommen war.«

»Ich verstehe nicht, was Sie reden«, sagte das kleine Fräulein ziemlich verwirrt.

»Das ist nur Ihre Feinheit«, erwiderte hier Andreas. »Das ist nur Ihre Feinheit, aber ich weiß sie zu schätzen. Ich bin Ihnen seit langem zweihundert Francs schuldig, und ich bin nicht mehr dazu gekommen, sie Ihnen zurückzugeben, heiliges Fräulein!«

»Sie sind mir kein Geld schuldig, aber ich habe welches im Täschchen, hier, nehmen Sie und gehen Sie. Denn meine Eltern kommen bald.«

Und somit gab sie ihm einen Hundertfrancsschein aus ihrem Täschchen.

All dies sah Woitech im Spiegel, und er schwankte auf aus seinem Sessel und bestellte zwei Pernods und wollte eben unseren Andreas an die Theke schleppen, damit er mittrinke.

Aber wie Andreas sich eben anschickt, an die Theke zu treten, fällt er um wie ein Sack, und alle Menschen im Bistro erschrecken und Woitech auch. Und am meisten das Mädchen, das Therese heißt. Und man schleppt ihn, weil in der Nähe kein Arzt und keine Apotheke ist, in die Kapelle, und zwar in die Sakristei, weil Priester doch etwas von Sterben und Tod verstehen, wie die ungläubigen Kellner trotzdem glaubten; und das Fräulein, das Therese heißt, kann nicht umhin und geht mit.

Man bringt also unsern armen Andreas in die Sakristei, und er kann leider nichts mehr reden, er macht nur eine Bewegung, als wollte er in die linke innere Rocktasche greifen, wo das Geld, das er der kleinen Gläubigerin schuldig ist, liegt, und er sagt: »Fräulein Therese!« – und tut seinen letzten Seufzer und stirbt.

Gebe Gott uns allen, uns Trinkern, einen so leichten und so schönen Tod!

## *Joseph Roth*

von

Stefan Zweig

Ein unersetzlicher Mensch war Joseph Roth, unvergessbar als Mensch und für alle Zeiten durch kein Dekret als Dichter auszubürgern aus den Annalen der deutschen Kunst. Einmalig waren in ihm zu schöpferischem Zwecke die verschiedensten Elemente gemischt. Er stammte aus einem kleinen Ort an der altösterreichisch-russischen Grenze; diese Herkunft hat auf seine seelische Formung bestimmend gewirkt. Es war in Joseph Roth ein russischer Mensch – ich möchte fast sagen, ein Karamasowscher Mensch –, ein Mann der großen Leidenschaften, ein Mann, der in allem das Äußerste versuchte; eine russische Inbrunst des Gefühls erfüllte ihn, eine tiefe Frömmigkeit, aber verhängnisvollerweise auch jener russische Trieb zur Selbstzerstörung. Und es war in Roth noch ein zweiter Mensch, der jüdische Mensch mit einer hellen, unheimlich wachen, kritischen Klugheit, ein Mensch der gerechten und darum milden Weisheit, der erschreckt und zugleich mit heimlicher Liebe dem wilden, dem russischen, dem dämonischen Menschen in sich zublickte. Und noch ein drittes Element war von jenem Ursprung in ihm wirksam: der österreichische Mensch, nobel und ritterlich in jeder Geste, ebenso verbindlich und bezaubernd im täglichen Wesen wie musisch und musikalisch in seiner Kunst. Nur diese einmalige und nicht wiederholbare Mischung erklärt mir die Einmaligkeit seines Wesens, seines Werkes.

Er kam aus einem kleinen Städtchen, ich sagte es, und aus einer jüdischen Gemeinde am äußersten Rande Österreichs. Aber geheimnisvollerweise waren in unserem sonderbaren Österreich die eigentlichen Bekenner und Verteidiger Österreichs niemals in Wien zu finden, in der deutschsprechenden Hauptstadt, sondern immer nur an der äußersten Peripherie des Reiches, wo die Menschen die mild-nachlässige Herrschaft der Habsburger täglich vergleichen konnten mit der strafferen und minder humanen der Nachbarländer. In dem kleinen Städtchen, dem Joseph Roth entstammte, blickten die Juden dankbar hinüber nach Wien; dort wohnte, unerreichbar wie ein Gott in den Wolken, der alte, der uralte Kaiser Franz Joseph, und sie lobten und liebten in Ehrfurcht diesen fernen Kaiser wie eine Legende, sie ehrten und bewunderten die farbigen Engel dieses Gotts, die Offiziere, die Ulanen und Dragoner, die einen Schimmer leuchtender Farbe in ihre niedere, dumpfe, ärmliche Welt brachten. Die Ehrfurcht vor dem Kaiser und seiner Armee hat sich Roth also schon als den Mythos seiner Kindheit aus seiner östlichen Heimat nach Wien mitgenommen.

Noch ein Zweites brachte er mit, als er endlich nach unsäglichen Entbehrungen diese ihm heilige Stadt betrat, um dort an der Universität Germanistik zu studieren: eine demütige und doch leidenschaftliche, eine werktätig sich immer wieder erneuernde Liebe zur deutschen Sprache. Es ist hier nicht die Stunde, mit den Lügen und Verleumdungen abzurechnen, mit welchen die nationalsozialistische Propaganda die Welt zu verdummen sucht. Aber von all ihren Lügen ist vielleicht keine verlogener, gemeiner und wahrheitswidriger als diejenige, dass die Juden in Deutschland jemals Hass oder Feindseligkeit geäußert hätten wider die deutsche Kultur. Im Gegenteil, gerade in Österreich konnte man unwidersprechlich gewahren, dass in all jenen Randgebieten, wo der Bestand der deutschen Sprache bedroht war, die Pflege der deutschen Kultur einzig und allein von Juden aufrechterhalten wurde. Der Name Goethes, Hölderlins und Schillers, Schuberts, Mozarts und Bachs war diesen Juden des Ostens nicht minder heilig als der ihrer Erzväter. Mag es eine unglückselige Liebe gewesen sein und heute gewiss eine unbedankte, das Faktum dieser Liebe wird doch nie und niemals wegzulügen sein aus der Welt, denn sie ist in tausend einzelnen Werken und Taten bezeugt. Auch Joseph Roths innerstes Verlangen war von Kindheit an, der deutschen Sprache zu dienen und in ihr den großen Ideen, die vordem Deutschlands Ehre waren, dem Weltbürgertum und der Freiheit des Geistes. Er war nach Wien gekommen um dieser Ehrfurcht willen, ein gründlichster Kenner und bald ein Meister der Sprache. Eine umfassende Bildung, errungen und abgerungen zahllosen Nächten, brachte der schmale, kleine, schüchterne Student schon mit an die Universität, und ein anderes noch: seine Armut. Ungern hat Roth von diesen Jahren beschämender Entbehrung in späterer Zeit erzählt. Aber wir wussten, dass er bis zum einundzwanzigsten Jahre nie einen Anzug getragen, der für ihn selber geschneidert worden war, immer nur die abgetragenen, abgelegten von anderen, dass er an Freitischen gesessen, wie oft vielleicht gedemütigt und in seiner wunderbaren Empfindsamkeit verletzt – wir wussten, dass er nur mühsam durch rastloses Stundengeben und Hauslehrerei das akademische Studium fortsetzen konnte. Im Seminar fiel er sofort den Professoren auf; man verschaffte diesem besten und blendendsten Schüler ein Stipendium und machte ihm Hoffnung auf eine Dozentur, alles schien plötzlich herrlich für ihn zu werden. Da fuhr 1914 die harte Schneide des Krieges dazwischen, die für unsere Generation die Welt unerbittlich in ein Vorher und Nachher geschieden hat.

Der Krieg wurde für Roth Entscheidung und Befreiung zugleich. Entscheidung, weil dadurch für immer die geregelte Existenz als Gymnasialprofessor oder Dozent erledigt war. Und Befreiung, weil sie ihm, dem bisher ewig von andern Abhängigen, Selbständigkeit gab. Die Uniform des Fähnrichs war die erste, die ihm neu und eigens auf den Leib geschneidert wurde. An der Front Verantwortung zu tragen, das gab ihm, diesem unermesslich bescheidenen, zarten und schüchternen Menschen, zum ersten Mal Männlichkeit und Kraft.

Aber es war im Schicksal Joseph Roths in ewiger Wiederholung beschlossen, dass, wo immer er seine Sicherheit fand, sie erschüttert werden sollte. Der Zusammenbruch der Armee warf ihn zurück nach Wien, ziellos, zwecklos, mittellos. Vorbei war der Traum der Universität, vorbei die erregende Episode des Soldatentums: Es galt eine Existenz aus dem Nichts aufzubauen. Beinahe wäre er damals Redakteur geworden, aber glücklicherweise ging es ihm in Wien zu langsam, und so übersiedelte er nach Berlin. Dort kam der erste Durchbruch. Zuerst druckten ihn die Zeitungen bloß, dann umwarben sie ihn als einen der brillantesten, scharfsichtigsten Darsteller menschlicher Zustände: die *Frankfurter Zeitung* sandte ihn – dies ein neues Glück für ihn – weit in die Welt, nach Russland, nach Italien, nach Ungarn, nach Paris. Damals fiel uns dieser neue Name Joseph Roth zum ersten Mal auf – alle spürten wir hinter dieser blendenden Technik seiner Darstellung einen immer und überall menschlich mitfühlenden Sinn, der nicht nur das Äußere, sondern auch das Innere und Innerste von Menschen zu durchseelen verstand.

Nach drei oder vier Jahren hatte unser Joseph Roth nun alles, was man im bürgerlichen Leben Erfolg nennt. Er lebte mit einer jungen und sehr geliebten Frau, er war von den Zeitungen geschätzt und umworben, von einer immer wachsenden Leserschaft begleitet und begrüßt, er verdiente Geld und sogar viel Geld. Aber Erfolg konnte diesen wunderbaren Menschen nicht hochmütig machen, das Geld bekam ihn nie in seine Abhängigkeit. Er gab es weg mit vollen Händen, vielleicht weil er wusste, dass es bei ihm nicht bleiben wollte. Er nahm kein Haus und hatte kein Heim. Nomadisch wandernd von Hotel zu Hotel, von Stadt zu Stadt mit seinem kleinen Koffer, einem Dutzend feingespitzter Bleistifte und dreißig oder vierzig Blättern Papier in seinem unwandelbaren grauen Mäntelchen, so lebte er sein Leben lang bohemehaft, studentisch, irgendein tieferes Wissen verbot ihm jede Bleibe, misstrauisch wehrte er sich jeder Bruderschaft mit behäbig-bürgerlichem Glück.

Und dieses Wissen behielt recht – immer und immer wieder gegen jeden Anschein der Vernunft. Gleich der erste Damm, den er sich gegen das Verhängnis gebaut, seine junge, seine glückliche Ehe, brach ein über Nacht. Seine geliebte Frau, dieser sein innerster Halt, wurde plötzlich geisteskrank, und obwohl er es sich verschweigen wollte, unheilbar und für alle Zeit. Dies war die erste Erschütterung seiner Existenz und umso verhängnisvoller, als der russische Mensch in ihm, jener russische, leidenswütige Karamasow-Mensch, von dem ich sprach, dies Verhängnis gewaltsam umwandeln wollte in eigene Schuld.

Aber gerade dadurch, dass er damals bis ins Innerste sich selbst die Brust aufriss, legte er zum ersten Mal sein Herz frei, dieses wunderbare Dichterherz; um sich selbst zu trösten, um sich selbst Heilung zu geben, suchte er, was sinnloses persönliches Schicksal war, umzugestalten in ein ewiges und ewig sich erneuerndes Symbol; sinnend und immer wieder nachsinnend, warum ihn, und gerade ihn, der niemandem etwas zuleide getan, der in den Jahren der Entbehrung still und demütig gewesen und sich in den kurzen Jahren des Glücks nicht überhoben, das Schicksal so hart züchtige, da mochte ihn Erinnerung überkommen haben an jenen andern seines Bluts, der mit der gleichen verzweifelten Frage: Warum? Warum mir? Warum gerade mir? sich gegen Gott gewandt.

Sie wissen alle, welches Symbol, welches Buch Joseph Roths ich meine, den *Hiob*, dies Buch, das man in eiliger Abbreviatur einen Roman nennt und das doch mehr ist als Roman und Legende, eine reine, eine vollkommene Dichtung in unserer Zeit und, wenn ich nicht irre, die einzige, die alles zu überdauern bestimmt ist, was wir, seine Zeitgenossen, geschaffen und geschrieben. Unwiderstehlich hat sich in allen Ländern, in allen Sprachen die innere Wahrhaftigkeit dieses gestalteten Schmerzes offenbart, und dies ist inmitten der Trauer um den Hingeschwundenen unser Trost, dass in dieser vollkommenen und durch Vollkommenheit unzerstörbaren Form ein Teil des Wesens Joseph Roths gerettet ist für alle Zeiten.

Ein Teil von dem Wesen Joseph Roths, sagte ich, ist in diesem Werk für alle Zeit vor Vergänglichkeit bewahrt, und ich meinte mit diesem Teil den jüdischen Menschen in ihm, den Menschen der ewigen Gottesfrage, den Menschen, der Gerechtigkeit fordert für diese unsere Welt und alle künftigen Welten. Aber nun, zum ersten Mal seiner dichterischen Kraft bewusst, unternahm es Roth, auch den anderen Menschen in sich darzustellen: den österreichischen Menschen. Und abermals wissen Sie, welches Werk ich meine – den *Radetzkymarsch.* Wie die alte vornehme und an ihrer inneren Noblesse unkräftig gewordene österreichische Kultur zugrunde geht, dies wollte er in der Gestalt eines letzten Österreichers aus verblühendem Geschlecht zeigen. Es war ein Buch des Abschieds, wehmütig und prophetisch, wie es immer die Bücher der wahren Dichter sind. Wer in kommenden Zeiten die wahrste Grabinschrift der alten Monarchie wird lesen wollen, wird sich niederbeugen müssen über die Blätter dieses Buches und seiner Fortführung, der *Kapuzinergruft.*

Mit diesen zwei Büchern, diesen zwei Welterfolgen, hatte Joseph Roth sich endlich enthüllt und erfüllt als der, der er war, der echte Dichter und wunderbar wache Betrachter jener Zeit und ihr mild verstehender, gütiger Richter. Viel Ruhm und viel Ehre warben damals um ihn: Sie konnten ihn nicht verführen. Wie hellsichtig empfand er alles und wie nachsichtig zugleich, jedes Menschen, jedes Kunstwerks Fehler erkennend und doch verzeihend, ehrfürchtig vor jedem Älteren seines Standes, hilfreich gegen jeden Jüngeren. Freund jedem Freunde, Kamerad jedem Kameraden und wohlgesinnt auch dem Fremdesten, wurde er ein wirklicher Verschwender seines Herzens, seiner Zeit und – um das Wort unseres Freundes Ernst Weiß zu borgen – immer ein »armer Verschwender«. Das Geld floss ihm fort unter den Fingern; jedem, der etwas entbehrte, gab er in Erinnerung an seine einstigen Entbehrungen, jedem, der Hilfe brauchte, half er in Erinnerung an die wenigen, die ihm einstens geholfen. In allem, was er tat, was er sagte und schrieb, spürte man eine unwiderstehliche und unvergessliche Güte, ein großartiges, ein russisch überschwengliches Sich-selbst-Verschwenden. Nur wer ihn gekannt in diesen Zeiten, wird verstehen können, warum und wie unbegrenzt wir diesen einzigen Menschen geliebt.

Dann kam die Wende, jene fürchterliche für uns alle, die jeden Menschen umso unmäßiger traf, je mehr er weltfreundlich, zukunftsgläubig gesinnt war und im seelischen Sinne empfindlich – also einen derart zart organisierten, derart gerechtigkeitsfanatischen Menschen wie Joseph Roth am allerverhängnisvollsten. Nicht dass seine eigenen Bücher verbrannt und verfemt wurden, sein Name ausgelöscht – nicht das Persönliche also erbitterte und erschütterte ihn so sehr bis in die untersten Tiefen seines Wesens, sondern dass er das böse Prinzip, den Hass, die Gewalt, die Lüge, dass er, wie er sagte, den Antichrist auf Erden triumphieren sah, dies verwandelte ihm das Leben in eine einzige andauernde Verzweiflung.

Und so begann in diesem gütigsten, zarten und zärtlichen Menschen, für den Bejahen, Bestärken und durch Güte Befreunden die elementarste Lebensfunktion gewesen war, jene Wandlung ins Bittere und Kämpferische. Er sah nur eine Aufgabe mehr: alle seine Kraft, die künstlerische wie die persönliche, einzusetzen zur Bekämpfung des Antichrist auf Erden. Er, der immer allein gestanden, der in seiner Kunst zu keiner Gruppe und zu keinem Klüngel gehört hatte, suchte jetzt mit aller Leidenschaft seines wilden und erschütterten Herzens Unterkunft in einer kämpfenden Gemeinschaft. Er fand sie oder er meinte sie im Katholizismus und im österreichischen Legitimismus zu finden. In seinen letzten Jahren wurde unser Joseph Roth gläubiger, bekennender, alle Gebote dieser Religion demütig erfüllender Katholik, wurde er Kämpfer und Vorkämpfer in der kleinen und, wie es die Tatsachen erwiesen haben, recht machtlosen Gruppe der Habsburgtreuen, der Legitimisten.

Ich weiß, dass viele seiner Freunde und alten Kameraden ihm diese Wendung ins Reaktionäre, wie sie es nannten, verübelt haben und sie als eine Verirrung und Verwirrung angesehen. Aber sowenig ich selbst diese Wendung zu billigen oder gar mitzumachen vermochte, so wenig möchte ich mich anmaßen, ihre Ehrlichkeit bei ihm zu bezweifeln oder in dieser Hingabe etwas Unverständliches zu sehen. Denn schon vordem hatte er seine Liebe zum alten, zum kaiserlichen Österreich in seinem *Radetzkymarsch* bekundet, schon vordem dargetan in seinem *Hiob,* welches religiöse Bedürfnis, welcher Wille nach Gottgläubigkeit das innerste Element seines schöpferischen Lebens war. Kein Gran Feigheit oder Absicht oder Berechnung war in diesem

Übergang, sondern einzig und allein der verzweifelte Wille, als Soldat zu dienen in diesem Kampf um die europäische Kultur, nebensächlich, in welcher Reihe und in welchem Rang. Und ich glaube, dass er im Tiefsten wusste, lange vor dem Untergang des zweiten Österreich, dass er einer verlorenen Sache diente. Aber gerade dies entsprach dem Ritterlichen seiner Natur, sich dorthin zu stellen, wo es am unbedanktesten und am gefährlichsten war, ein Ritter ohne Furcht und Tadel, ganz hingegeben dieser ihm heiligen Sache, dem Kampf gegen den Weltfeind und gleichgültig gegen das eigene Geschick.

Gleichgültig gegen das eigene Geschick und sogar mehr noch – voll heimlicher Sehnsucht nach baldigem Untergang. Er litt, unser teurer verlorener Freund, so unmenschlich, so tierisch wild angesichts jenes Triumphs des bösen Prinzips, das er verachtete und verabscheute, dass er, als er die Unmöglichkeit einsah, dies Böse auf Erden aus eigener Kraft zu zerstören, sich selber zu zerstören begann. Um der Wahrheit willen dürfen wir es nicht verschweigen – nicht nur Ernst Tollers Ende ist ein Freitod gewesen aus Abscheu gegen unsere tollwütige, unsere ungerechte und schurkische Zeit. Auch unser Freund Joseph Roth hat aus dem gleichen Gefühl der Verzweiflung sich bewusst selber vernichtet, nur dass bei ihm diese Selbstzerstörung noch viel grausamer, weil um vieles langsamer sich vollzog, weil sie ein Selbstzerstören war Tag um Tag und Stunde um Stunde und Stück um Stück, eine Art Selbstverbrennung.

Ich glaube, die meisten von Ihnen wissen bereits, was ich jetzt andeuten will: Das Unmaß der Verzweiflung über die Erfolglosigkeit und Sinnlosigkeit seines Kampfes, die innere Verstörung durch die Verstörung der Welt hatten in den letzten Jahren diesen wachen und wunderbaren Menschen zu einem heillosen und schließlich unheilbaren Trinker gemacht. Aber denken Sie bei diesem Wort Trinker nicht etwa an einen heiteren Zecher, der lustig und schwatzfreudig im Kreise von Kameraden sitzt, der sich anfeuert und sie anfeuert zu Frohmut und gesteigertem Lebensgefühl. Nein, Joseph Roths Trinken war ein Trinken aus Bitternis, aus Sucht nach Vergessen; es war der russische Mensch in ihm, der Mensch der Selbstverurteilung, der sich gewaltsam in die Hörigkeit dieser langsamen und scharfen Gifte begab. Früher war der Alkohol für ihn nur ein künstlerischer Anreiz gewesen; er pflegte während der Arbeit ab und zu – aber immer nur ganz wenig – an einem Glase Cognac zu nippen. Es war anfangs nur ein Kunstgriff des Künstlers. Während andere zum Schaffen einer Stimulierung bedürfen, weil ihr Gehirn nicht genug rapid, nicht genug bildnerisch schafft, so brauchte er mit seiner ungeheuren Überklarheit des Geistes eine ganz zarte, ganz leise Vernebelung, gleichsam wie man einen Raum abdunkelt, um besser Musik zu hören.

Dann aber, als die Katastrophe hereinbrach, wurde das Bedürfnis immer dringlicher, sich stumpf zu machen gegen das Unabwendbare und gewaltsam seinen Abscheu vor unserer brutalisierten Welt zu vergessen. Dazu benötigte er mehr und mehr dieser goldhellen und dunklen Schnäpse, immer schärfere und immer noch bitterere, um die innere Bitterkeit zu überspielen. Es war, glauben Sie es mir, ein Trinken aus Hass und Zorn und Ohnmacht und Empörung, ein böses, ein finsteres, ein feindliches Trinken, das er selber hasste und dem er sich doch nicht zu entringen vermochte.

Sie mögen sich denken, wie uns, seine Freunde, diese rasende Selbstzerstörung eines der edelsten Künstler unserer Zeit erschütterte. Furchtbar schon, einen geliebten, einen verehrten Menschen neben sich hinsiechen zu sehen und ohnmächtig dem übermächtigen Verhängnis nicht wehren zu können und dem immer näher andrängenden Tod. Aber wie grauenhaft erst, mit ansehen zu müssen, wenn solcher Zerfall nicht Schuld des äußeren Schicksals ist, sondern bei einem geliebten Menschen von innen her gewollt, wenn man einen innigsten Freund sich selber morden mit ansehen muss, ohne ihn zurückreißen zu können! Ach, wir sahen ihn, diesen herrlichen Künstler, diesen gütigen Menschen, äußerlich wie innerlich in Nachlässigkeit fallen, deutlich und immer deutlicher stand schon das endgültige Fatum in seinen verlöschenden Zügen. Es wurde ein unaufhaltsamer Niedergang und Untergang. Aber wenn ich dieser seiner schrecklichen Selbstverheerung Erwähnung tue, geschieht es nicht, um ihm die Schuld zuzumessen – nein, Schuld trägt nur unsere Zeit an diesem Untergang, diese ruchlose und rechtlose Zeit, die Edelste in solche Verzweiflung stößt, dass sie aus Hass gegen diese Welt keine andere Rettung wissen, als sich selbst zu vernichten.

Nicht also um das seelische Bildnis Joseph Roths abzuschatten, habe ich dieser seiner Schwäche Erwähnung getan, sondern gerade im Gegensinn, nur damit Sie nun doppelt das Wunderbare, ja das Wunder fühlen, wie herrlich unzerstörbar und unvernichtbar bis zum Letzten in diesem schon verlorenen Menschen der Dichter, der Künstler blieb. Wie

Asbest dem Feuer, so trotzte die dichterische Substanz in seinem Wesen unbeschädigt der moralischen Selbstverbrennung. Es war ein Wunder gegen alle Logik, gegen alle medizinischen Gesetze, dieser Triumph des in ihm schaffenden Geistes über den schon versagenden Körper. Aber in der Sekunde, da Roth den Bleistift fasste, um zu schreiben, endete jede Verwirrung; sofort begann in diesem undisziplinierten Menschen jene eherne Disziplin, wie sie nur der vollsinnige Künstler übt, und keine Zeile hat Joseph Roth uns hinterlassen, deren Prosa nicht gesiegelt wäre mit dem Signum der Meisterschaft. Lesen Sie seine letzten Aufsätze, lesen oder hören Sie die Seiten seines letzten Buches, knapp einen Monat vor seinem Tode geschrieben, und prüfen Sie misstrauisch und genau diese Prosa, wie man einen Edelstein mit der Lupe untersucht – Sie werden keinen Sprung finden in ihrer diamantenen Reinheit, keine Trübung in ihrer Klarheit. Jede Seite, jede Zeile ist wie die Strophe eines Gedichts gehämmert mit dem genauesten Bewusstsein für Rhythmus und Melodik. Geschwächt in seinem armen, brüchigen Leibe, verstört in seiner Seele, blieb er immer noch aufrecht in seiner Kunst – in seiner Kunst, mit der er sich nicht dieser von ihm verachteten Welt, sondern der Nachwelt verantwortlich fühlte: Es war ein Triumph, ein beispielloser des Gewissens über den äußeren Untergang. Ich bin ihm oft schreibend begegnet an seinem geliebten Kaffeehaustisch und wusste: Das Manuskript war schon verkauft, er brauchte Geld, die Verleger drängten ihn. Aber mitleidslos, der allerstrengste und allerweiseste Richter, riss er vor meinen Augen die ganzen Blätter noch einmal durch und begann von neuem, nur weil irgendein winziges Beiwort noch nicht das rechte Gewicht, ein Satz noch nicht den vollen musikalischen Klang zu haben schien. Treuer seinem Genius als sich selber, hat er sich herrlich in seiner Kunst erhoben über seinen eigenen Untergang.

# *Joseph Roth im Diogenes Verlag*

## *Das Spinnennetz*

Roman

Der junge Leutnant Lohse, enttäuscht aus dem Ersten Weltkrieg nach Berlin zurückgekehrt, gerät in eine rechtsradikale Geheimorganisation und damit mitten in die politischen Wirren der Weimarer Republik. Als Spion und zwielichtiger Mittelsmann zwischen Nationalsozialisten und Kommunisten, zwischen Bürgertum, Adel und Proletariat ist der ehrgeizige Lohse auf mörderische Weise in seinem Element. Doch auch er ist gefangen in dem Netz aus Intrige, Ambition und Verrat, das er selbst mitgesponnen hat.
1923, drei Tage vor Hitlers Putschversuch in München erschienen, zeichnet *Das Spinnennetz* das Porträt einer Gesellschaft von Mitläufern, die der Katastrophe entgegeneilt.

»*Das Spinnennetz* handelt fast hellseherisch von der moralischen und geistigen Bedrohung durch den Faschismus.« *J. M. Coetzee*

Auch als Diogenes Hörbuch erschienen,
gelesen von Ulrich Matthes

## *Hotel Savoy*

Roman

Das Hotel Savoy mit seiner prunkvollen Fassade scheint den Ersten Weltkrieg unbeschadet überstanden zu haben. Doch wer am livrierten Portier vorbei durch seine Eingangstür tritt, trifft im Inneren auf die bunten Existenzen einer durcheinandergeratenen Zeit: Soldaten, Millionäre, Bankrotteure, Varieté-Tänzerinnen und Devisenschieber. Gabriel Dan, nach fünf Jahren Krieg und Gefangenschaft zurückgekehrt und einquartiert im 6. Stock des Hotels, gerät auch im Frieden zwischen die Fronten.

»In *Hotel Savoy* sehen wir Joseph Roth als den jugendlich leichten Meister des Erzählens, schon heimgesucht von altersweiser Trauer, hören ihn als den Sänger klarer, melodisch sich ineinanderfügender Sätze.«
*Die Zeit, Hamburg*

Auch als Diogenes Hörbuch erschienen,
gelesen von Hans Korte

## *Die Flucht ohne Ende*

Ein Bericht. Roman

»Ich habe nichts erfunden, nichts komponiert. Es handelt sich nicht mehr darum, zu ›dichten‹. Das Wichtigste ist das Beobachtete.«
So eröffnet Joseph Roth seinen Bericht über die Odyssee des Franz Tunda, eines österreichischen Offiziers im Ersten Weltkrieg, der aus der russischen Kriegsgefangenschaft flieht. Auf seiner abenteuerlichen Reise gerät er in die Wirren des russischen Bürgerkriegs, in die kommunistische Avantgarde und in die Arme einer schönen Georgierin. Doch nirgends kommt Tunda an. Baku, Moskau, Wien, Paris – jeder Ort erweist sich bloß als weitere Etappe seiner Flucht.

Auch als Diogenes Hörbuch erschienen,
gelesen von Martin Wuttke

## *Hiob*

Roman eines einfachen Mannes

Mendel Singer ist »fromm, gottesfürchtig und gewöhnlich, ein ganz alltäglicher Jude«. Doch wie einst den biblischen Hiob gefällt es Gott, ihn zu versuchen. Ein Sohn wird zum Militär eingezogen, der zweite flieht nach Amerika. Die Tochter lässt sich mit Kosaken ein, und der jüngste Sohn ist schwer krank. Und das ist erst der Anfang von Mendel Singers Leiden. Gläubig und ergeben nimmt er Prüfung um Prüfung hin. Doch auch die Demut dieses großen Dulders ist irgendwann erschöpft.

»Wer sich von dem Buche rühren lässt, darf das mit gutem Gewissen tun; was ihn gepackt hat, war die legitime Wirkung reiner, großer Kunst.«
*Lion Feuchtwanger*

Auch als Diogenes Hörbuch erschienen,
gelesen von Peter Matić

## *Radetzkymarsch*

Roman

Sein Großvater hat dem Kaiser in der Schlacht bei Solferino das Leben gerettet. Sein Vater ist ein pflichtbewusster Beamter der k.u.k. Monarchie. Doch Carl Joseph von Trotta, Enkel des ›Helden von Solferino‹ und Offizier wider Willen, ist sensibel und zartbesaitet. Während die alten Gewissheiten zerbröckeln, sucht er Ablenkung von seiner Schwäche im Spiel, im Alkohol, bei den Frauen. Anhand von drei Generationen der Familie von Trotta schildert Joseph Roth Glanz und Verfall des Habsburgerreichs – mit diesem Roman über sein Lebensthema schuf Joseph Roth sein Meisterwerk.

»Es ist das schönste Buch der Welt. Das traurigste, sentimentalste, wundersamste. Es ist ein Wunder.«
*Volker Weidermann / Frankfurter Allgemeine Zeitung*

Auch als Diogenes Hörbuch erschienen,
gelesen von Michael Heltau

## *Tarabas*

Ein Gast auf dieser Erde. Roman

»Sie sind sehr unglücklich, Herr!«, prophezeit eine Zigeunerin dem jungen russischen Revolutionär Tarabas.

»Ich lese in Ihrer Hand, dass Sie ein Mörder sind und ein Heiliger. Ein unglücklicheres Schicksal gibt es nicht auf dieser Welt.« Von Russland nach New York und wieder zurück in die Wirren des Ersten Weltkrieges und der Revolution führt der Weg des Sünders und Büßers Nikolaus Tarabas. Die bittere Legende eines in die Irre gehenden und wieder heimkehrenden Sohnes.

»Joseph Roth hatte die Lust des geborenen Erzählers an Menschen und Geschichten und das korrespondierende Talent des genialen Zuhörers.«
*Hermann Kesten*

Auch als Diogenes Hörbuch erschienen,
gelesen von Joseph Lorenz

## *Beichte eines Mörders, erzählt in einer Nacht*

Roman

Im Restaurant Tari-Bari in Paris treffen sich in den dreißiger Jahren die russischen Emigranten. Einer von ihnen ist Semjon Golubtschik, illegitimer Sohn des Fürsten Krapotkin, ehemaliger Spitzel der zaristischen Geheimpolizei, Liebhaber des Mannequins Annette Leclaire. Eine lange, durchzechte Nacht hindurch erzählt er dem Wirt und den Gästen des Tari-Bari seine Lebensgeschichte – und wie er zum Mörder wurde.

»Joseph Roth – ein Mann, dessen Prosa die deutsche Sprache um einige tausend Seiten unvergleichlich bildhafter Präzision und Melodie bereichert hat.«
*Gregor von Rezzori*

Auch als Diogenes Hörbuch erschienen,
gelesen von Wolfram Berger

## *Das falsche Gewicht*

Die Geschichte eines Eichmeisters. Roman

»Es war einmal im Bezirk Zlotogrod ein Eichmeister, der hieß Anselm Eibenschütz. Seine Aufgabe bestand darin, die Maße und die Gewichte der Kaufleute im ganzen Bezirk zu prüfen.« Der ehrliche Eibenschütz macht sich viele Feinde. Als er sich in die schöne Zigeunerin Euphemia verliebt, wird es – nicht nur bei den Gewichten – immer schwerer, zu erkennen, was richtig und was falsch ist.

»Joseph Roth gehört zu den wunderbarsten Erzählern der deutschsprachigen Literatur.«
*Rosemarie Fendl / Hessischer Rundfunk, Frankfurt*

Auch als Diogenes Hörbuch erschienen,
gelesen von Joseph Lorenz

## *Die Kapuzinergruft*

Roman

*Die Kapuzinergruft* schließt unmittelbar an den *Radetzkymarsch* an: Franz-Ferdinand von Trotta gehört zur Wiener Jeunesse dorée, man pflegt die gelangweilte Dekadenz – »In dieser Atmosphäre hatten Gefühle kaum einen Platz, Leidenschaften gar waren verpönt« – bis zum Ausbruch des Ersten Weltkriegs. In den Kaffeehäusern des Wiens zwischen den Kriegen findet die Saga der von Trottas ihr Ende.

»Ein großes Buch, ein Buch voller Melancholie, Sentiment und Ratlosigkeit.«
*Gert Ueding / Die Welt, Berlin*

Auch als Diogenes Hörbuch erschienen,
gelesen von Peter Matić

## *Die Geschichte von der 1002. Nacht*

Roman

Bei seinem Staatsbesuch in Wien äußert der Schah von Persien den dringenden Wunsch, eine Nacht mit der schönen, verheirateten Gräfin W. zu verbringen. Diplomatisch betrachtet eine heikle Situation. Da entsinnt sich Rittmeister Taittinger einer abgelegten Geliebten: Die kleine Mizzi Schinagl aus Sievering sieht der Gräfin sehr ähnlich. Für den Hof eine elegante Lösung, für Mizzi, die Taittinger noch immer liebt, eine ›1002. Nacht‹ mit weitreichenden Folgen. Ihr Lohn, ein wertvolles Perlenhalsband, wird ihr und Taittinger zum Verhängnis.

»Roth präsentiert eine frivole Welt verkommener Eleganz. Die erotische Komödie kippt in tödlichen Ernst. Grandioses Unsittengemälde, bitterbös und spitz, wie nur Roth es konnte!« *Bücher, Essen*

Auch als Diogenes Hörbuch erschienen,
gelesen von Michael Heltau

## *Die Legende vom heiligen Trinker*

Erzählung

Andreas ist ein Clochard in Paris. Er schläft unter den Seine-Brücken, statt einer Decke halten ihn alte Zeitungen warm. Und er ist ein Trinker, geradezu ein Säufer. Die Begegnung mit einem Unbekannten, der ihm zweihundert Franc leiht, setzt eine Kette von kleinen Wundern in Gang: ein warmes Essen, eine gründliche Rasur, eine Begegnung mit einer verflossenen Liebe und mit einem alten Freund – und immer wieder der Alkohol. Ein unorthodoxer Heiliger, eine melancholische und versöhnliche Legende, die Joseph Roth als sein Testament bezeichnete.

»Eine der schönsten Legenden, die im 20. Jahrhundert gedichtet wurden.« *Marcel Reich-Ranicki*

»Eine wunderbare Geschichte. Ein melodiöser und romantischer Text.«
*Stefan Maelck / Norddeutscher Rundfunk, Hamburg*

Auch als Diogenes Hörbuch erschienen,
gelesen von Mario Adorf

## *Der Leviathan*
### *und andere Meistererzählungen*

Ausgewählt von Daniel Keel
Mit einem Nachwort von Stefan Zweig

Joseph Roth erzählt von Liebessehnsucht und schiefer Bahn, von einem einfachen Stationsvorsteher, der sich in eine russische Adlige verliebt, von einem kaisertreuen Grafen und einer sich aufopfernden Mutter, von einem Korallenhändler mit Sehnsucht nach dem Meer, vom Geschmack von Erdbeeren und der Milde des Aprils. Wie der Titel einer seiner Novellen ist Joseph Roths Erzählkunst selbst ein Triumph der Schönheit.

»Die Erzählung *Der Leviathan* ist eine Perle. Nein, eben nicht – eine tiefrote Koralle.« *Senta Berger*

Ausgewählte Meistererzählungen auch
als Diogenes Hörbuch erschienen:
*Der Leviathan,* gelesen von Senta Berger, sowie
*Triumph der Schönheit,* gelesen von Peter Simonischek

## *Ich zeichne das Gesicht der Zeit*

Essays, Reportagen, Feuilletons. Herausgegeben
und kommentiert von Helmuth Nürnberger

Seine glänzend geschriebenen Reportagen, Essays und Feuilletons funkeln vor hellsichtiger Wahrnehmungskraft und leidenschaftlicher Subjektivität: »Alles wird bei mir persönlich«, sagte Joseph Roth über seine Arbeit für die Presse. In dieser Ausgabe, herausgegeben und kommentiert von Helmuth Nürnberger, sind Joseph Roths schönste und wichtigste journalistische Texte chronologisch zusammengestellt, erstmals in der Gestalt der Erstdrucke; Artikel, die über die Tagesaktualität hinausleuchten und bis heute nichts von ihrer Faszination verloren haben.

»*Ich zeichne das Gesicht der Zeit* sollte in den Kanon journalistischer Lehrbücher erhoben werden. Von Joseph Roths Fähigkeit zu verdichten kann man immer noch lernen.« *Paul Jandl / Die Welt, Berlin*

»Auch in der kleinen Form erweist sich Roth als unerreichter Seismograph seiner Epoche.«
NZZ *am Sonntag, Zürich*

## *Heimweh nach Prag*

Feuilletons, Glossen, Reportagen für das ›Prager Tagblatt‹
Herausgegeben und kommentiert
von Helmuth Nürnberger

Für keine andere Zeitung hat Joseph Roth so lange geschrieben wie für das seinerzeit weit über die Grenzen der Tschechoslowakei hinaus gelesene *Prager Tagblatt*: von 1917 an, als Student, über die Jahre in Berlin bis 1937. Da lebte der mittlerweile berühmte Journalist und Romancier schon seit Jahren im Pariser Exil. Das *Prager Tagblatt* war für seine liberale und demokratische Gesinnung ebenso bekannt wie für sein vorzügliches Feuilleton – hier schrieb in den zwanziger Jahren, was in der deutschen Literatur Rang und Namen hatte. Ebenso wichtig war Roth die politische Haltung der Zeitung: Hier konnte er ohne Einschränkung über die Entwicklung in Deutschland berichten.

»Der Journalist Joseph Roth hat ein Werk hinterlassen, das – darin sind sich die Gelehrten inzwischen einig – dem Werk des Romanciers Roth an Bedeutung nicht nachsteht.«
*Christian Schröder / Der Tagesspiegel, Berlin*

Außerdem erschienen:

## *Joseph Roth – Leben und Werk*

Essays und Zeugnisse
Herausgegeben von Daniel Keel und Daniel Kampa

In diesem Band zeichnen Erinnerungen von Zeitgenossen und Freunden wie Ludwig Marcuse, Hermann

Kesten, Soma Morgenstern, Géza von Cziffra oder Irmgard Keun ein lebendiges Bild des Menschen Joseph Roth.

»Die gelungene Auswahl von Rezensionen und Essays gibt einen Überblick über Leben und Werk von Joseph Roth. Auch Roth-Kenner werden hier neue Aspekte entdecken.« *Manfred Orlick / Buchinformationen.de*

Joseph Roth / Stefan Zweig
*Jede Freundschaft mit mir ist verderblich*

Briefwechsel 1927–1938
Herausgegeben von Madeleine Rietra und Rainer-Joachim Siegel
Mit einem Nachwort von Heinz Lunzer

Joseph Roth und Stefan Zweig gehören heute zu den meistgelesenen Erzählern der deutschen Literatur. Ihr berührender Briefwechsel zeigt sie in Zeiten der Not, in den dreißiger Jahren, als die beiden jüdischen Schriftsteller angesichts der nationalsozialistischen Verfolgung emigrierten – Joseph Roth nach Paris, Stefan Zweig zunächst nach London. Ihre Briefe erzählen die Geschichte einer Freundschaft, die auch an den politischen Verhältnissen zerbricht – und die Geschichte zweier im Exil zerstörter Leben.